國家社科基金重大委托項目"《子海》整理與研究"成果

山東省社科規劃重大委托項目成果

子海精華編

主編　王承略　聶濟冬

王子年拾遺記

[苻秦]　王嘉　撰　[梁]　蕭綺　録　林嵩　點校

金華子雜編

[南唐]　劉崇遠　撰　[清]　周廣業　原注　李如冰　校注

山東人民出版社·濟南

國家一級出版社　全國百佳圖書出版單位

圖書在版編目（CIP）數據

王子年拾遺記/（苻秦）王嘉撰；（梁）蕭綺録；
林嵩點校. 金華子雜編/（南唐）劉崇遠撰；（清）周廣
業原注；李如冰校注. -- 濟南：山東人民出版社，2018.2
（子海精華編/王承略，聶濟冬主編）
ISBN 978-7-209-11331-1

Ⅰ.①王… ②金… Ⅱ.①王… ②劉… ③蕭… ④林…
⑤周… ⑥李… Ⅲ.①中國歷史—古代史—史料 ②筆記
小説—中國—南唐 Ⅳ.①K220.6 ②I242.1

中國版本圖書館 CIP 數據核字（2018）第 030683 號

責任編輯：劉　晨　李　濤
封面設計：武　斌

王子年拾遺記
［苻秦］王嘉 撰　　［梁］蕭綺 録　林嵩 點校
金華子雜編
［南唐］劉崇遠 撰　　［清］周廣業 原注　李如冰 校注

主管部門　山東出版傳媒股份有限公司
出版發行　山東人民出版社
社　　址　濟南市英雄山路 165 號
郵　　編　250002
電　　話　總編室（0531）82098914
　　　　　市場部（0531）82098027
網　　址　http：//www. sd-book. com. cn
印　　裝　山東臨沂新華印刷物流集團有限責任公司
經　　銷　新華書店

規　　格　32 開（148mm×210mm）
印　　張　8
字　　數　140 千字
版　　次　2018 年 2 月第 1 版
印　　次　2018 年 2 月第 1 次
ISBN 978-7-209-11331-1
定　　價　56.00 圓
　　　　　　　　如有印裝質量問題，請與出版社總編室聯繫調換。

國家社科基金重大委托項目"《子海》整理與研究"成果之一

《子海精華編》

工作委員會

主　　任：樊麗明　王清憲

副 主 任：李建軍　胡金焱　劉致福　張志華

委　　員（按姓氏筆畫排列）：

王　飛　王　偉　王君松　王學典　方　輝　巴金文

邢占軍　杜　福　李平生　李劍峰　吳　臻　胡長青

孫鳳收　陳宏偉　劉丕平　劉洪渭

編纂委員會

學術顧問：安平秋　周勛初　葉國良　林慶彰　池田知久

總 編 纂：鄭傑文（首席專家）　王培源

副總編纂：王承略　劉心明

委　　員（按姓氏筆畫排列）：

王　瑋　王　震　王小婷　王國良　李　梅　李士彪

李玉清　何　永　宋開玉　苗　菁　郝潤華　姜　濤

馬慶洲　秦躍宇　高海安　陳元峰　黃懷信　張　兵

張曉生　單承彬　蔡先金　漆永祥　鄧駿捷　劉　晨

聶濟冬　蘭　翠　竇秀豔

《子海精華編》出版説明

　　"子海",即"子書淵海"的簡稱。"《子海》整理與研究"課題係國家社科基金重大委托項目、山東省社科規劃重大委托項目。該課題分《珍本編》《精華編》《研究編》《翻譯編》四個版塊,力圖把子部珍稀文獻、精華文獻進行深層次的整理、研究和譯介,挖掘子部文獻的價值,促進子學研究的發展。

　　山東大學向來以文史見長。古籍整理與子學研究,是其中的傳統研究方向。"《子海》整理與研究",是在山東大學前輩學者高亨先生積三十年之力陸續做成的《先秦諸子研究文獻目録》的基础上,由已故著名古籍整理與研究專家董治安先生參與策劃、設計的大型綜合研究課題。課題立項後,得到了宣传部、教育部、財政部、山東省政府和山東大學的大力支持,學界同仁踴躍參與。《精華編》的整理研究團隊近兩百人,來自海内外四十八所高校和研究機構。在組織管理上,《精華編》努力探索傳統文化研究協同創新的新體制、新機制,現已呈現出活力和實效。

　　華夏文明是由多元文化構築而成的。中國古代子部典籍,

1

以歷代士人個性化作品的形式，系統性地展示了華夏民族的世界觀和方法論，立體性地反映了中華民族對世界文明發展的貢獻。其中，無論是宏篇大論，還是叢殘小語，都激蕩着歷史的聲音，閃爍着智慧的光芒，構成中國古代思想、藝術、科技和生活方式的主體內容。《精華編》通過對子部最優秀的典籍的整理，一方面擷英取粹，爲華夏文明的傳播提供可靠的資源和文本；另一方面以古鑒今，爲當下社會的發展提供智力支持和精神支撑。並希望進而梳理中華傳統文化的多元結構，繼承中華優秀傳統文化的一貫文脈。

根據漢代以後子學發展和子部典籍的實際情況，參照官私目錄的分類與著錄，《精華編》選取先秦諸子、儒學、兵家、法家、農家、醫家、曆算、術數、藝術、雜家、小說家、譜錄、釋道、類書等十四個類目的要籍幾百種，編爲目錄，作爲整理的依據，而在成果展現上則不出現具體的類目。爲統一體例，便於工作，《精華編》編有詳細的《整理細則》，并有簡明的《整理要則》，供整理者遵循使用。

《精華編》整理原則是，對每種子書的整理，突出學術性、資料性和創新性，力求吸納已有的整理成果，推出更具參考價值、更方便閱讀的整理文本。所採用的整理方式，大體有三種：一、部頭較大且前人未曾整理者，采用標點、校勘的方式整理；二、前人曾經標點、校勘者，或采用抽換更好或別具學術特色底本的方式整理，或采用集校、集注的方式整理，或采用校箋、疏證的方式整理,或綜合使用以上方式;三、前人已有較好的注本者,則采用集注、彙評、補正等方式整理。

《精華編》采用五次校審、遞進推動的管理程式,即:一、初校全稿。子海編纂中心組織碩、博研究生,修改文稿錯别字,規範異體字,調整格式,發現並標明校點中的不妥之處。二、初審文稿。子海編纂中心的編纂人員根據情況,解決初校時發現的問題,並判斷書稿的整體質量。三、匿名評審。聘請資深教授通審全稿,全面進行學術把關,消滅硬傷,寫出審稿意見。四、修改文稿。子海編纂中心及時把專家審稿意見反饋給整理者。整理者根據審稿意見修改,做出新文稿。五、終審文稿。待新文稿返回子海編纂中心後,總編纂做最後的學術質量把關。五步程序完成後,將文稿交付出版社。

五次校審的目的是爲了保證學術質量,提高整理水平,減少錯訛硬傷。但校書如掃塵埃落葉,隨掃隨有,《精華編》雖經多道程序嚴加把關,仍難免有錯,懇請方家不吝指教。子海編纂中心將及時總結經驗,吸取教訓,把工作做得更好,以實現課題設計的初衷。

目　録

王子年拾遺記

金華子雜編

王子年拾遺記

整理説明

一

　　《王子年拾遺記》原名《拾遺記》，是由苻秦道士王嘉撰作，又經梁代蕭綺整理、編録的一部雜史。王嘉的生平事迹見於《晋書・藝術傳》，史書上説他其貌不揚，但聰明過人，平素不喜交游。後趙石虎當政（335—349）末期，王嘉棄徒眾來到長安郊外的終南山隱居，後又遷居倒獸山。《拾遺記》中事狀較完整的紀事下限，最晚到石虎時期——很可能這部書就是王嘉晚年隱居時寫定的。

　　《拾遺記》在《隋書・經籍志》中列入史部雜史類，在宋代的官目《崇文總目》中入史部傳記類。宋代私家目録《直齋書録解題》則將其列爲子部小説家。“雜史”和“小説”記載的内容同爲正史所不傳的“委巷之説”，所不同者，“雜史”的題材“大抵皆帝王之事”，比一般性的“小説”更具政治色彩。

　　今本《拾遺記》凡十卷，前九卷記載上迄傳説時代的伏

義、下至晉朝時的遺聞軼事，最末一卷專寫古代神話中的諸
多仙山。按照《隋志》的著錄標準，這就是很典型的雜史。
雖然書中的具體事迹“迂怪妄誕，真虛莫測”，但在怪誕無
稽的文字表象之下，卻有歷史真實感，在許多方面有重要的
參考價值，所以《隋志》說：“通人君子，必博采廣覽以酌
其要。”

　　《拾遺記》的內容帶有很強的讖緯神學的時代色彩。此
書前九卷所載的古代帝王世系與朝代更迭，完全是按着“五
德終始”的學說來編排的。所謂“五德終始”，指的是凡得
到上天授命的一朝天子，必佔土、木、金、火、水這五德之
中的某一德，這叫作“德運”。上天在授命之際，又會相應
地降下符應、祥瑞或讖語、歌謠等以昭示這種“德運”。而
當某種“德運”衰敗了之後，上天就會依據五行的次序，重
新安排擁有新的“德運”的天子來取而代之。“五德終始”
的學說創始於戰國時代的陰陽家騶衍。西漢末年，劉向、劉
歆父子又對其加以改造，以配合當時的政治運動，這一學說
乃臻於全盛。

　　王嘉生活的年代，恰好是“德運”與“符讖”學說極度
風行的時代。王嘉本人就是一個善於造作讖語的人，《晉書》
本傳說他“言未然之事，辭如讖記，當時鮮能曉之，事過皆
驗”。在《拾遺記》中，王嘉通過一系列奇偉瑰麗的想象與
驚心動魄的故事，用文學的語言，把深奧難解的“五德終

始"説呈現了出來；甚至也可以説，整部《拾遺記》就是藝術化了的"德運"與"符讖"學説。

例如卷六裏寫的"餘光祠"，講的是東漢靈帝終朝每日過着醉生夢死的生活，宦官們爲了叫醒皇帝，每天早上都要在宫裏學雞叫，甚至還在宫殿前放火。東漢滅亡之後，原先投燭放火的地方，到了夜間仍透出點點星光。人們認爲這是"神光"，便在當地建立了"餘光祠"。直到曹魏時期，"餘光"才徹底消失。漢代是主火德的，"餘光祠"的故事，實際上可以理解爲漢魏禪代之後，炎漢火德漸熄的符應。像這樣的宫廷軼事，衡諸歷史，顯然是經不起推敲的，但這些荒誕不經的符應，其實是作者精心安排的政治寓言——讀者只有了解這一點，才能對這些文字有更深刻的理解與認識。

魏晉南北朝時期，伴隨着北方游牧民族的南侵，中國歷史上一次大規模的人口遷徙與民族融合的大幕拉開了。民族大交流的結果之一，是極大地開闊了人們的眼界；加上西來的佛教與本土道教思想的滋養，人們的想象力更豐富了。由此，《拾遺記》中開始出現了一種與衆不同的時空觀念。

《拾遺記》中寫了許多到中土貢獻珍物的方國，這些國家的風土人情乃至其國人的身形樣貌皆與中土迥異。值得注意的是，《拾遺記》對這些異邦遠國的記述通常都很正面，這些遠邦小國不僅人壽年豐，其國使者甚至能知曉千百年前之事。應該説，這類紀事一方面是中古時期中外交通繁榮發展的藝術寫照；另一方面，通過"美乎異國之人"（本書卷四蕭綺語），作者實際上是借助對異域的想象，以"他者的眼光"來反觀中土。這種敘述技巧也是此書耐人尋味之處。

生活在另一時空維度中的，不僅有遠邦異國的人民，還有仙山上的各路神祇。書中的王母之桃、王公之瓜，食後可以長生不老（卷六）；樵者入山打柴，受到仙人的款待，居住數日之後返回家下，卻發現世間已然倏忽百年（卷十）：這都是很典型的道教的生死與時空觀念。"令人忘老"的仙桃、靈瓜在現實生活中是找不到的，道流追求的長生久視與白日飛升也不可能發生，但如果能在世外的仙山上瀟灑無憂地過幾天神仙生活，則又更勝於塵世間的碌碌百年，這其實就是一種變相的長生不老。這類故事的情節模式和陶淵明的《桃花源記》十分相似，同時也是後世《西游記》等小說的素材來源，它實際上是道教"樂生"思想與生活在亂世中的人們追尋"桃源境地"的社會理想互相融合之後的產物。

當然，除了寫帝王、寫神仙，《拾遺記》也寫讀書人，寫一般人的奇異經歷。這部分文字涉及許多名物、習俗、民間信仰與社會風尚等方面的內容，折射出當時真實的社會生活的情形。書中寫上古唐堯在位時，有祇支國進獻重明鳥，狀如雞，鳴似鳳，不僅能搏殺豺狼虎豹，還能鎮服妖孽。百姓因此灑掃門户，迎接神鳥；神鳥不來的時候，就雕刻或圖畫神鳥的形象置於門前，後代因此留下過年貼雞畫的風俗。

（卷一）類似這樣的內容，很值得治文化史、社會生活史的學者們留意。

《拾遺記》的文辭綺麗優美，作者在書中創造了許多有生命力的新語生詞。騫霄國的畫工所畫的龍鳳，"騫翥若飛，皆不可點睛；或點之，必飛走也"（卷三）。這是成語"畫龍點睛"的出處，比一般辭書所舉的唐代張彥遠《歷代名畫記》裏説的張僧繇畫龍點睛，要早許多。又如任末説的："夫人好學，雖死若存；不學者雖存，謂之行尸走肉耳。"（卷六）這是"行尸走肉"一詞的來源。這些成語直到今天，仍然令人感到鮮活生動。

二

儘管《拾遺記》有諸多的價值，但平心而論，歷代學者對此書鮮有用功，且世無善本。現在流傳的《拾遺記》的文本，有許多尚未解決的地方，連帶本書的書名、卷數、作者、真偽等相關問題，都曾發生過一些爭議。以下擬結合這些問題，談談本次整理的基本情況。

據蕭綺的《序》所説，王嘉的《拾遺記》原本有十九卷二百二十篇，後因世亂而殘缺；蕭綺搜檢殘遺，編成十卷，同時又寫了《序》和《錄》。但《拾遺記》在後世目錄書中的著錄情況，卻和蕭綺所説的有分歧。以下是唐宋兩代的史志目録與官修目録對《拾遺記》著録的情況：

> 《隋書·經籍志》：《拾遺録》二卷　偽秦姚萇方士王子
> 年撰；《王子年拾遺記》十卷　蕭綺撰。
>
> 《舊唐書·經籍志》：《拾遺録》三卷　王嘉撰；《王子
> 拾遺記》十卷　蕭綺録。
>
> 《新唐書·經籍志》：王嘉《拾遺録》三卷；又《拾
> 遺記》十卷　蕭綺録。
>
> 《崇文總目》：《王子年拾遺記》十卷。
>
> 《宋史·藝文志》：《王子年拾遺記》十卷　晋王嘉撰。

由於書目著録與實際情況有所不符，於是就有個別學者
疑心其中或有作僞的嫌疑。明代的胡應麟説：

> 《拾遺記》稱王嘉子年、蕭綺傳録，蓋即綺撰而托
> 之王嘉。中所記無一事實者。皇娥等歌浮豔淺薄，然詞
> 人往往用之，以境界相近故。又《名山記》亦贋作，今
> 不傳。（《少室山房筆叢》卷十六《四部正訛》）

胡應麟提到的《名山記》，全名叫《拾遺名山記》，是後
人把《拾遺記》中專寫神話仙山的第十卷單獨割裂出來而成
的，其別本單行的歷史，至少可以追溯到南宋。陳振孫的

《直齋書録解題》就同時著録了這兩種書："《拾遺記》十卷。晉隴西王嘉子年撰，蕭綺叙録。"又："《名山記》一卷。亦稱王子年，即前之第十卷，大抵皆詭誕。"由此可見，胡應麟對於《拾遺記》一書並無十分深入的研究，甚至連《直齋書録解題》這樣重要的目録書都没有仔細檢查，因此他對《拾遺記》的推測以"想當然"的成分居多。

《隋志》和《唐志》中出現了《拾遺録》和《拾遺記》這兩種不同的書，作者分别是王嘉與蕭綺。《拾遺録》的卷數或著録爲兩卷，或著録爲三卷，《拾遺記》的卷數則一律爲十卷。但宋以後的目録，對書名、卷數、作者等方面的著録就漸趨一致了。很明顯，《隋志》與《唐志》是把《拾遺記》《拾遺録》的作者弄反了。編目的人或是抄書的人，因疏忽而致誤，這是常有的事情。目録是根據書籍編制的，出現目録上的著録信息與書本不一致的情況，按道理説，首先應該被懷疑的是目録；非要反過來考慮，凡與目録不合者，便斥爲"僞托"或"贋作"，豈不是削足適履了嗎？

《隋志》與《唐志》的著録儘管有不準確的地方，但其著録方式又向我們透露出一個重要的信息，即在唐代以前，《拾遺録》與《拾遺記》是分别單行的兩種書。周中孚的《鄭堂讀書記》裏説："蓋子年撰而綺叙録，故二《唐志》俱分載也。"實際上已經談到這一點了。

《隋志》是唐代人編的；《舊唐書·經籍志》編得很草

率，底子就是唐代毋煚的《古今書録》；《新唐書·經籍志》儘管對舊志有增補，但是"夾生飯，做不熟"，很多錯誤還是延續了下來。所以兩《唐志》裏的著録，主要還是反映了此書在唐代的情況。到宋代的《崇文總目》裏，《拾遺録》不再出現了，只説《拾遺記》十卷。宋代時，兩卷或三卷的《拾遺録》並不是失傳了，而是被打散以後併入《拾遺記》中了。至於《王子年拾遺記》的提法，則是因爲叫《拾遺記》的書太多，爲了區別，所以又在書名之前加上了作者的名字。

我們知道，正經、正史的注釋書（如《史記》的"三家注"等），最初都是和本書分開的。到了宋代以後，爲了免去一手拿着正文、一手拿着注解的不便，才把正文與注解合刻在同一部書裏。《拾遺記》與《拾遺録》"合二爲一"的過程，和經書、史書領域合刊正文與注解的進程是基本一致的。《拾遺記》有十卷，我們今天讀到的書中標明"録曰"的部分，篇幅約佔全書的五分之一左右，恰好也就是《隋志》與《唐志》中説的兩三卷的樣子。

原本十九卷的《拾遺記》在散亂之後，經過了蕭綺的整理與編録，以後又有一個與蕭綺的《録》"合二爲一"的過程——在這期間，文本上不可避免地發生了一些錯訛。這些錯訛主要包括以下幾個類型。

第一是有明顯的錯簡或脱文。最典型例子莫過於卷一的

"虞舜"條。這一條裏頭有好幾處講不通的地方，如：

> 舜受堯禪，其國執玉帛來朝，特加賓禮，異於餘戎
> 狄也。爰及鳥獸昆蟲，以應陰陽。至億萬之年，山一淪，
> 海一竭，魚蛟陸居，有赤鳥如鵬，以翼覆蛟魚之上。蛟
> 以尾叩天求雨，魚吸日之光，冥然則暗如薄蝕矣，衆星
> 與雨偕墜。舜乃禱海岳之靈，萬國稱聖。德之所洽，群
> 祥咸至矣。

這段話的最後講的是舜即位以後，萬國來朝，群祥畢至。但是中間的一段文字（爰及鳥獸昆蟲……衆星與雨偕墜），不僅和上下文銜接不上，而且從內容上看，暗如日蝕、星雨偕墜的衰世之象，無論如何也不應該和舜帝受禪搭上關係。這一處文字顯然是有錯簡。

對於這類錯、脫過於嚴重的文字，作爲整理者，我們也只能老實承認讀不太懂，甚至很難下句讀。對這類錯誤，我們的原則是仍然保持文本的原樣，留待後人解決。

第二類錯誤是蕭綺的《録》錯入《拾遺記》的正文。蕭綺的《拾遺録》（以下簡稱"蕭録"）本來和《拾遺記》是分開的兩部書，以後才合到一起。在合成的過程當中，"蕭録"中的一些文字就摻到正文裏了。

《四庫全書簡明目録》說："《録》即論贊之別名也。"這

種說法大體是不錯的。“蕭録”的内容主要就是一些總結、評論、發揮的話，從形式上看，喜用駢儷的句式，因此和史書中的論贊很相似。在多數情況下，“蕭録”和正文是不難區分的。如卷二的最末一條：

成、康以降，世禩陵衰。昭王不能弘遠業、垂声教，南游荆楚，義乖巡狩，溺精靈於江漢，且極於幸由。水濱所以招問，《春秋》以爲深貶。嗟二姬之殉死，三良之貞節。精誠一至，視殞若生。格之正道，不如強諫。楚人憐之，失其死矣。

這段話在原本中是提行頂格的，也就是作爲《拾遺記》的正文來處理的；顯然，這段文字應該緊接着前面的“蕭録”，因爲它完全是評論性的。《漢魏叢書》《百子全書》都已經把它改作“蕭録”來處理了。

但是也有一些文字，究竟是正文中的話，還是“蕭録”杂入正文的，就不太容易區分了，仍是卷一的“虞舜”條：

三河者，天河、地河、中河是也。此三水有時通壅。至聖之治，水色俱溢，無有流沫。及帝之商均，暴亂天下，則巨魚吸日，蛟繞於天。故誣妄也，此言吸日而星雨皆墜，抑亦似是而非也。故使後來爲之迴惑，托以無稽之言。特取其愛博多奇之間，録其廣異宏麗之靡矣。

"蛟繞於天"與"故誣妄也"之間，意思接不上，很可能是有錯簡或脱文。同時"誣妄""似是而非""迴惑""無稽""愛博多奇"之類，都是"蕭録"中常用的一些語彙，而不像是《拾遺記》裏的話；因此我們傾向於"故誣妄也"這兩句話是"蕭録"雜入的。

這次整理，對於前一種情況，即能確定爲"蕭録"，且有的本子業已改正的，我們也擇善而從，直接改正過來，並在校記中説明；對於後一種情況，則慎重一些，不改動原本，而只在校記中做出提示。

第三種類型的錯誤是分章方面的錯誤。王嘉的《拾遺記》最早是十九卷二百二十篇，蕭綺整理後的本子是十卷，但蕭綺没有説十卷本共有多少篇。因此現在流傳的本子，在分章、分篇方面也有些不盡如人意的地方。如卷三裏講周穆王的這兩條：

……又進洞淵紅蕅、嵊州甜雪、崐流素蓮、陰岐黑棗、萬歲冰桃、千常碧藕、青花白橘。素蓮者，一房百子，陵冬而茂。黑棗者，其樹百尋，實長二尺，核細而柔，百年一熟。

扶桑東五萬里有磅磄山，上有桃樹百圍，其花青黑，萬歲一實。鬱水在磅礴山東，其水小流，在大陂之下，所謂沉流，亦名重泉；生碧藕，長千常。七尺爲常也。條陽山出神蓬，如蒿，長十丈。周初國人獻之，周以爲宮柱，所謂蓬宮也。中有白橘，花色翠而實白，大如瓜，香聞數里。……

現存的各種本子中，"扶桑東"以下都是另成一條的，其實這段文字是詳細解說上文的"萬歲冰桃、千常碧藕、青花白橘"的，不應該另分出來。

分章方面的錯誤，以往的學者關注得很少，這一次我們專門把它作爲一個問題提出來；但在操作的層面上，仍尊重原本的面貌，不改變原來的篇章劃分，只在校記裏做一些說明。

第四種錯誤是比較複雜的一種，即子注誤入正文。古人著書，本有自爲注解的義例；降及中古，作者在文中自加注語的情況更爲多見，甚至發展爲一種著述的通例。這種自加的注語，在格式上常用小字區別，"如子從母"，故又稱"子注"。子注在《拾遺記》中也是普遍存在的。這有三方面的證據。

其一是現存的版本中有部分文字已經采用了雙行小字的格式以表明子注。如卷一"軒轅黄帝"條中的"出《封禪書》"，卷三"周靈王"以下的"又有美女二人，一名夷光，一名修明，即西施、鄭旦之別名，以貢於吴"中的"即西施、鄭旦之別名"，在現存諸本中，它們已經是雙行小字了。據此，有理由推測，類似卷一"少昊"條："末代爲龍丘氏，出班固《藝文志》；蛇丘氏，出《西王母神異傳》"中的"出班固《藝文志》""出《西王母神異傳》"，本來也都應該是雙行小字編排的子注。

其二是通過部分類書引文可以旁證有些文字在原書中當是以子注形式呈現的。如卷三"周靈王"以下的"華清夏潔，灑以纖縞。華清，井之澄華也。饔人視時而叩鐘，伺食以擊磬。言每食而輒擊鐘磬也"，其中"華清，井之澄華也""言每食而輒擊鐘磬也"這兩句，在《太平廣記》卷七十六"子韋"條中便是作雙行小字處理的。又如卷七，薛靈芸出嫁時，"行者歌曰：青槐夾道多塵埃，龍樓鳳闕望崔嵬，清風細雨雜香來，土上出金火照臺。此七字是妖辭也"。在《太平廣記》中"此七字是妖辭也"也是作雙行小字處理的。（皆據四庫本，文字小異。）顯然，把這類子注摘取出來，用雙行小字處理之後，讀起來眉目會更清晰。

其三，更多的誤入正文的子注，通過仔細推尋文意也不難找出。如卷一"軒轅黄帝"："置四史以主圖籍，使九行之士以統萬國，九行者，孝、慈、文、信、言、忠、恭、勇、義，以觀天地，以祠萬靈，亦爲九德之臣。"其中的"九行者……"顯而易見是插入語。還有一些子注，由於提供了多種不同的解釋，如果我們不把它分析出來，甚至會使得文意自相矛盾、首鼠兩端，如卷四中蘇秦、張儀與鬼谷子的一段對話：

> 儀、秦又問之："子何國人?"答曰："吾生於歸谷。"亦云鬼谷，鬼者歸也；又云：歸者谷名也。乃請其術。教以干世出俗之辯，即探胸內，得二卷說書，言輔時之事。《古史考》云：鬼谷子也。鬼、歸相近也。（著重號是引者加的）

蘇秦、張儀問鬼谷子是哪國人，鬼谷子回答"吾生於歸谷"也就夠了，所以標了著重號的兩句，應當不是鬼谷子的話，而是子注。

由於子注和正文是分屬不同層次的文本，我們在整理過程中盡量將子注析出，以便利讀者閱讀。具體的處理辦法是，凡屬於上述第一種類型，即原書爲雙行小注的，我們改用單行小字排印。後兩種情形，即原本沒有用雙行小注處理，但類書中用了雙行小注，或者我們經過分析，確信應該是子注的，我們暫不改動原文，但在校記中予以說明。至於那些既可以理解爲子注，也可以不理解爲子注的插入語，只要讀起來不傷"文氣"，就不按子注來處理了。

第五種錯誤是今本存在部分文字佚失的問題。二十世紀八十年代中華書局出版的齊治平的校注本（以下簡稱“齊校本”），在輯佚方面做了不少工作。就現在輯出的佚文看，有兩種情況需要特別注意。

其一是有些佚文的紀事内容顯然與王嘉的生活時代及活動地域不符，可以斷定不是《王子年拾遺記》的佚文。這樣的“佚文”没有鈎輯的必要。歷史上叫《拾遺記》或者《拾遺録》的書很多，如《冥報拾遺記》《宋拾遺録》《大業拾遺記》等都可以簡稱爲《拾遺記》。尤其梁代謝綽的《宋拾遺録》（或著録爲《宋拾遺》《宋拾遺記》）也是一部雜史，其書的性質與名稱都和王嘉的《拾遺記》接近。唐宋兩代的類書在引用這兩部書的時候，有時就搞混了。根據《晋書》本傳，王嘉是被姚萇（公元386—394年在位）殺害的，他不可能預知劉宋時期的事。另外，王嘉是北朝人，他書裏記載的主要也是北朝的事，記載三國時的歷史則以曹魏爲正統。因此根據“時代”與“地域”這兩條，並不難把《宋拾遺》的佚文排除。

其二是有些佚文另有明確的出處，卻被引書者誤標誤引而當成了《王子年拾遺記》的佚文。對於這類佚文更要慎重處理。如齊校本卷三中一段關於師曠的文字：

晋平公使師曠奏清徵，師曠曰：“清徵不如清角也。”公曰：“清角可得聞乎？”師曠曰：“君德薄，不足聽之；聽之，將恐敗。"公曰："寡人老矣，所好者音，願遂聽之！"師曠不得已而鼓，一奏之，有雲從西北方起；再奏之，大風至，大雨隨之，裂帷幕，破俎豆，墮廊瓦。坐者散走，平公恐懼，伏於廊室。晉國大旱，赤地三年。平公之身遂病。

齊校本認爲："此節今《拾遺記》各本均不載，《廣記》二〇三有之，與前節相連爲一，末注云'出《王子年拾遺記》'，當係佚文，今析爲二節，補載於此。又按此事迭見《韓非子·十過》《世紀·樂書》《論衡·紀妖》中，文均較此爲詳。"但正因爲這段文字迭見於《韓非子》等書，所以我們認爲它不當是《拾遺記》中的文字。王嘉寫作《拾遺記》，除個別段落在材料上有一定依傍之外，多數情況下是自起爐灶，進行大幅的虛構與改編；用齊校本《前言》中的話說，就是"借一點歷史傳說爲引綫，鋪陳成情節婉曲，詞藻華艷的故事"。通觀《拾遺記》全書，確實還沒有哪一段內容，是整段地截取古書中現成文字的。所以我們認爲這段話不是佚文，而是類書的編者把不同書中的師曠故事彙編在一起的時候，把具體出處標錯了。

把上面這兩種情況都排除了之後，真正意義上的佚文其實就沒有太多了。王嘉的書寫成之後，因爲世亂，將近一半篇幅的內容都散失了。不過需要指出的是，《隋志》裏著錄的《拾遺記》已經是經過蕭綺整編的十卷本了，也就是説唐宋人編類書的時候用的本子，在内容上其實也並不比我們今天所見的本子多多少，所以要從唐宋人那裏找到更多有價值的佚文的機率是很小的。這是從事輯佚工作的人不得不認清的現實。

鑒於這種情況，這次整理不打算在輯佚方面做過多的工作，不專門佔用篇幅來羅列佚文。少量的類書引文，可以確信爲本書佚文或與今本文字差别較大而具有參考價值的，我們把它引在校記中供讀者參考；對那些似是而非的佚文就不再贅引了。此外，一般也不用類書的引文來做“他校”。

三

目前我們能見到的《拾遺記》的較早的刻本是明代嘉靖年間吳郡顧春的世德堂所刊的《王子年拾遺記》（以下稱“世德堂本”）。此本每半葉十行，行十八字，是根據宋本翻刻的，保留了很多宋本的痕迹。其中“轅”“項”“殷”“筐”“恒”“徵”“禎”等字皆避宋諱而缺筆；“禎”字或以小字添注“御名”二字，可以推測，此本的源頭可能是北宋仁宗年間的刊本。該本卷前有全書的總目録，正文首題“王子年拾遺記卷第一”，而後才是蕭綺的《序》，再後詳列第一卷的子目“庖犧、神農、黄帝、少昊、高陽、高辛、唐堯、虞舜"，子目之後才是"春皇庖犧"的具體條目。以下各卷也都是先子目、後條目。楊守敬認爲這是"唐人卷軸本之式"，而後代的本子不僅把蕭綺的《序》移到了全書之前，還删掉了每卷之前的子目，以致"大失古式"。所以楊守敬曾提出："安得好事，以此本重刊而還宋本之舊乎！"（《日本訪書志》卷八）

這次整理，我們即以"世德堂本"爲底本，在版式方面力圖盡量貼近原本而又能符合整套叢書的體例。書名遵照底本作《王子年拾遺記》，作者署爲王嘉撰、蕭綺録。正文用宋體字排印，原有的篇章不變，不再另分小段落。"蕭録"的内容，整體上低一格編排，采用仿宋體字以相區别。只把原本卷前的《王子年拾遺記目録》删去，而按叢書的體例另編新式目録。原本最末是《後序》和顧春的識語。《後序》其實就是《晋書·藝術傳》裏王嘉的傳記，和今人理解的"序"不太一樣，我们也按原樣保留了。異體字根據叢書的要求進行統一。其餘的地方，都不做改動。

《拾遺記》還有好幾種叢書本，如《古今逸史》本、《祕書二十一種》本、《漢魏叢書》本、《百子全書》本等，都是從世德堂本而來的。《祕書》本翻刻自《古今逸史》本，《百子全書》本則是從《漢魏叢書》本而來的。日本在寶歷二年（1752）也刻了一種《拾遺記》（以下稱"和刻本"），它是以《古今逸史》本爲底本的，其天頭有日本人所作的校語。

以上這幾種書，此次整理用作參校本。其中《祕書》本用的是康熙年間汪士漢的本子；《漢魏叢書》刻過好幾版，齊校本用了明代程榮的，這次采用的是清代王謨的《漢魏叢書》；和刻本則用長澤規矩也解題的《和刻本漢籍隨筆》第十集中的影印本。

　　叢書本中比較特殊的是《稗海》本，它不僅在版式上與世德堂本有比較顯著的差別（《稗海》本不收蕭綺的《序》和《錄》，各篇也没有標題），而且在具體文字上也與世德堂本出入較大。而這種出入多數是因版本系統的差異而造成的。這裏只舉一個例子。第十卷的最後一條正文："（屈原）被王逼逐，乃赴清泠之水。"世德堂本系統的本子以及《說郛》卷六十六下《拾遺名山記》中都寫作"水"，《稗海》本、四庫本與《太平廣記》卷二〇三之引文則作"淵"。原書應當是作"淵"，"清泠之淵"語見《莊子·讓王篇》；世德堂本系統的本子蓋因避唐高祖李淵諱而改爲"水"，且時過之後未作回改。這種差別不屬於正誤之別，而是不同系統的本子對諱字有不同的處理。

　　清代的文淵閣《四庫全書》本（以下稱"四庫本"），從總體上看，也屬於《稗海》本系統，但四庫本在整理過程中又用了《漢魏叢書》本來做校勘。例如卷四的"此蛾出於員丘之穴，穴洞達九天，中有細珠如流沙，可穿而結，因用爲珮，此是神蛾之矢也"。這個"矢"字，在四庫本中被改爲

"火"，依據就是《漢魏叢書》本。《四庫全書考證》卷七十二《子部·拾遺記》：

> 燕昭王條此是"神蛾之火"也，刊本"火"訛"矢"，據《漢魏叢書》本改。

可惜這個地方没改對。原本的"矢"就是《史記·廉藺列傳》裏"一飯三遺矢"的"矢"；而"火"乃無形之物，是不可能變成"細珠如流沙"的。

四庫本的另一個特色是改正了原書中一些顯而易見的年代與史實方面的錯誤，比如第九卷裏寫了一個名叫姚馥的羌人，九十八歲，原書中説"姚襄則其祖也"。姚襄是姚萇的兄長，王嘉最後又是被姚萇殺死的，因此姚萇的孫輩人物出現在王嘉的書裏是有違常理的。四庫本這句改作"即姚襄之祖"，儘管不一定符合事實，但至少輩份是理順了。

由於《稗海》本與四庫本在文字校勘方面的價值更大一些，此次整理取清代李穆堂的《稗海》本與四庫本作爲主要的校本與底本進行逐字對校。

《拾遺記》現有的整理本中，最有影響的即前面介紹的齊治平校本。齊校本曾援引過一些傅增湘過録的毛扆校語（以下稱"毛校"）。"毛校"本身，我們這次没有見到，是通過齊校本獲得的。齊校本出版於二十世紀八十年代，但主要工作是六十年代做的；當時《四庫全書》還沒有影印出版，齊本沒有用到四庫本。其實齊本中提出的一些問題（如"姚襄則其祖"的問題），四庫本裏已經解決了。更重要的是，從二十世紀六十年代至今，不僅研究工作在進步，古籍整理與出版的規範也已經有了變化。而且齊本現在也已不易買到。因此，目前的確有必要重新出版一種便於研究者使用的新式點校本。

此次整理工作得到山東大學《子海》編纂中心與我所在的北京大學中國古文獻研究中心的資助與支持。在此期間，我恰好外派在日本的九州大學工作一年，因此在圖書資料方面，多就便於九大的藏書中取材，或者就選用比較常見的《四部叢刊》《四庫全書》的本子，這一點希請讀者諒解。

二〇一四年一月初稿、二〇一五年一月修改

卷第一

蕭綺　序録

《拾遺記》者，晋隴西安陽人王嘉字子年所撰，凡十九卷二百二十篇，皆爲殘缺。當僞秦之季，王綱遷號，五都淪覆。河洛之地，没爲戎墟。宮室榛蕪，書藏堙毁。荆棘霜露，豈獨悲於前王；鞠爲禾黍，彌深嗟於兹代。故使典章散滅，黌館焚埃，皇圖帝册，殆無一存，故此書多有亡敗。文起羲、炎已來，事訖西晋之末，五運因循，十有四代。王子年乃搜撰異同，而殊怪必舉，紀事存朴，愛廣向奇。憲章稽古之文，綺綜編雜之部，《山海經》所不載，夏鼎未之或存，乃集而記矣。辭趣過誕，音旨迂闊，推理陳迹，恨爲繁冗；多涉禎祥之書，博采神仙之事，妙萬物而爲言，蓋絶世而弘博矣。世德陵夷，[①] 文頗缺略，綺更删其繁紊，紀其實美，搜刊幽秘，捃采殘落。言匪浮詭，事弗空誣。推詳往迹，則影徹經

---

① “陵”,四庫本作“凌”。

史；考驗真怪，則叶附圖籍。[①] 若其道業遠者，則辭省朴素；世德近者，則文存靡麗。編言貫物，使宛然成章。數運則與世推移，風政則因時迴改。至如金繩鳥篆之文、玉牒蟲章之字，末代流傳，多乖曩迹，雖探研鐫寫，抑多疑誤。及言乎政化、訛乎禎祥，隨代而次之。土地山川之域，或以名例相疑；草木鳥獸之類，亦以聲狀相惑。隨所載而區別，各因方而釋之；或變通而會其道，寧可采於一說！今搜檢殘遺，合爲一部，凡一十卷，序而錄焉。

庖犧　　神農　　黃帝　　少昊
高陽　　高辛　　唐堯　　虞舜

春皇庖犧

春皇者，庖犧之別號。所都之國有華胥之洲，神母游其上，有青虹繞神母，久而方滅，即覺有娠，歷十二年而生庖犧。長頭修目，龜齒龍脣，眉有白毫，鬢垂委地。或人曰：[②]歲星十二年一周天，今叶以天時。且聞聖人生，皆有祥瑞。昔者人皇蛇身九首，肇自開闢，于時日月重輪，山明海靜。

---

① "附"，四庫本作"符"。
② "人"，四庫本作"又"。

自爾以來，爲陵成谷，世歷推移，難可紀籌。比于聖德，有逾前皇，禮義文物，於兹始作。去巢穴之居，變茹腥之食；立禮教以導文，造干戈以飾武；絲桑爲瑟，均土爲塤：禮樂於是興矣。調和八風以畫八卦，分六位以正六宗；于時未有書契，規天爲圖，矩地取法；視五星之文，分晷景之度；使鬼神以致群祠，審地勢以定川岳；① 始嫁娶以修人道。庖者包也，言包含萬象；以犧牲登薦於百神，民服其聖：故曰庖犧，亦謂伏羲。變混沌之質，文宓其教，故曰宓犧。布至德於天下，元元之類，莫不尊焉，以木德稱王，故曰春皇。其明叡照於八區，是謂太昊，昊者明也。② 位居東方以含養蠢化，叶于木德，其音附角，號曰木皇。

炎帝神農

炎帝始教民耒耜、躬勤畎畝之事，百穀滋阜。聖德所感，無不著焉。神芝發其異色，靈苗擢其嘉穎。陸池丹蕖，③ 駢生如蓋，香露滴瀝，下流成池，因爲豢龍之圃。朱草蔓衍於街衢，卿雲蔚藹於叢薄。筑圓丘以祀朝日，飾瑤階以揖夜光。奏九天之和樂，百獸率舞，八音克諧，木石潤澤。時有流雲

---

① “川岳”，稗海本、四庫本作“山川”。
② “昊者明也”四字疑爲文中自注（以下概稱“子注”）。
③ “池”，四庫本作“地”。

洒液，是謂霞漿；服之得道，後天而老。有石璘之玉，號曰夜明；以暗投水，浮而不滅。當斯之時，漸革庖犧之朴，辨文物之用。時有丹雀銜九穗禾，其墜地者，帝乃拾之，以植於田，食者老而不死。采峻鍛之銅以爲器。峻鍛，山名也；下有金井，白氣冠其上。人升於其間，雷霆之聲在於地下。井中之金，柔弱可以緘縢也。

錄曰：謹按《周易》云：伏羲爲上古，觀文於天，察理於地，俯仰二儀，經綸萬象，至德備於冥昧，神化通於精粹。是以圖書著其迹，河洛表其文。變太素之質，改淳遠之化；三才之位既立，四維之義乃張。禮樂文物，自茲而始；降于下代，漸相移襲。《八索》載其退軌，《九丘》紀其淳化。備昭籍籙，編列柱史；考驗先經，刊詳往誥；事列方典，取徵群籍；博采百家，求詳可證。按《山海經》云："棠帝之山，出浮水玉。巫閭之地，其木多文。"自非道真俗朴、理會冥旨，與四時齊其契、精靈協其德，禎祥之異，胡可致哉！故使迹感誠著，幽祇不藏其寶，祇心剪害，殊性之類必馴也。以降露成池，蓄龍爲圃，及乎夏代，世載縣絕。時有豢龍之官，考諸退籍，由斯立矣。

軒轅黃帝

軒轅出自有熊之國，母曰昊樞，以戊己之日生，故以土德稱王也，時有黃星之祥。考定曆紀，始造書契。服冕垂衣，故有衮龍之頌。變乘桴以造舟楫，水物爲之祥踊，[①] 滄海爲之恬波；泛河沉璧，有澤馬群鳴，山車滿野。吹玉律，正璇衡。置四史以主圖籍，使九行之士以統萬國，九行者，孝、慈、文、信、言、忠、恭、勇、義，[②] 以觀天地，以祠萬靈，亦爲九德之臣。薰風至，真人集，乃厭世於昆臺之上，留其冠劍佩舄焉。昆臺者，鼎湖之極峻處也，[③] 立館於其下，帝乘雲龍而游殊鄉絶域，至今望而祭焉。帝以神金鑄器，皆銘題；及升遐後，群臣觀其銘，[④] 皆上古之字，多磨滅缺落。凡所造建，咸刊記其年時，辭迹皆質。詔使百辟群臣受德教者，先列珪玉於蘭蒲席上，燃沉榆之香，舂雜寶爲屑，以沉榆之膠和之爲泥，以塗地，分別尊卑華戎之位也。事出《封禪記》。帝使風后負書，常伯荷劍，旦游洹流，夕歸陰浦，行萬里而一息。洹流如沙塵，足踐則陷，其深難測。大風吹沙如

---

① “祥踊”，稗海本、四庫本作“翔踊”。
② “九行者孝慈文信言忠恭勇義”十二字當爲子注。
③ “昆臺者鼎湖之極峻處也”十字當爲子注。
④ “觀”，稗海本、四庫本作“望”。

霧，中多神龍、魚鼈，皆能飛翔。有石蕖青色，堅而甚輕，
從風靡靡，覆其波上，一莖百葉，千年一花。其地一名沙瀾，
言沙涌起而成波瀾也。仙人甯封食飛魚而死，二百年更生，
故甯先生《游沙海》七言頌云："青蕖灼爍千載舒，百齡暫
死餌飛魚。"則此花此魚也。

少　昊

少昊以金德王。母曰皇娥，處璇宮而夜織，或乘桴木而
晝游，經歷窮桑滄茫之浦。時有神童，容貌絕俗，稱爲白帝
之子，即太白之精。降乎水際，與皇娥讌戲，奏嬥娟之樂，①
游漾忘歸。窮桑者，西海之濱，有孤桑之樹，直上千尋，葉
紅椹紫，萬歲一實，食之後天而老。帝子與皇娥泛於海上，
以桂枝爲表，結薰茅爲旌，刻玉爲鳩，置於表端，② 言鳩知
四時之候，故《春秋傳》曰"司至"是也。今之"相風"，
此之遺象也。帝子與皇娥並坐，撫桐峰梓瑟，皇娥倚瑟而清
歌曰："天清地曠浩茫茫，萬象迴薄化無方，涵天蕩蕩望滄
滄，乘桴輕漾著日傍，當其何所至窮桑，心知和樂悦未央。"
俗謂游樂之處爲"桑中"也，《詩》中《衛風》云"期我乎

① "嬥"，原作"㛆"，今據四庫本改。
② "端"，原作"瑞"，今據稗海本、四庫本、漢魏叢書本、百子全書本、祕書本、古今逸史本、和刻本等改。

桑中"，蓋類此也。白帝子答歌："四維八埏眇難極，驅光逐影窮水域，琁宮夜静當軒織，① 桐峰文梓千尋直，伐梓作器成琴瑟，清歌流暢樂難極，滄湄海浦來栖息。" 及皇娥生少昊，號曰窮桑氏。亦曰桑丘氏，至六國時，桑丘子著《陰陽書》，即其餘裔也。② 少昊以主西方，一號金天氏，亦曰金窮氏，時有五鳳，隨方之色，集於帝廷，因曰鳳鳥氏。金鳴於山，銀涌於地；或如龜蛇之類，乍似人鬼之形；有水屈曲亦如龍鳳之狀，有山盤紆亦如屈龍之勢：故有龍山、龜山、鳳水之目也。亦因以爲姓，③ 末代爲龍丘氏。出班固《藝文志》，蛇丘氏，出《西王母神異傳》。④

顓　頊

帝顓頊高陽氏，黄帝孫，昌意之子。昌意出河濱，遇黑龍負玄玉圖。時有一老叟謂昌意云："生子必叶水德而王。"至十年，顓頊生，手有文如龍，亦有玉圖之象。其夜昌意仰視天，北辰下化爲老叟。及顓頊居位，奇祥衆祉，莫不總集。

---

① "琁"，稗海本、四庫本、漢魏叢書本、百子全書本、祕書本、古今逸史本、和刻本作"璇"。

② "亦曰桑丘氏……即其餘裔也"當爲子注。

③ "姓"，原本作"往"，今從漢魏叢書本、百子全書本、稗海本、四庫本等改。

④ "出班固藝文志""出西王母神異傳"二句當爲子注。

不稟正朔者，越山航海而皆至也。帝乃揖四方之靈，群后執珪以禮，百辟各有班序。受文德者錫以鐘磬，受武德者錫以干戈。有浮金之鐘、沉明之磬，以羽毛拂之，則聲振百里。石浮於水上，如萍藻之輕，取以爲磬，不加磨琢。及朝萬國之時，乃奏含英之樂，其音清密，①落雲間之羽，鯨鯢游涌，海水恬波。有曳影之劍，騰空而舒。若四方有兵，此劍則飛起，指其方則剋伐；未用之時，常於匣裏如龍虎之吟。

滇海之北，有勃鞮之國。人皆衣羽毛，無翼而飛，日中無影。壽千歲，食以黑河水藻，飲以陰山桂脂。憑風而翔，乘波而至。中國氣暄，羽毛之衣稍稍自落。帝乃更以文豹爲飾。獻黑玉之環，色如淳漆。貢玄駒千匹，帝以駕鐵輪，騁勞殊鄉絕域。其人依風泛黑河，以旋其國也。

闇河之北有紫桂成林，其實如棗，群仙餌焉。韓終《采藥》四言詩曰：“闇河之桂，實大如棗；得而食之，後天而老。”②

高　辛

帝嚳之妃，鄒屠氏之女也。軒轅去蚩尤之凶，遷其民善

---

① “音”，古今逸史本、和刻本作“聲”。
② “而”，漢魏叢書本、百子全書本作“不”。

者於鄒屠之地，遷惡者於有北之鄉；其先以地命族，後分爲鄒氏、屠氏。女行不踐地，常履風雲，游於伊洛。帝乃期焉，納以爲妃。妃常夢吞日，則生一子；凡經八夢，則生八子。世謂爲"八神"，亦謂"八翌"，翌，明也，① 亦謂"八英"，亦謂"八力"：言其神力英明，翌成萬象，億兆流其神睿焉。

有丹丘之國，獻碼磁甕以盛甘露。② 帝德所洽，被於殊方，以露充於厨也。碼磁，石類也，南方者爲之勝。今善別馬者，死則破其腦視之：其色如血者，則日行萬里，能騰空飛;③ 腦色黄，④ 日行千里；腦色青者，嘶聞數百里；腦色黑者，入水毛鬣不濡，日行五百里；腦色白者，多力而怒。⑤ 今爲器多用赤色，若是人工所制者，多不成器，亦殊朴拙。⑥ 其國人聽馬鳴，則别其腦色。丹丘之地有夜叉駒跋之鬼，能以赤馬腦爲瓶盂及樂器，皆精妙輕麗；中國人有用者，則魑魅不能逢之。一説云：馬腦者，言是惡鬼之血凝成此物。昔黄帝除蚩尤及四方群凶并諸妖魅，⑦ 填川滿谷，積血成淵，聚骨如岳。數年中，血凝如石，骨白如灰，膏流成泉，故南

---

① "翌明也"三字宜爲子注。
② "碼磁"，古今逸史本、祕書本、稗海本、四庫本作"瑪瑙"。
③ "騰空飛"，稗海本、四庫本作"騰飛空虛"。
④ "黄"字下，稗海本、四庫本有"者"字。
⑤ "怒"，稗海本、四庫本作"驚"。
⑥ "多不成器，亦殊朴拙"，稗海本、四庫本作"多不成器，成器亦朴拙"。
⑦ "黄"，原作"皇"，今從稗海本、四庫本改。

方有肥泉之水，有白堊之山，望之峩峩，如霜雪矣。又有丹丘千年一燒，黃河千年一清，至聖之君，以爲大瑞。丹丘之野多鬼血，化爲丹石，則碼碯也。不可斫削彫琢，^①乃可鑄以爲器也。當黃帝時，碼碯甕至。堯時猶存，甘露在其中，盈而不竭，謂之寶露，以班賜群臣。至舜時，露已漸減。隨帝世之污隆，時淳則露滿，時澆則露竭；及乎三代，減於陶唐之庭。^②舜遷寶甕於衡山之上，故衡山之岳有寶露壇。舜於壇下起月館，以望夕月。舜南巡至衡山，百辟群后皆得露泉之賜。時有雲氣生於露壇，又遷寶甕於零陵之上。舜崩，甕淪于地下。至秦始皇通汨羅之流爲小溪，遡從長沙至零陵，掘地得赤玉甕，可容八斗，以應八方之數，在舜廟之堂前。後人得之，不知年月，至後漢東方朔識之。朔乃作《寶甕銘》曰：“寶雲生於露壇，祥風起於月館。望三壺如盈尺，視八鴻如縈帶。”“三壺”則海中三山也：一曰方壺，則方丈也；二曰蓬壺，則蓬萊也；三曰瀛壺，則瀛洲也。形如壺器。此三山上廣、中狹、下方，皆如工制，猶華山之似削成。“八鴻”者，八方之名；鴻，大也。登月館以望四海、三山，皆

---

① “斫”，漢魏叢書本作“析”，稗海本、四庫本作“砍”。
② “於”，四庫本作“乎”。

如聚米縈帶者矣。①

唐　堯

　　帝堯在位，聖德光洽。河洛之濱，得玉版方尺，圖天地之形；又獲金璧之瑞，文字炳列，記天地造化之始。四凶既除，善人來服，分職設官，彝倫攸叙。乃命大禹疏川潴澤。有吳之鄉，有北之地，無有妖災。沉翔之類，自相馴擾。幽州之墟，羽山之北，有善鳴之禽，人面鳥喙，八翼一足，毛色如雉，行不踐地，名曰青鸐，其聲似鐘磬笙竽也，世語曰："青鸐鳴，時太平。"故盛明之世，翔鳴藪澤，音中律呂，飛而不行。至禹平水土，栖於川岳。所集之地，必有聖人出焉。自上古鑄諸鼎器，皆圖像其形，銘讚至今不絶。② 堯登位三十年，有巨查浮於西海。查上有光，夜明晝滅。海人望其光，乍大乍小，若星月之出入矣。查常浮繞四海，十二年一周天，周而復始，名曰貫月查，亦謂挂星查。羽人栖息其上，群仙含露以漱。日月之光，則如暝矣。虞夏之季，不復記其出没。

---

　　① 按《鶡冠子》卷中《泰録篇》"天有九鴻"句，陸佃解曰："《拾遺記》曰：望三壺如聚米，視八鴻若縈帶。説者以爲八鴻，八方之名。鴻，鴻大也。然則九鴻蓋九方歟。"（《四部叢刊》影明翻宋本）據此可知"三壺則海中三山也"以下數句皆當爲子注。

　　② "讚"，原作"鑽"，漢魏叢書本作"贊"，今從稗海本，四庫本、祕書本、古今逸史本、和刻本改。

游海之人，猶傳其神偉也。西海之西，有浮玉山。山下有巨穴，穴中有水，其色若火。晝則通曨不明，夜則照耀穴外。雖波濤灌蕩，其光不滅，是謂陰火。當堯世，其光爛起，化爲赤雲，丹輝炳映，百川恬澈。游海者銘曰"沉燃"，以應火德之運也。堯在位七十年，有鸞雛歲歲來集，麒麟游於藪澤，梟鴟逃於絶漠。有秪支之國，獻重明之鳥，一名雙睛，言雙睛在目。[1] 狀如雞，鳴似鳳。時解落毛羽，以肉翮而飛，能搏逐猛獸虎狼，使妖災群惡不能爲害。飴以瓊膏，或一歲數來，或數歲不至。國人莫不掃灑門户，以望重明之集。其未至之時，國人或刻木、或鑄金，爲此鳥之狀，置於門户之間，[2] 則魑魅醜類，自然退伏。今人每歲元日或刻木鑄金，或圖畫爲雞於牖上，此之遺像也。[3]

虞　舜

虞舜在位十年，有五老游於國都，舜以師道尊之，言則及造化之始。舜禪於禹，五老去不知所從，舜乃置五星之祠以祭之。其夜有五長星出，薰風四起，連珠合璧，祥應備焉。萬國重譯而至。有大頻之國，其民來朝。乃問其災祥之數，

---

① "言雙睛在目"五字當爲子注。
② "門户"，稗海本、四庫本作"户牖"。
③ "之"，稗海本、四庫本無，漢魏叢書本、百子全書本作"其"。

對曰：昔北極之外，有潼海之水，渤潏高隱於日中。有巨魚大蛟，莫測其形也；吐氣則八極皆暗，振鬐則五岳波蕩。當唐堯時，懷山爲害，大蛟縈天。縈天則三河俱溢，海瀆同流。三河者，天河、地河、中河是也。① 此三水有時通壅。至聖之治，水色俱溢，② 無有流沫。及帝之商均，暴亂天下，則巨魚吸日，蛟繞於天。故誣妄也，此言吸日而星雨皆墜，抑亦似是而非也。故使後來爲之迴惑，托以無稽之言。特取其愛博多奇之間，録其廣異宏麗之靡矣。③ 舜葬蒼梧之野，有鳥如雀，丹州而來，吐五色之氣，氤氳如雲，名曰憑霄雀。能群飛銜土成丘墳。此鳥能反形變色，集於峻林之上；在木則爲禽，行地則爲獸，變化無常。常游丹海之際，時來蒼梧之野；銜青砂珠，積成壠阜，名曰"珠丘"。其珠輕細，風吹如塵起，名曰"珠塵"。今蒼梧之外，山人采藥，時有得青石，圓潔如珠，服之不死，帶者身輕，故仙人方迴《游南岳》七言贊曰："珠塵圓潔輕且明，有道服者得長生。"

冀州之西二萬里，有孝養之國。其俗人年三百歲，而織茅爲衣，即《尚書》"島夷卉服"之類也。死葬之中野，百

---

① "三河"句當爲子注。

② "溢"，漢魏叢書本作"澄"。

③ "故誣妄也……録其廣異宏麗之靡矣"等語，意不可通。細按其文，曰"誣妄""迴惑""無稽"，又曰"愛博多奇"，疑爲蕭《録》之語而誤入正文，兼疑有脱文、錯簡。"間"，漢魏叢書本作"聞"。

鳥銜土爲墳，群獸爲之掘穴，不封不樹。有親死者，剜木爲影，事之如生。其俗驍勇，能囓金石。其舌杪方而本小。手搏千鈞，以爪畫地，則洪泉涌流。善養禽獸，入海取虬龍，育於圜室，以充祭祀。昔黄帝伐蚩尤，除諸凶害，獨表此處爲孝養之鄉。萬國莫不欽仰，故舜封爲孝讓之國。舜受堯禪，其國執玉帛來朝，特加賓禮，異於餘戎狄也。爰及鳥獸昆蟲，以應陰陽。至億萬之年，山一淪，海一竭，魚蛟陸居，有赤鳥如鵬，以翼覆蛟魚之上。蛟以尾叩天求雨，魚吸日之光，冥然則暗如薄蝕矣，衆星與雨偕墜。① 舜乃禱海岳之靈，萬國稱聖。德之所洽，群祥咸至矣。

南潯之國，有洞穴陰源，其下通地脉。中有毛龍，② 時蛻骨於曠澤之中。魚龍同穴而處。其國獻毛龍，一雌一雄，放置豢龍之宮。至夏代，養龍不絕，因以命族。至禹導川，乘此龍。及四海攸同，乃放河汭。③

錄曰：按《春秋傳》云：“星隕如雨，而夜猶明。”《淮南子》曰：“麒麟鬥而日月蝕，鯨魚死而彗星見。”

---

① “爰及鳥獸昆蟲……衆星與雨偕墜”數句，文意與前後不相接，疑有錯簡。齊治平以此數句銜上文“蛟繞於天”之下爲一段。

② “毛龍”下，稗海本、四庫本有“毛魚”二字。

③ “乃”，原本作“及”，稗海本、四庫本作“乃”，漢魏叢書本、百子全書本作“反”。今從稗海本、四庫本改。

夫盈虚薄蝕，未詳變於聖典；孛彗妖祲，著災異於圖册。麒麟鬥，鯨魚死，靡聞於前經。求諸正誥，殆將昧焉。①

　　録曰：自稽考群籍，伏羲至于軒轅、少昊、高辛、唐、虞之君，禪業相襲，符表名類，未若堯之盛也。按《易緯》云：堯爲陽精，叶德乾道，粵若稽古，是謂上聖。惟天爲大，惟堯則之。禪業有虞，所謂契叶符同，明象日月。蓋其載歷邅曠，筭紀綿遠，德業異紀，神迹各殊。考傳聞於前古，求僉言於中世，而道教參差，祥德遞起，指明群説，能無仿佛！精靈冥昧，至聖之所不語，安以淺末，貶其有無者哉！劉子政曰："凡傳聞不如親聞，親聞不如親見。"何則？神化欻忽，出隱難常，非膚受之所考筭，恒情之所思測。至如龍火鳥水之異，雲鳳麟蟲之屬，魍魎百怪之形，欻忽之像，憑風雲而自生，因金玉而相化，未詳備於夏鼎，信莫記於山經。貫月查之誕，重明桂實之説，陽燎出於冰木，陰蟲生於炎山，易腸倒舌之民，蜕骨龍肉之景，憑風雲而托生，含雨露而蠢育，已表怪於衆圖，方見偉於群記。茫茫邅邇，眇眇流文，百家迂闊，各尚斯異，吁守文於一説者矣。

---

　　① 齊校本移此則"録曰"於前段"故誣妄也"之前。齊云："今按全書體例，無兩《録》相連者，且察其內容、語氣，明係關於'巨魚、大蛟'異聞的評論，自應移置此處。又'故誣妄也……宏麗之靡矣'，原在'蛟繞於天'之下，詳其文理，當亦係蕭綺《録》語，故接於'殆將昧焉'之後。"

卷第二

夏　殷　周

夏　禹

堯命夏鯀治水，^① 九載無績。鯀自沉於羽淵，化爲玄魚，時揚鬐振鱗，^② 横修波之上。^③ 見者謂爲河精。羽淵與河海通源也。海民於羽山之中修立鯀廟，四時以致祭祀，常見玄魚與蛟龍跳躍而出，觀者驚而畏矣。^④ 至舜命禹疏川奠岳，濟巨海則黿鼉而爲梁，逾翠岑則神龍而爲馭，^⑤ 行遍日月之墟，

---

　　① “鯀”，原本作“鮌”，據下文“鯀字或魚邊玄也”，字當作“鯀”而以“鮌”爲或體。今據漢魏叢書本改。

　　② “鬐”，原作“鬢”，本書卷一有“振鬐則五岳波蕩”之語，今從稗海本、四庫本改。

　　③ “横修波之上”，稗海本、四庫本作“横游波上”。

　　④ “矣”，稗海本、四庫本作“之”。又，《事物紀原》卷八引《王子年拾遺記》曰：“鯀治水無功，自沉羽淵，化爲玄魚。海人於羽山下修玄魚祠，四時致祭。嘗見瀿瀷出水，長百丈，噴水激浪必雨降。漢書（“書”疑當作“世”，引者）越巫請以鴟魚尾厭火灾，今鴟尾即此魚尾也。”（四庫本）當爲此節佚文。

　　⑤ “翠岑”，稗海本作“■山”（■表墨釘，下同），四庫本作“峻山”。

惟不踐羽山之地，皆聖德感鯀之靈化。其事互説，神變猶一，而色狀不同。玄魚黃能，[①] 四音相亂，傳寫流文，鯀字或魚邊玄也。群疑衆説，並略記焉。[②]

　　録曰：書契之作，肇迹軒轅，[③] 道樸風淳，文用尚質。降及唐、虞，爰迄三代，世祀遐絶，[④] 載歷綿遠。列聖通儒，憂乎道缺；故使玉牒金繩之書，蟲章鳥篆之記，或秘諸巖藪，藏於屋壁。或逢喪亂，經籍事寢，前史舊章，或流散異域；故字體與俗訛移，其音旨隨方互改。歷商、周之世，又經嬴、漢，簡帛焚裂，遺墳殘泯。詳其朽蠹之餘，采捃傳聞之説。是以“己亥”正於前疑，“三豕”析於後謬。子年所述，涉乎萬古，與聖叶同，摘文求理，斯言如或可據。《尚書》云：“堯殛鯀於羽山。”《春秋傳》曰：“其神化爲黃能，以入羽淵。”是在山變爲能，入水化爲魚也。獸之依山，魚之附水，各因其性而變化焉。詳之正典，[⑤] 爰訪雜説，若真若似，

---

　　① “黃能”，秘海本、四庫本、漢魏叢書本、百子全書本作“黃熊”，下同。按《爾雅·釋魚》：“鱉三足能，龜三足賁。”

　　② “其事互説……並略記焉”句與上文不相屬，疑有錯簡，又或爲蕭《録》誤入正文。此句若接下段“各因其性而變化焉”之下，似較通順。

　　③ “軒轅”，原本作“軒更”，齊校本據“毛校”改作“軒史”，謂“軒轅之史倉頡”。按：“軒史”古語鮮見，今從漢魏叢書本、百子全書本作“軒轅”。

　　④ “祀”，祕書本、古今逸史本、和刻本作“紀”。

　　⑤ “詳之”，漢魏叢書本作“議應”。

並略録焉。

禹鑄九鼎，五者以應陽法，四者以象陰數；使工師以雌金爲陰鼎，以雄金爲陽鼎。[1] 鼎中常滿，以占氣象之休否。當夏桀之世，鼎水忽沸；及周將末，九鼎咸震：皆應滅亡之兆。後世聖人因禹之迹，代代鑄鼎焉。禹盡力溝洫，導川夷岳；黃龍曳尾於前，玄龜負青泥於後。玄龜，河精之使者也。[2] 龜頷下有印，文皆古篆字，作九州山川之字。禹所穿鑿之處，皆以青泥封記其所，使玄龜印其上。今人聚土爲界，此之遺象也。[3]

禹鑿龍關之山，亦謂之龍門，至一空巖，深數十里，幽暗不可復行。禹乃負火而進，有獸狀如豕，銜夜明之珠，其光如燭。又有青犬行吠於前。禹計可十里，[4] 迷於晝夜。既覺漸明，見向來豕犬變爲人形，皆著玄衣。又見一神，蛇身人面。禹因與語，神即示禹八卦之圖，[5] 列於金版之上，又有八神侍側。禹曰："華胥生聖子，是汝耶？"[6] 答曰："華胥

---

① 《太平御覽》卷六引《王子年拾遺記》，此下有"太白星見，九日不没"八字（《四部叢刊三編》影日本宮內廳、東福寺、靜嘉堂藏宋刊本），當爲佚文。

② "玄龜河精之使者也"八字當爲子注。

③ "之"，稗海本、四庫本無，漢魏叢書本、百子全書本、古今逸史本、和刻本作"其"。

④ "計"下稗海本、四庫本有"行"字。

⑤ "神"，稗海本、四庫本無。

⑥ "華胥生聖子是汝耶"，稗海本、四庫本作"華胥生聖人子是耶"。

是九河神女，以生余也。"乃探玉簡授禹，長一尺二寸，以合十二時之數，使量度天地。禹即執持此簡以平定水土。① 蛇身之神即羲皇也。②

　　録曰：夫神迹難求，幽暗罔辨。希夷仿佛之間，聞見以之衒惑；若測諸冥理，先墳有所指明。是以彭生假見於貝丘，趙王示形於蒼犬，皆文備魯册，驗表齊、漢。遠古曠代，事異神同。銜珠吐燭之怪，精靈一其均矣。若夫茫茫禹迹，杳漠神源，非末俗所能推辨矣。觀伏羲至于夏禹，歲歷悠曠，載祀綿邈，故能與日月共輝，陰陽齊契。萬代百王，情異迹至，參機会道，視萬齡如旦暮，促累劫於寸陰。何嗟鬼神之可已，而疑羲、禹之相遇乎！

---

① "執"，稗海本、四庫本無。
② "蛇"字上稗海本、四庫本有"授簡披圖"四字。又按《北堂書鈔》卷一五八引《王子年拾遺記》曰："昔伯禹隨山浚川，起自積石，鑿龍門，至一空穴。禹初入穴之時，孔方七尺，積入，幽暗不可復行。禹乃負火而入，有黑蛇長十丈，頭有角，銜夜明之珠以導於禹。禹乃晝夜并行，計可三十餘里，魑魅莫逢。穴亦積廣，乃至一室裏。有人身如蛇鱗坐于石上，禹與言焉。說日月初明之時。又言：今之世，洪波冠天起，而天火灼石土皆焦，謂堯湯之世是也，子能匡矣。"（中國書店影南海孔氏三十有三萬卷堂校注重刊影宋本）文與今本多歧，當爲古本佚文。

殷　湯

商之始也，有神女簡狄游於桑野，見黑鳥遺卵於地，有五色文作“八百”字。簡狄拾之，貯以玉筐，覆以朱紱。夜夢神母謂之曰：“爾懷此卵，即生聖子以繼金德。”狄乃懷卵，一年而有娠，經十四月而生契。祚以八百，叶卵之文也。雖遭旱厄，後嗣興焉。

傅説賃爲赭衣者舂於深巖以自給，①夢乘雲繞日而行，筮得“利建侯”之卦。歲餘，湯以玉帛聘爲阿衡也。

紂之昏亂，欲討諸侯，使飛廉、惡來誅戮賢良，取其寶器，埋於瓊臺之下；使飛廉等惑所近之國，②侯服之内，使烽燧相續。紂登臺以望火之所在，乃興師往伐其國；殺其君，囚其民，收其女樂，肆其淫虐，神人憤怨。時有朱鳥銜火，如星之照耀，亂以烽燧之光，③紂乃回惑，使諸國滅其烽燧，於是億兆夷民乃歡，萬國已静。及武王伐紂，樵夫牧竪探高

---

① “傅説”，稗海本、四庫本作“伊尹”。按馬驌《繹史》卷十七自注：“《墨子》：‘傅説居北海之洲，圜土之上，衣褐帶索，庸築於傅巖之城。武丁得而舉之，立爲三公。’《拾遺記》：‘傅説賃爲赭衣者舂於深巖以自給，夢乘雲繞日而行，筮得利建侯之卦。歲餘，湯以玉帛聘爲阿衡也。’此舛誤伊尹之事，何無稽之甚。”湯以伊尹爲阿衡，傅説則武丁時人也；此或誤合傅説、伊尹二人事迹爲一。作“傅説”“伊尹”皆不是，故仍其舊以待考。

② “惑”，稗海本、四庫本作“於”。

③ “亂以”二字，稗海本、四庫本互乙。

鳥之巢，得玉璽。① 文曰：“水德將滅，木祚方盛。”文皆大篆，紀殷之世歷已盡，而姬聖之德方隆。② 是以三分天下而其二歸周，故蚩蚩之類，嗟殷亡之晚，望周來之遲矣。③

師延者，殷之樂人也。設樂以來，世遵此職；至師延，精述陰陽，曉明象緯。莫測其爲人，世載遼絶，而或出或隱。在軒轅之世，爲司樂之官；及殷時，總修三皇五帝之樂。拊一絃琴，則地祇皆升；吹玉律，則天神俱降。當軒轅之時，年已數百歲，聽衆國樂聲，以審興亡之兆。至夏末，抱樂器以奔殷。而紂淫於聲色，④ 乃拘師延於陰宮，欲極刑戮。師延既被囚繫，奏清商、流徵、滌角之音，司獄者以聞於紂。紂猶嫌曰：“此乃淳古遠樂，非余可聽說也。”猶不釋。師延乃更奏迷魂淫魄之曲，以歡修夜之娛，乃得免炮烙之害。周武王興師，乃越濮流而逝。或云死於水府。故晉衛之人鐫石鑄金以像其形，立祀不絶矣。

錄曰：《三墳》《五典》及諸緯候雜說，皆言簡狄吞燕卵而生契。《詩》云：“天命玄鳥，降而生商。”斯文

---

① “玉”上，稗海本、四庫本有“赤”字。
② “聖之”二字，稗海本、四庫本互乙。
③ “望”，稗海本、四庫本作“恨”。
④ “而”，稗海本、四庫本作“及”。

正矣。此説懷感而生。衆言各異，故記其殊別也。① 傳説去其春筑，釋彼佣賃，應翹旌而來相，可謂知幾其神矣。同磻溪之歸周，異殷相之負鼎；龍蛇遇命，道會則通。斯則往賢之明教，通人之至規。樂天知命，信之經言也。死且不朽，是謂名也。烏無声譽於後裔，揚風烈於萬祀。譬諸金玉，烟埃不能埋其堅貞；比之涇濮，淄渭不能混其澄澈。師延當紂之虐，矯步求存，因權取濟，觀時殉主，② 全身獲免。所謂困而能通，卒以智免。故影被丹青，形刊金石，愛其和樂之功，貴其神迹之遠矣。至如越思計然之利，鑴金以旌其德，方斯蔑矣。

周

周武王東伐紂，夜濟河，時雲明如晝，八百之族皆齊而歌。有大蜂狀如丹鳥，飛集王舟，因以鳥畫其旗。翌日而梟紂，名其船曰蜂舟。魯哀公二年，鄭人擊趙簡子，得其蜂旗，

---

① “記”，祕書本、古今逸史本、和刻本作“紀”。
② “殉”，原本作“徇”，和刻本校曰：“徇當作徇。”漢魏叢書本、百子全書本作“殉”。按：殉，營也，求也，從也。《漢書·李陵傳》“奮不顧身以殉國家之急”，師古注曰：“殉，營也；一曰從也。”“觀時殉主”謂“觀時以求主”或“順時以從主”。“徇”可與“殉”通，《漢書·賈誼傳》：“貪夫徇財，烈士徇名。”今據漢魏叢書本、百子全書本改。

則其類也。事出《太公六韜》。① 武王使畫其像於幡旗，以爲吉兆。今人幡信皆爲鳥畫，則遺象也。

成王即政三年，有泥離之國來朝。其人稱自發其國，常從雲裹而行，聞雷霆之聲在下；或入潛穴，又聞波瀾之聲在上。② 視日月以知方國所向，計寒暑以知年月。考國之正朔，則序曆與中國相符。王接以外賓禮也。③

四年，旃塗國獻鳳鶵，載以瑤華之車，飾以五色之玉，駕以赤象；至于京師，育于靈禽之苑，飲以瓊漿，飴以雲實，二物皆出上元仙方。鳳初至之時，毛色文彩彪發，④ 及成王封泰山、禪社首之後，文彩炳燿。中國飛走之類，不復喧鳴，咸服神禽之遠至也。及成王崩，冲飛而去。孔子相魯之時，有神鳳游集。至哀公之末，不復來翔，故云“鳳鳥不至”，⑤可爲悲矣。

五年，有因祇之國，去王都九萬里，獻女工一人。⑥ 體貌輕潔，被纖羅雜繡之衣，長袖修裾，風至則結其衿帶，恐飄飄不能自止也。其人善織，以五色絲內於口中，手引而結

---

① “魯哀公二年……太公六韜”，齊校云：“自‘魯哀公二年’至此注，疑皆係作者自注篡入正文者。”齊說是也。

② 此下稗海本、四庫本有“或泛巨水”四字。

③ “賓”下稗海本、四庫本有“之”字。

④ “文彩”，稗海本、四庫本作“未”。

⑤ “云”，稗海本、四庫本作“曰”。

⑥ 稗海本、四庫本此下有“善工巧”三字。

之則成文錦。其國人來獻，有雲昆錦，文似雲從山岳中出也；有列堞錦，文似雲霞覆城雉樓堞；① 雜珠錦，文似貫珠佩也；有篆文錦，文似大篆之文也；有列明錦，文似列燈燭也：② 幅皆廣三尺。其國丈夫勤於耕稼，一日鋤十頃之地。又貢嘉禾，一莖盈車，故時俗四言詩曰：“力勤十頃，能致嘉穎。”

六年，燃丘之國獻比翼鳥，雌雄各一，以玉為樊。其國使者皆拳頭尖鼻，衣雲霞之布，如今朝霞也。經歷百有餘國，方至京師，其中路山川不可記。越鐵峴，泛沸海，蛇洲、蜂岑。③ 鐵峴峭礪，車輪剛金為輞，比至京師，輪皆銚鋭幾盡。又沸海洶涌如煎，魚鼈皮骨堅強如石，可以為鎧。泛沸海之時，以銅薄舟底，蛟龍不能近也。又經蛇洲，則以豹皮為屋，於屋內推車。又經蜂岑，燃胡蘇之木，此木烟能殺百蟲。經途十五餘年，④ 乃至洛邑。成王封泰山、禪社首。使發其國之時並童稚；⑤ 至京師，鬢髮皆白；及還至燃丘，容貌還復少壯。比翼鳥多力，狀如鵲，銜南海之丹泥，巢昆岑之玄木，遇聖則來集，⑥ 以表周公輔聖之祥異也。

七年，南陲之南有扶婁之國，其人善能機巧變化，易形

---

① 此下稗海本、四庫本有“也有”二字。
② “列”上，稗海本、四庫本有“羅”字。
③ “蛇洲”上，稗海本、四庫本有“有”字。
④ “十五”，稗海本、四庫本作“五十”。
⑤ “並”上，稗海本、四庫本有“人”字。
⑥ “集”上，稗海本、四庫本有“翔”字。

改服。大則興雲起霧，小則入於纖毫之中。① 綴金玉毛羽爲衣裳，② 吐雲噴火，鼓腹則如雷霆之聲。或化爲群犀、象、師子、龍、蛇、火鳥之狀；③ 或變爲虎兕，或口中生人，④ 備百戲之樂。宛轉屈曲於指掌間，⑤ 人形或長數分，⑥ 或復數寸，神怪欻忽，衒麗於時。樂府皆傳此伎，至末代猶學焉，得粗亡精，代代不絶，故俗謂之婆候伎，則扶婁之音，訛替至今。

昭王即位二十年，王坐祇明之室，晝而假寐。忽夢白雲蓊蔚而起，有人衣服皆毛羽，因名羽人。夢中與語，問以上仙之術，羽人曰：“大王精智未開，欲求長生久視，不可得也。”王跪而請受絶欲之教，羽人乃以指畫王心，應手即裂。王乃驚寤，而血濕衿席；因患心疾，即卻膳撤樂。移於旬日，忽見所夢者復來，語王曰：“先欲易王之心，乃出方寸綠囊，中有續脉明丸、⑦ 補血精散，以手摩王之臆，俄而即愈。王即請此藥，貯以玉缶，緘以金繩，王以塗足，⑧ 則飛天地萬

---

① “中”，稗海本、四庫本作“裏”。
② “毛羽”二字，稗海本、四庫本互乙。
③ “群”，稗海本、四庫本無；“火鳥”，稗海本、四庫本作“犬馬”。
④ “口中生人”，稗海本、四庫本作“吐人於掌中”。
⑤ “掌”，稗海本、四庫本無。
⑥ “人”上，稗海本、四庫本有“見”字。
⑦ “有”下，稗海本、四庫本有“藥名曰”三字。
⑧ “王以”，稗海本、四庫本作“以之”。

里之外，如游咫尺之内。有得服之，後天而死。①

二十四年，塗修國獻青鳳、丹鵲，各一雌一雄。② 孟夏之時，鳳、鵲皆脱易毛羽；聚鵲翅以爲扇，緝鳳羽以飾車盖也。扇一名游飄，二名條翮，三名虧光，四名仄影。時東甌獻二女，一名延娟，二名延娛。使二人更搖此扇，侍於王側，輕風四散，冷然自凉。③ 此二人辯口麗辭，巧善歌笑；步塵上無迹，行日中無影。及昭王淪於漢水，二女與王乘舟，夾擁王身，同溺於水。故江漢之人，到今思之，立祀於江湄。數十年間，人於江漢之上，猶見王與二女乘舟戲於水際。至暮春上巳之日，褉集祠間，或以時鮮甘味，④ 采蘭杜包裹，以沉水中；⑤ 或結五色紗囊盛食，或用金鐵之器，並沉水中，以驚蛟龍水蟲，使畏之不侵此食也。其水傍號曰招祇之祠。

---

① “俄而即愈”以下，《太平御覽》卷九八四引作：“王因請其方。曰：‘其用物也，有九明神芝，煎以蒼鷹之血；黑河鱗膽，煮以琨瑤之脂。貯以玉缶，緘以金繩，封以玉印。王得服之，後天而死。若溺於淫，嗜於欲，求者祇苦心焉。’語畢，化爲青鳧入天際。王求合藥，終不能成。黑河，北極也，其水濃黑不流，上有濃雲生焉。有黑鯤千尺如鯨，常飛游於南海。”文與今本有異，當爲古本之佚文。又按《初學記》卷三十引《王子年拾遺記》曰：“黑河，北極也，其水濃黑不流，土雲生焉。有黑鯤魚，千尺如鯨，常宕往於南海，或宕而失所，死於南海之濱，肉骨皆消，唯膽如石，上仙藥也。”（《日本宫内廳書陵部藏宋元版漢籍叢書》本）則“黑河，北極也”以下當爲子注。

② 此句《初學記》卷三十引作“周昭王時，塗修國獻青鳳、丹鶴各一雄一雌，以潭皋之粟飴之，以溶溪之水飲之”，“以潭皋之粟”二句當爲佚文。

③ “冷”，稗海本、四庫本、古今逸史本、和刻本作“泠”。

④ “味”，稗海本、四庫本作“果”。

⑤ “水中”，稗海本、四庫本作“於水”。

綴青鳳之毛爲二裘，一名煩質，[①] 二名暄肌，服之可以卻寒。至屬王流於彘，彘人得而奇之，分裂此裘，遍於彘土。罪人大辟者，抽裘一毫以贖其死，則價直萬金。

　　錄曰：武王資聖智而剋伐，觀天命以行誅；不驅熊羆之師，不勞三戰之旅；一戎衣而定王業，憑神力而協符瑞。至于成王，制禮崇樂，姬德方盛，營洛邑而居九鼎，寢刑廟而萬國來賓；雖大禹之隆夏績、帝乙之興殷道，未足方焉。故能繼后稷之先基，紹公刘之聖德，文、武之迹不墜，故《大雅》稱爲“令德”。播聖教於八荒之外，流仁惠於九圍之表。神智之所綏化，邈邇之所來服，靡不越岳航海，交於遼險之路。瑰寶殊怪之物，充於王庭；靈禽神獸之類，游集林藪；詭麗殊用之物，鐫研異於人功。方冊未之或載，篆素或所不絕。及乎王人風舉之使直指逾於日月之陲，窮昏明之際，覘風星以望路，[②] 憑雲波而遠逝。所謂道通幽微，德被冥昧者也。成、康以降，[③] 世祀陵衰。昭王不能弘遠業、垂声教，

---

　　① “煩質”，《北堂書鈔》卷一二九、《初學記》卷二六、三十及《太平御覽》卷九一五皆引作“燠質”。齊校曰：“‘燠質’與下‘暄肌’，均使身體温暖之義。”

　　② “覘”，漢魏叢書本作“視”。

　　③ “成康以降”以下，原本提行頂格。按：此數句係評論之語，顯爲蕭《錄》文字；今從漢魏叢書本、百子全書本，移置《錄》中。

南游荆楚，義乖巡狩，溺精靈於江漢，且極於幸由，水
濱所以招問，《春秋》以爲深貶。嗟二姬之殉死，三良
之貞節。精誠一至，視殞若生。格之正道，不如強諫。
楚人憐之，① 失其死矣。

卷第三

周穆王　魯僖公　周靈王

周穆王

穆王即位三十二年，巡行天下。馭黃金碧玉之車，傍氣乘風，起朝陽之岳，自明及晦，窮寓縣之表。有書史十人，記其所行之地。又副以瑤華之輪十乘，隨王之後，以載其書也。王馭八龍之駿：一名絕地，足不踐土；二名翻羽，行越飛禽；三名奔霄，夜行萬里；四名超影，[①]逐日而行；五名逾輝，毛色炳燿；六名超光，一形十影；七名騰霧，乘雲而奔；八名挾翼，身有肉翅。遞而駕焉，按轡徐行，以匝天地

---

① "超影"，《太平廣記》卷四三五（四庫本）、《太平御覽》卷八九七引作"越影"，齊校曰："蓋涉下文'超光'而誤。"按唐蘇鶚《杜陽雜編》卷上"以爲超光、趐影之匹"句子注：《王子年拾遺記》：周穆王有八駿，號超光、趐影、逐日者。"（四庫本）趐，馳也，又爲"趐"俗體；據下文"逐日而行"，作"趐"於義爲長。穆王八駿之名，各家引文不一，今仍其舊。

之域。王神智遠謀，使迹戲遍於四海，故絕異之物，不期而
自服焉。

　　録曰：夫因氣含生，罕不以形相別。至於比德方事，
龍馬則同類焉。是以蔡曇觀其智，忌衛相其才。抑亦昭
發於圖緯，而刊載於寶牒，章皇王之符瑞，叶河洛之禎
祥。[①] 故以丹青列其形，銅玉傳其象。至如騄耳、驊騮、
赤驥、白驎之絕，黄渠、山子、逾輪之異，不可得而比
也。故能遥碣石而轢倒景，[②] 排閶闔而軼姑徐。非夫歸
風彌塵之迹，超虛送日之步，安能若是哉！望絳宫而驤
首，指瓊台而一息，緊可得而齊影矣。至於《詩》《書》
所記，名色實多，騂駱麗乎坰野，皎質耀乎空谷，或表
形騙紫，被乎青玄，難可盡言矣。其有龍文、腰裹之倫，
取其電逝而飆逸；驎駎、駃騠之儔，亦騰驤以稱駿。莫
不待盛明而皆出，歷代之神寶矣。次有薄梢、嚙膝、魚
文、驪駒之類，或擅名於漢右，或珍生於冀北，備飾於涓
正，填列於帝皂。進則充服於上襄，而驂驪於瑶軩；退則

---

　　① “禎”，原缺末筆，下注小字“御名”。
　　② 齊校疑此“遥”字當作“超”，蓋先訛爲“迢”，复訛爲“遥”也。范崇高謂：
“遥”當爲“逕”（“逕”之異體）之誤字，二者形近易混；古書中“遥”“逕”常形成異
文。（説詳《〈拾遺記〉校釋》，《中古小説校釋集稿》，巴蜀書社 2006 年版，第 95
頁。）按：范説是。

羈棄於下圍，思馭於帝閑。俟吳班、秦公之見識，仰天門
而彌遠，窺雲路而可難哉！①使乎韓哀、孫陽之復執靶，
豈傷吻弊策，伏匿而不進焉。自非神徹幽遐，體照冥遠，
驅駕群龍，窮觀天域，詳搜迥古，靡得儔焉。

　　三十六年，王東巡大騎之谷，②指春宵宮，③集諸方士仙
術之要，而螭、鵠、龍、蛇之類，奇種憑空而出。時已將夜，
王設常生之燈以自照，一名恒輝；又列璠膏之燭，遍於宮內；
又有鳳腦之燈，又有冰荷者，出冰礐之中，取此花以覆燈七
八尺，不欲使光明遠也。④西王母乘翠鳳之輦而來，前導以
文虎、文豹，後列雕麟、紫麐；曳丹玉之履，敷碧蒲之席，
黃莞之薦，共玉帳高會。薦清澄琬琰之膏以爲酒，又進洞淵

---

　　①　"可難哉"，漢魏叢書本作"可即難哉"。齊校曰："'可難'當作'何難'，
言何其難也。"陳麗君曰："'可難'即'何難'，在上古漢語裏，'可'與'何'相通。
如《晏子春秋·外篇上二》：'自是觀之，彗又將出，天之變，彗星之出，庸可悲乎？'
王念孫《讀書雜志·晏子春秋二》'天之變'：'可，讀曰何。何，可古字通。'"（説
詳陳麗君《〈拾遺記〉校勘》，《杭州師範學院學報（醫學版）》，2005 年第 4 期，第
218 頁。）
　　②　"大騎之谷"，《太平御覽》卷十二引作"穆王東至大攧（音奇）之谷"（同
書卷八七〇"攧"字從木）。
　　③　"指春宵宮"不文，董斯張《廣博物志》卷二十二引作"詣春宵宮"（四庫
本），疑當作"詣"。
　　④　此則《太平御覽》卷八七〇引作"穆王東至大攧（音奇）之谷，起春霄之
宮，集諸方士，問佛道法。時已將夜，聞殷然雷聲，伏蟄皆動。俄而有流光照於宮
內。王更設常生之燈，一名恒明；又有鳳腦之燈，綴水蓮冰谷之花，上去燈七八尺，
不欲使烟光遠照也"。文與今本有異。

紅藕、嶕州甜雪、崐流素蓮、陰岐黑棗、萬歲冰桃、千常碧藕、青花白橘。素蓮者，一房百子，凌冬而茂。①黑棗者，其樹百尋，實長二尺，核細而柔，百年一熟。②

扶桑東五萬里有磅磄山，③上有桃樹百圍，其花青黑，萬歲一實。鬱水在磅磄山東，其水小流，在大陂之下，所謂沉流，亦名重泉；生碧藕，長千常。七尺爲常也。④條陽山出神蓬，如蒿，長十丈。周初國人獻之，周以爲宮柱，所謂蒿宮也。中有白橘，花色翠而實白，大如瓜，香聞數里。奏環天之和樂，列以重霄之寶器。器則有岑華鏤管、眆澤雕鐘、員山靜瑟、浮瀛羽磬。撫節按歌，萬靈皆聚。環天者，鈞天也；和，廣也。⑤出《穆天子傳》。岑華，山名也，在西海上，有象竹，截爲管，吹之爲群鳳之鳴。眆澤出精銅，可爲鐘鐸。員山，其形員也，有大林，雖疾風震地而林木不動，以其木爲琴瑟，故曰靜瑟。浮瀛即瀛洲也，上有青石，可爲磬。磬

---

①　"凌"，稗海本、四庫本作"陵"。

②　"黑棗"句，《初學記》卷二十八引作"北極有岐峰之陰，多棗樹百尋，其枝莖皆空，其實長尺，核細而柔，歷百歲一實"，較今本爲詳。

③　"扶桑東五萬里"各本均提行頂格。按：此處不應提行，當連上爲同一條。此乃詳解上文之"萬歲冰桃、千常碧藕、青花白橘"者；此下"奏環天之和樂"云云，則接叙穆王與西王母盛會之景。又，"崐流素蓮、陰岐黑棗"上文已有解説。《太平御覽》卷十二引文謂："西王母來進嶕（丘儼反）州甜雪。嶕州去玉門三十萬里，地多寒雪，霜露著木石之上，皆融而甘，可以爲菓也。"當置"素蓮者"之前，爲此節之佚文。"洞淵紅藕"亦必有解説，今本佚。

④　"七尺爲常也"五字當爲子注。

⑤　"環天"句當爲子注。

者長一丈，輕若鴻毛，因輕而鳴。西王母與穆王歡歌。既畢，乃命駕升雲而去。

魯僖公

僖公十四年，晉文公焚林以求介之推。有白鵶繞烟而噪，或集之推之側，火不能焚，晉人嘉之，起一高臺，名曰思烟臺。[①] 種仁壽木，木似柏而枝長柔軟，其花堪食，故《吕氏春秋》云："木之美者，有仁壽之華焉。"即此是也。或云戒所焚之山數百里居人不得設網羅，呼曰"仁烏"。俗亦謂烏白臆者爲慈烏，則其類也。

　　錄曰：楚令尹子革有言曰："昔穆王欲肆心周行，使天下皆有車轍馬迹。"考以《竹書》蠹簡，求諸石室，不絶金繩，《山經》《尔雅》，及乎《大傳》，雖世歷悠遠，而記説叶同。名山大川，肆登躋之極，殊鄉異俗，莫不臆拜稽顙。東升巨人之臺，西宴王母之堂，南渡黿鼉之梁，北經積羽之地。觴瑶池而賦詩，期井泊而游博，勒石軒轅之丘，絶迹玄圃之上。自開闢以來，載籍所記，未有若斯神異者也。

---

① "烟"，稗海本、四庫本作"賢"。

周靈王

周靈王立二十一年，孔子生於魯襄公之世。夜有二蒼龍自天而下，來附徵在之房，因夢而生夫子。有二神女擎香露於空中而來，以沐浴徵在。天帝下奏鈞天之樂，列於顏氏之房。空中有聲，言天感生聖子，故降以和樂笙鏞之音，異於俗世也。又有五老列於徵在之庭，則五星之精也。夫子未生時，有麟吐玉書於闕里人家，① 文云：“水精之子係衰周而素王。”② 故二龍繞室，五星降庭。徵在賢明，知爲神異，乃以綉紱繫麟角，信宿而麟去。相者云：“夫子係殷湯水德而素王。”③ 至敬王之末，魯哀公十有四年，④ 魯人鋤商田於大澤，得麟以示夫子，繫角之紱尚猶在焉。夫子知命之將終，乃抱麟解紱，涕泗滂沱。且麟出之時，⑤ 及解紱之歲，垂百年矣。

———————

① “闕里”，原本作“閭里”。闕里，孔子舊里也，今從諸本改。
② “係”，原本作“孫”，漢魏叢書本、百子全書本作“繼”，“毛校”及《孔氏祖庭廣記》卷八引作“係”（《四部叢刊續編》影蒙古刊本）。按：字當作“係”，與“繼”同義，《爾雅·釋詁》：“紹、胤、嗣、續、纂、緌、績、武、係、繼也。”作“孫”者，乃因形近而訛。今據“毛校”及《孔氏祖庭廣記》改。
③ “殷湯”下，稗海本、四庫本有“之後”二字。
④ “哀公十有四年”原本作“定公二十四年”。按：孔子獲麟，事在魯哀公十四年。今據四庫本改。
⑤ “且”，疑當作“自”。

錄曰：詳觀前史，歷覽先誥，《援神》《鉤命》之
説，六經、緯候之志，研其大較，與今所記相符；語乎
幽秘，彌深影響。故述作書者，莫不憲章古策，斟酌舊
文，蓋以至聖之德列廣也。是以尊德崇道，必欲盡其真
極。昆華不足以匹其高，淪溟未得以方其廣。含生有
識，① 仰之如日月焉。夫子生鍾周季，王政寖缺。愍大
道之將崩，惜文雅之垂墜；乃搜舊章而定五禮，采遺音
而正六樂。故以棟宇生民，舟航萬代者也。所謂崇德廣
業，其謂是乎！孟子云：“千年一聖，謂之連步。”自絕
筆以來，載歷年祀，難可稱筭。故通人之言，有聖將及，
後來諸疑，更發明其章也。

二十三年，起昆昭之臺，② 亦名宣昭，聚天下異木神工，
得崿谷陰生之樹。其樹千尋，文理盤錯，以此一樹而臺用足
焉。大幹爲桁棟，小枝爲栭楶。其木有龍蛇百獸之形。③ 又
篩水精以爲泥。臺高百尺，升之以望雲色。時有萇弘，能招
致神異。王乃登臺，望雲氣蓊鬱，忽見二人乘雲而至，鬚髮

---

① “含”，原作“舍”，今從祕書本改。
② 《初學記》卷二十七引《王子年拾遺記》曰：“周靈王起昆昭之臺以享群
臣，張鸞章錦，文如鸞翔。”當爲佚文。
③ “其樹千尋……百獸之形”句，《太平御覽》卷一七八作雙行小字，當爲
子注。

皆黃，非謠俗之類也。乘游龍飛鳳之輦，駕以青螭，其衣皆縫緝毛羽也。王即迎之上席，時天下大旱，地裂木燃。一人先唱能爲雪霜，引氣一噴，則雲起雪飛。坐者皆凜然，宮中池井，堅冰可瓈。又設狐腋素裘、紫罷文褥，罷褥是西域所獻也，① 施於臺上，坐者皆溫。又有一人唱能使即席爲炎，乃以指彈席上，而暄風入室，裘褥皆棄於臺下。時有容成子諫曰："大王以天下爲家而染異術，使變夏改寒，以誣百姓。文、武、周公之所不取也。"王乃疏萇弘而求正諫之士。時異方貢玉人、石鏡。此石色白如月，照面如雪，謂之月鏡。有玉人，機戾自能轉動。② 萇弘言於王曰："聖德所招也。"故周人以萇弘幸媚而殺之，③ 流血成石，或言成碧，不見其尸矣。

有韓房者，自渠胥國來。獻玉駝，高五丈。虎魄鳳凰，④ 高六尺。火齊鏡，廣三尺，暗中視物如晝；向鏡語，則鏡中影應聲而答。韓房身長一丈，垂髮至膝，以丹砂畫左右手，如日月盈缺之勢，可照百餘步。周人見之，如神明矣。靈王末年，亦不知所在。

---

① "罷褥是西域所獻也"八字當爲子注。
② "戾"，四庫本作"棟"。
③ "幸媚"，稗海本、四庫本作"媚諂"。
④ "虎魄"，稗海本、四庫本作"琥珀"。

　　錄曰：夫誘於可欲，而正德虧矣；惑於聞見，志用
遷矣：周靈之謂乎！爾乃受制於奢，玩神於亂，波蕩正
教，爲之偷薄，淫湎因斯而滋焉。何則？溺此仙道，棄
彼儒教，觀乎異俗，萬代之神絶者也。及其化流遐俗，
風被邊隅，非正朔之所被服，四氣之所含養，而使鬼物
隨方而競至，奇精自遠而來臻，窮天區而盡地域，反五
常而移四序，惚怳形象之間，希夷明昧之際，難可言也。
窮幽極智，偉哉偉哉！凡事君盡禮，忠爲令德，有違則
規諫以竭言，弗從則奉身以求退。故能剖身碎首，莫顧
其生，排户觸輪，知死不去，如手足衞頭目，舟楫濟巨
川。君臣之義，斯爲至矣。而弘違“有犯无隱”之誠，
行求媚以取容，身卒見於夷戮，可爲哀也。容成、萇弘
並當矣。①

　　師曠者，或出於晉靈之世，② 以主樂官，妙辨音律，撰
兵書萬篇，時人莫知其原裔，出沒難詳也。晉平公之時，以
陰陽之學顯於當世，熏目爲瞽人，③ 以絶塞衆慮，專心於星

---

　　①　“並當矣”，漢魏叢書本、百子全書本作“不並語矣”。齊校曰：“原作‘容
成、萇弘並當矣’，與上文文義不合……不並語，謂二人一忠一佞，不能相提並
論。”按：臣之事君，或“莫顧其生”，或“求媚取容”；前者則如容成，後者則如萇弘。
“並當”謂容成、萇弘並可當此二種人，亦通。

　　②　“或”下，稗海本、四庫本有“云”字。

　　③　“熏目爲瞽人”，稗海本、四庫本作“乃熏目爲瞽”。

箏、音律之中，考鐘呂以定四時，無毫釐之異。《春秋》不記師曠出何帝之時。曠知命欲終，乃述《寶符》百卷。晉戰國時，① 其書滅絶矣。

老聃在周之末，居反景日室之山，與世人絶迹。惟有黄髪老叟五人，或乘鴻鶴，或衣羽毛，耳出於頂，瞳子皆方，面色玉潔，手握青筇之杖，與聃共談天地之數。及聃退迹爲柱下史，求天下服道之術，四海名士，莫不争至。五老即五方之精也。

浮提之國獻神通善書二人，乍老乍少；隱形則出影，聞聲則藏形。出肘間金壺四寸，上有五龍之檢，封以青泥。壺中有黑汁如淳漆，灑地及石，皆成篆、隸、科斗之字。記造化人倫之始，佐老子撰《道德經》垂十萬言。寫以玉牒，編以金繩，貯以玉函。晝夜精勤，形勞神倦。② 及金壺汁盡，二人刳心瀝血以代墨焉；遞鑽腦骨，取髓代爲膏燭。及髓、血皆竭，探懷中玉管，中有丹藥之屑，以塗其身，骨乃如故。老子曰："更除其繁紊，存五千言。"及至經成工畢，二人亦不知所往。

錄曰：莊周云："德配天地，猶假至言。"觀乎老

---

① "晉戰國時"，稗海本、四庫本作"至戰國分争"。
② "形勞神倦"，祕書本、古今逸史本作"形神勞倦"。

氏，崇謙柔以爲要，挹虛寂以歸真；知大朴之既漓，發
玄文以示世。孰能辨其虛無，究斯深寂？是以仲尼責其
德，叶以神靈，極譬二人以爲龍矣。① 師曠設數千間，
卒其春秋之末。《抱朴子》謂爲"知音之聖"也。雖容
成之妙，大撓之推曆，夔、襄之理樂，延州之聽，故未
之能過也。

師涓出於衛靈公之世，寫列代之樂，造新曲以代古樂。②
故有四時之樂：③ 春有《離鴻》《去雁》《應蘋》之歌，夏有
《明晨》《焦泉》《朱華》《流金》之調，④ 秋有《商風》《白
露》《落葉》《吹蓬》之曲，冬有《凝河》《流陰》《沉雲》
之操。以此四時之聲，奏於靈公。靈公情湎心惑，忘於政事。
蘧伯玉趨階而諫曰："此雖以發揚氣律，終爲沉湎淫曼之音，
無合於《風》《雅》，非下臣宜薦於君也。"靈公乃去其聲而
親政務，故衛人美其化焉。師涓悔其乖於《雅》《頌》，失爲
臣之道，乃退而隱迹。蘧伯玉焚其樂器於九達之衢，⑤ 恐後

---

① "二"，漢魏叢書本、百子全書本作"其"。
② "寫列代之樂，造新曲以代古聲"，稗海本、四庫本作"能寫列代之樂，善造新曲以代古聲"。
③ 此下稗海本、四庫本有"亦有奇麗寶器"六字。
④ "朱"，原本作"之"，稗海本、四庫本作"朱"，漢魏叢書本作"泛"，百子全書本作"芝"，今據稗海本、四庫本改。
⑤ "樂"，稗海本、四庫本作"寶"。

世傳造焉。①

　　録曰：夫體國以質直爲先，導政以謙約爲本。故三風十愆，《商書》以之昭誓；無荒無怠，《唐風》貴其遵儉。靈公達詩人之明諷，惟奢縱惑心，雖追悔於初失，能革情於後諫，日月之蝕，無損明焉。伯玉志存規主，秉亮爲心。師涓識進退之道，觀過知仁。一君二臣，斯可稱美。

　　宋景公之世，有善星文者。許以上大夫之位，處於層樓延閣之上，以望氣象，設以珍食，施以寶衣。其食則有渠滄之鳧，煎以桂髓；叢庭之鶲，蒸以蜜沫；淇漳之鱧，脯以青茄；九江珠稬，爨以蘭蘇；華清夏潔，灑以纖縞。華清，井之澄華也。②饗人視時而叩鐘，伺食以擊磬，③言每食而輒擊鐘磬也。懸四時之衣，春夏金玉爲飾，秋冬以翡翠爲溫，燒異香於臺上。忽有野人，被草負笈，扣門而進曰：“聞國君愛陰陽之術，好象緯之秘，請見。”景公乃延之崇堂，語則及未

　　① 此下《太平廣記》卷二〇三引文尚有“其歌曲湮滅，世代遼遠，唯紀其篇目大意也”十七字。
　　② “華清井之澄華也”及下“言每食而輒擊鐘磬也”二句，《太平廣記》卷七十六作雙行小字，當爲子注。
　　③ “磬”，原本作“盤”，四庫本作“磬”，據下文“每食而輒擊鐘磬也”，當作“磬”，據改。

來之兆，次及已往之事，萬不失一。夜則觀星望氣，晝則執
籌披圖，不服寶衣，不甘奇食。景公謝曰："今國喪亂，微君
何以輔之?"曰："德之不均，亂將及矣!① 修德以來人，則
天應之祥，人美其化。"景公曰："善!"遂賜姓曰子氏，名
之曰韋，即子韋也。

　　錄曰：宋子韋世司天部，妙觀星緯，抑亦梓慎、裨
竈之儔。景公待之若神，禮以上列，服以絕世之衣，膳
以殊方之味。雖謂大禽之旨，華蕤龍袞之服，及斯固陋
矣。《春秋》因生以賜姓，亦緣事以顯名，號司星氏，
至六国之末，著陰陽之書。出班固《藝文志》。

　　越謀滅吳，蓄天下奇寶、美人、異味，以進於吳。殺三
牲以祈天地，殺龍蛇以祠川岳；矯以江南億萬户民，輸吳爲
傭保越。② 又有美女二人，一名夷光，一名修明，即西施、鄭旦
之別名。以貢於吳。吳處以椒華之房，貫細珠爲簾幌；朝下以
蔽景，夕捲以待月。二人當軒並坐，理鏡靚粧於珠幌之内，
竊窺者莫不動心驚魂，謂之神人。③ 吳王妖惑忘政，及越兵

---

① "亂"，稗海本、四庫本作"禍"。
② "殺三牲"句，稗海本、四庫本作"得陰峰之瑶、古皇之驥、湘沅之鱓"。
③ 此下稗海本、四庫本有"若雙鸞之在輕霧，泚水之漾秋蕖"十三字。

入國，乃抱二女以逃吳苑。越軍亂入，見二女在樹下，[①] 皆言神女，望而不敢侵。今吳城蛇門內有朽株，尚爲祠神女之處。初，越王入國，有丹鳥夾王而飛，故句踐入國，起望烏臺，言丹鳥之異也。

范蠡相越，日致千金，家僮閑籌術者萬人。收四海難得之貨，盈積於越都以爲器。銅鐵之類，積如山之阜，[②] 或藏之井塹，謂之寶井；奇容麗色，溢於閨房，謂之游宮。歷古以來，未之有也。

錄曰：《易》尚謙益，《書》著明謨；人臣之體，以斯爲上。《傳》曰："知無不爲，忠也。"范蠡陳工術之本，而勾踐乃霸，卒王百越，稱爲富強，斯其力矣。故能佯狂以晦迹，浮海以避世，因三徙以別名，[③] 功遂身退，斯其義也。至如寶井、游宮，雖奢不惑。夫興亡之道，匪推之曆數，亦由才力而致也。觀越之滅吳，屈柔之禮盡焉。薦非世之絕姬，收歷代之神寶，斯皆迹殊而事同矣。博識君子，驗斯言焉。

---

① "樹"，稗海本、四庫本作"竹樹"。
② 稗海本、四庫本無"之"字。
③ "徙"，原本作"從"，今據百子全書本改。

卷第四

燕昭王五事　秦始皇四事

燕昭王

王即位二年，廣延國來獻善舞者二人，^① 一名旋娟，一名提謨，^② 並玉質凝膚，體輕氣馥，綽約而窈窕，絶古無倫；或行無迹影，或積年不飢。昭王處以單綃華幄，飲以瑸珉之膏，^③ 飴以丹泉之粟。王登崇霞之臺，乃召二人來側，時香風欻起，二人徘徊翔轉，^④ 殆不自支。王以縹縷拂之。二人

---

① 《太平御覽》卷十二引《王子年拾遺記》：“廣延之國去燕七萬里，在扶桑東。其地寒，盛夏之日，冰厚至丈。常雨青雪，冰霜之色皆如紺碧。”當爲此節佚文。

② “謨”，漢魏叢書本、百子全書本作“嫫”。

③ 《北堂書鈔》卷一四三引《王子年拾遺記》云：“燕昭王二年，大延國來獻舞者二人，昭王處以華幄，飲以瑸珉之膏。（“廣”改“大”者，避煬帝諱也。引者注。）”則“一名旋娟……或積年不飢”句宜爲子注。

④ “乃召二人來側，時香風欻起，二人徘徊翔轉”句，原本作“乃召二人徘徊翔舞”，稗海本、四庫本作“乃召二人來側，時香風欻起，二人徘徊翔轉”，因兩見“二人”字，故原本涉上文而脱。今據改。

皆舞，容冶妖麗，靡於鸞翔，而歌聲輕颺。乃使女伶代唱其曲，清響流韻，雖飄梁動木，未足嘉也。其舞一名“縈塵”，言其體輕與塵相亂；次曰“集羽”，言其婉轉若羽毛之從風；末曲曰“旋懷”，[①] 言其支體纏曼，若入懷袖也。乃設麟文之席，散荃蕪之香。香出波弋國，浸地則土石皆香；著朽木腐草，莫不鬱茂；以熏枯骨，則肌肉皆生。以屑噴地，厚四五寸，使二女舞其上，彌日無迹，體輕故也。時有白鸞孤翔，銜千莖穟，穟於空中自生花實，落地則生根葉，一歲百穫，一莖滿車，故曰盈車嘉穟。麟文者，錯雜寶以飾席也，皆爲雲霞麟鳳之狀。昭王復以衣袖麾之，舞者皆止。昭王知其神異，處於崇霞之臺，設枕席以寢讌，遣侍人以衛之。王好神仙之術，玄天之女托形作此二人。昭王之末，莫知所在，或云游於漢江，[②] 或伊洛之濱。[③]

　　四年，王居正寢，召其臣甘需曰：“寡人志於仙道，欲學長生久視之法，可得遂乎？”需曰：“臣游昆臺之山，見有垂白之叟，宛若少童，貌如冰雪，形如處子，血清骨勁，膚實腸輕，乃歷蓬瀛而超碧海，經涉升降，游往無窮，此爲上仙之人

－－－－－－－

　　① “曲”，稗海本、四庫本無。

　　② “云”，稗海本、四庫本無，祕書本、古今逸史本、和刻本作“亡”。“漢江”二字，稗海本、四庫本互乙。

　　③ “或”下，稗海本、四庫本有“在”字；“濱”下，稗海本、四庫本有“遍行天下乍近乍遠也”九字。

也。蓋能去滯欲而離嗜愛，洗神滅念，常游於太極之門。今大王以妖容惑目，美味爽口，列女成群，迷心動慮。所愛之容，恐不及玉，纖腰皓齒，患不如神；而欲卻老雲游，何異操圭爵以量滄海，執毫釐而迴日月，其可得乎？昭王乃徹色減味，居乎正寢，賜甘需羽衣一襲，表其墟爲“明真里”也。

七年，沐胥之國來朝，則申毒國之一名也。[1] 有道術人名尸羅，問其年，云百三十歲。荷錫持瓶，云發其國五年乃至燕都。善術惑之術，於其指端出浮屠十層，高三尺，乃諸天神仙，巧麗特絕。人皆長五六分，列幢蓋，鼓舞繞塔而行，歌唱之音如真人矣。[2] 尸羅噴水爲雾霧，暗數里間；俄而復吹爲疾風，雾霧皆止。又吹指上浮屠漸入雲裏。又於左耳出青龍，右耳出白虎。始入之時，纔一二寸，稍至八九尺；俄而風至雲起，即以一手揮之，即龍虎皆入耳中。又張口向日，則見人乘羽蓋，駕螭鵠，直入於口內；復以手抑胸上，而聞懷袖之中轟轟雷聲；更張口，則見羽蓋、螭鵠相隨從口中而出。尸羅常坐日中，漸漸覺其形小，或化爲老叟，或爲嬰兒；[3] 倏忽而死，香氣盈室，時有清風來吹之，更生如向之形。呪術惑術，神怪無窮。

---

① “申毒”，稗海本、四庫本作“身毒”。

② “人皆長五六分，列幢蓋，鼓舞繞塔而行”句，稗海本、四庫本作“列幢蓋舞，繞塔而行，人皆長五六分”。

③ “或”下，稗海本、四庫本有“變”字。

八年，盧扶國來朝，渡河萬里方至。① 云其國中山川無惡禽獸，水不揚波，風不折木。人皆壽三百歲，結草爲衣，是謂卉服；至死不老，咸知孝讓。壽登百歲以上，相敬如至親之禮。死葬於野外，以香木靈草瘞掩其尸。閭里助送號泣之音，② 動於林谷；河源爲之止流，春木爲之改色。居喪水漿不入於口，至死者骨爲塵埃，然後乃食。昔大禹隨山導川，乃旌其地爲無老純孝之國。③

録曰：夫含靈禀氣，取象二儀；受命因生，包乎五德。故守淳明以修身，④ 資施以爲本。義緣天屬，生盡愛敬之容；體自心慈，死結追終之慕：蓋處物之常情，有識之常道。是以忠諫一至，則會理以通幽；神義由心，洞祇靈爲之昭感。迹顯神著，表降群祥，行道不違，遠邇旌德。美乎異国之人，隔絶王化，闕聞大道。語其国法，華戎有殊；觀其政教，頗令殊俗。禮在四夷，事存諸誥，孝讓之風，萬不尚也。⑤

---

　　① “渡”下，稗海本、四庫本有“玉”字；“里”，漢魏叢書本、百子全書本作“國”。

　　② “助送號泣之音”，稗海本、四庫本作“弔送號泣之聲”。

　　③ “無”，稗海本、四庫本作“扶”。

　　④ “修”，原作“循”，按洪适《隸釋》卷六：“漢隸循、修二字頗相近。”今據漢魏叢書本、百子全書本改。

　　⑤ “萬”，疑當作“莫”，形近而誤。

九年，昭王思諸神異。有谷將子，學道之人也，言於王曰：“西王母將來游，必語虛無之術。”不逾一年，王母果至，與昭王游於燧林之下，説炎帝鑽火之術。取緑桂之膏，燃以照夜。忽有飛蛾銜火，狀如丹雀，來拂於桂膏之上。此蛾出於員丘之穴，^① 穴洞達九天，中有細珠如流沙，可穿而結，因用爲珮，此是神蛾之矢也。蛾憑氣飲露，飛不集下，群仙殺此蛾合丹藥。西王母與群仙游員丘之上，聚神蛾，以瓊筐盛之，使玉童負筐，以游四極，來降燕庭，出此蛾以示昭王。王曰：“今乞此蛾以合九轉神丹。”王母弗與。昭王坐握日之臺參雲，上可捫日。時有黑鳥白頭，^② 集王之所，銜洞光之珠，圓徑一尺。此珠色黑如漆，懸照於室內，百神不能隱其精靈。此珠出陰泉之底，陰泉在寒山之北，^③ 員水之中，言水波常圓轉而流也；有黑蚌飛翔來去於五岳之上。昔黄帝時，務成子游寒山之嶺，^④ 得黑蚌在高崖之上，故知黑蚌能飛矣。至燕昭王時，有國獻於昭王。王取瑶漳之水洗其沙泥，乃嗟嘆曰：自懸日月以來，見黑蚌生珠已八九十遇。此蚌千歲一生珠也。珠漸輕細。昭王常懷此珠，當隆暑之月，

---

① “員”，稗海本、四庫本作“圜”，下同。
② “頭”，稗海本、四庫本作“頸”。
③ “陰泉在寒山之北”及下“言水波常圓轉而流也”二句當爲子注。
④ “務”，原本作“霧”，齊校曰：“《漢書·藝文志》小説家有《務成子》十一篇。”今據稗海本、四庫本改。

體自輕涼，號曰“銷暑招涼之珠”也。

秦始皇

始皇元年，騫霄國獻刻玉善畫工名裔，使含丹青以漱地，即成魑魅及詭怪群物之象；刻玉爲百獸之形，毛髮宛若真矣。皆銘其臆前，記以日月、工人。以指畫地，長百丈，直如繩墨；方寸之内，畫以四瀆五岳、列國之圖，又畫爲龍鳳，騫翥若飛。皆不可點睛；或點之，必飛走也。始皇嗟曰：“刻畫之形，何得飛走？”使以淳漆各點兩玉虎一眼睛，旬日則失之，不知所在。山澤之人云：“見二白虎，各無一目，相隨而行，毛色相似，① 異於常見者。”至明年，西方獻兩白虎，各無一目。始皇發檻視之，疑是先所失者，乃刺殺之，檢其胸前，② 果是元年所刻玉虎。迄胡亥之滅，寶劍、神物，隨時散亂也。③

---

① “相似”，稗海本、四庫本作“形相”。

② “胸”，稗海本、四庫本作“臆”。

③ 此條《太平廣記》卷二一〇“烈裔”條引作：“秦有烈裔者，騫霄國人，秦皇帝時，本國進之。口含丹墨，噀壁以成龍獸。以指歷如繩界之，轉手方圓，皆如規度，方寸内有五岳、四瀆、列國備焉。善畫龍鳳，軒軒然唯恐飛去。”《太平御覽》卷七五二引曰：“始皇二年，騫消國獻善畫之工名裂裔。刻白玉爲兩虎，削玉爲毛，有如真矣。不點兩目睛，始皇點之即飛去。明年，南郡有獻白虎二頭，始皇使視之，乃是先刻玉者。始命去目睛，二虎不復能去。”文與今本有異。

始皇好神仙之事，有宛渠之民乘螺舟而至。[①] 舟形似螺，沉行海底而水不浸入，一名淪波舟。其國人長十丈，編鳥獸之毛以蔽形。[②] 始皇與之語及天地初開之時，了如親睹。曰："臣少時躡虛卻行，日游萬里；及其老朽也，坐見天地之外事。臣國在咸池日沒之所九萬里，[③] 以萬歲爲一日。俗多陰霧，遇其晴日則天豁然雲裂，耿若江漢，則有玄龍、黑鳳翻翔而下。及夜，燃石以繼日光。此石出燃山，其土石皆自光澈，扣之則碎，狀如粟，一粒輝映一堂。昔炎帝始變生食，用此火也。[④] 國人今獻此石，或有投其石於溪澗中，則沸沫流於數十里，名其水爲焦淵。臣國去軒轅之丘十萬里，少典之子采首山之銅，鑄爲大鼎。臣先望其國有金火氣動，奔而往視之，三鼎已成。又見冀州有異氣，應有聖人生，果有慶

---

① "宛渠"下，稗海本、四庫本有"國"字。

② 《北堂書鈔》卷一三七引作："秦始皇好神仙，有羽人乘蠡船浮黑水而至，身長十丈，編毛羽爲衣，兩目□方（□，原本空圍），耳出於項間，顏如童稚。"與今本文字有異。又，"舟行似螺……一名淪波舟"句宜爲子注。

③ "沒"，稗海本、四庫本作"浴"。齊校云："按作'浴'是，《淮南子‧天文》：'日出於暘谷，浴於咸池。'"

④ 《太平御覽》卷八六九引《王子年拾遺記》曰："此石出於然山，其土石皆自光明，鑽斬皆火出，大如粟，則輝曜一室。昔炎帝時，火食國人獻此石也。"又曰："申弥國去都萬里，有燧明國，不識四時晝夜，其人不死，厭世則升天。國有火樹，名燧木，屈盤萬識（"萬"疑當作"莫"，引者注），雲霧出於中間，折枝相鑽則火出矣。後世聖人變腥臊之味，游日月之外，以食救萬物，乃至南垂，目此樹表有鳥若鴞，以口啄樹，粲然火出。聖人成焉，因取小枝以鑽火，號燧人氏，在庖羲之前，則火食起乎茲矣。"當爲此節佚文。

都生堯。① 又有赤雲入於酆鎬，走而往視，果有丹雀瑞昌之符。"始皇曰："此神人也！"彌信仙術焉。

始皇起雲明臺，窮四方之珍木，搜天下之巧工。南得烟丘碧樹、酈水燃沙、賁都朱泥、雲岡素竹，東得蔥巒錦柏、漂檖龍松、寒河星柘、岏雲文梓，② 西得漏海浮金、狼淵羽翬、③ 滌嶂霞桑、沉塘員籌，北得冥阜乾漆、陰坂文梓、褰流黑魄、闇海香瓊：珍異是集。二人騰虛緣木，揮斤斧於空中。子時起工，午時已畢，秦人謂之子午臺。亦言於子、午之地各起一臺，二說疑也。④

張儀、蘇秦二人，同志好學，迭剪髮而鬻之以相養，或傭力寫書。非聖人之言不讀。遇見墳典，行途無所題記，以墨書掌及股裏，夜還而寫之。析竹爲簡；二人每假食於路，剝樹皮編以爲書帙，以盛天下良書。嘗息大樹之下，假息而寐，有一先生問："二子何勤苦也？"儀、秦又問之："子何國人？"答曰："吾生於歸谷。"亦云鬼谷，鬼者歸也；又云：

---

　　① "有"字，稗海本、四庫本無。
　　② "岏雲文梓"原本作"阮雲之梓"，稗海本、四庫本作"玩山雲梓"，四庫本《太平御覽》卷一七八引作"岏雲文梓"（四部叢刊本《太平御覽》句作"東得蔥巒綿柏縹檖龍杉雲梓寒河星柘"，"雲梓"以上疑脫二字）。按：字疑當作"岏"，"岏"謂山高峻貌，《類篇》卷二十六："岏，崒山貌。"作"阮""玩"者，皆"岏"之形訛，今從四庫本《太平御覽》改。
　　③ "翬"，稗海本、四庫本作"璧"。
　　④ "疑也"，稗海本、四庫本作"有疑"。

歸者，谷名也。① 乃請其術。② 教以干世出俗之辯，即探胸内，得二卷説書，言輔時之事。《古史考》云：鬼谷子也。鬼、歸相近也。③

秦王子嬰立，④ 凡百日，郎中趙高謀殺之。⑤ 子嬰寢於望夷之宮，⑥ 夜夢有人身長十丈，鬢鬢絶青，納玉烏而乘丹車，駕朱馬而至宮門，云欲見秦王子嬰。閽者許進焉。子嬰乃與之言，謂子嬰曰："余是天使也，從沙丘來。天下將亂，當有同姓名欲相誅暴。"翌日乃起，子嬰則疑趙高。囚高於咸陽獄，懸於井中，七日不死；更以鑊煮，七日不沸；乃戮之。子嬰問獄吏曰："高其神乎？"獄吏曰："初囚高之時，見高懷有一青丸，大如雀卵。"時方士説云："趙高先世受韓終丹法，冬月坐於堅冰，夏日臥於爐上，不覺寒熱。"及高死，子嬰棄高尸於九達之路，⑦ 泣送者千家。或見一青雀從高尸中

---

① "亦云……谷名也"，齊校曰："自'亦云'以下至此，疑是注語。按：齊説是也。
② "請"，原本作"謂"，今據四庫本改。
③ "古史考云……鬼歸相近"句當爲子注。
④ "秦王子嬰"一段，原本通上文連成一則，四庫本、百子全書本由此析爲兩條。蓋因原本卷題"秦始皇"後有二小字"四事"，故合蘇、張與子嬰爲一則，以合"四事"之數。按：蘇、張二人事迹與秦始皇無涉，可不計入"四事"，今從四庫本、百子全書本析爲二則。
⑤ "凡百日郎中"五字，四庫本無。"殺"，四庫本作"弑"。
⑥ "寢於望夷之宮"六字，四庫本無。
⑦ "達"，稗海本、四庫本作"逵"。

出，①　直飛入雲；九轉之驗，信於是乎！子嬰所夢即始皇之
靈，所著玉烏，則安期先生所遺也。鬼昧之理，萬世一時。

　　錄曰：夫含靈挺質，罕不羨乎久視，祈以長生，苟
乖才性，企之彌遠。何者？夫層宮峻宇肆其奢，綽約柔
曼縱其惑；《九韶》《六英》悦其耳，喜怒刑賞示其威；
精靈溺於常滯，志意疲於馳策；銷竭神慮，劓刻天和。
秦正自以功高三皇，②　世逾五帝，取惑徐市，身殞沙丘。
燕昭能延禮群神，百靈響集。並欲棄機事以游真極，去
塵垢而望雲飛。譬猶等溝澮於天河，齊朝菌於椿木，超
二儀於崑巒，升一匱而坂重漢。何則望之與无階矣！③
《抱朴子》曰：“學若牛毛，得如麟角。”至如秦皇、燕
昭之知，雖微鑑仙體，而未入玄真。蓋由禍惑尚多，滯
情未盡，至於神通玄化，④　説變萬端，故曰徐行雲垂之
儔，駕影乘霞之侶，可得齊肩比步焉，與之栖息也。窮
神絶異，隨方而來；銜絶殊形，越境而至。托神以盡變，

---

①　“或”，稗海本、四庫本作“咸”。

②　“正”，漢魏叢書本、百子全書本作“政”，和刻本校曰：“正與政通。”

③　齊校曰：“此句疑當作‘何可望之，與無階矣。’”范崇高謂：原文無誤，“何
則”後爲一句，後當用問號；“望之與無階矣”爲一句，意猶“可望而不可及”，其中
的“與”是句中語氣詞。（詳《中古小説校釋集稿》，第102頁。）按：“則”字疑衍，句
作“何望之與無階矣”似較通順。

④　“於”，祕書本、古今逸史本、和刻本作“如”。

因變以窮神；觸象难名，靈怪莫測。《淮南子》云：“含雷吐火之術，出於萬畢之家。”方黿羽於洪爐，炎烟火於冰水，漏海螺船之属，飛珠沉霞之類：千途萬品，書籍之所未詳。自神化以來，神奇莫與爲例，豈末代浮誣所能窺仰，夭齡促知之所效哉！① 今觀子年之記，蘇、張二人，異辞同迹，或以字音相類，或以土俗爲殊。驗諸墳史，豈惟秦、儀之見異者哉！

---

① “夭齡促知”，漢魏叢書本、百子全書本作“夭齡修短”。

卷第五

前漢上

漢太上皇微時佩一刀，^① 長三尺，上有銘，其字難識，疑是殷高宗伐鬼方之時所作也。上皇游豐沛山中，^② 寓居窮谷裏，有人歐冶鑄。上皇息其傍，^③ 問曰：“此鑄何器?”工者笑而答曰：^④ “爲天子鑄劍，慎勿泄言。”上皇謂爲戲言而無疑色。^⑤ 工人曰：“今所鑄鐵，鋼礪難成，^⑥ 若得公腰間佩刀雜而冶之，即成神器，可以剋定天下，星精爲輔佐，以殲三猾。木衰火盛，此爲異兆也。”上皇曰：“余此物名爲匕首，其利難儔。水斷虹龍，陸斬虎兕。魑魅罔兩，莫能逢之；斫玉鐫金，其刃不卷。”工人曰：“若不得此匕首以和鑄，雖

① “時”下稗海本、四庫本有“常”字。
② “豐”，原作“酆”，今從逸史本、祕書本、和刻本改。“山”下稗海本、四庫本有“澤”字。
③ “傍”，稗海本、四庫本作“旁”。
④ “者”，稗海本、四庫本作“人”。
⑤ “而”，稗海本、四庫本作“了”。
⑥ “鋼礪難成”，稗海本、四庫本作“鋼礪製其器難成”。

歐冶專精、越砥斂鍔，① 終爲鄙器。"上皇則解匕首投於鑪中，② 俄而烟焰衝天，日爲之晝晦。及乎劍成，殺三牲以釁祭之。鑄工問上皇何時得此匕首。上皇云："秦昭襄王時，余行逢一野人，於陌上授余，云是殷時靈物。世世相傳，上有古字，記其年月。"及成劍，③ 工人視之，其銘尚存，④ 叶前疑也。工人即持劍授上皇，上皇以賜高祖，高祖長佩於身，以殲三猾。及天下已定，呂后藏於寶庫。庫中守藏者見白氣如雲，⑤ 出於戶外，狀如龍虎。呂氏改庫名曰靈金藏。及諸呂擅權，白氣亦滅。及惠帝即位，⑥ 以此庫貯禁兵器，名曰靈金內府也。

　　錄曰：夫精靈變化，其途非一；冥会之感，理故難常。至如墳讖所載，咸取驗於已往；謠歌里説，⑦ 皆求徵於未來。考圖披籍，往往而編列矣；觀乎工人之説，諒妖言之遠效焉。三尺之劍，以應天地之數。故三爲陽

---

① "越砥斂鍔"，稗海本、四庫本作"越工砥鍔"。

② "上皇則解匕首投於鑪中"，稗海本、四庫本作"上皇即解腰間匕首以投於鑪中"。

③ "成劍"二字，稗海本、四庫本互乙。

④ "銘"，稗海本、四庫本作"名"。

⑤ "呂后藏於寶庫庫中守藏者"，稗海本、四庫本作"呂后藏於寶庫之中守藏者"。

⑥ "及"，稗海本、四庫本作"既"。

⑦ "里"，祕書本、古今逸史本、和刻本作"俚"。

数，亦應天地之德。按《鈎命訣》曰："蕭何爲昴星精，項羽、陳勝、胡亥爲三猾。"國爲木德，[①] 漢叶火位，此其徵也。

孝惠帝二年，四方咸稱車書同文軌，天下太平，干戈偃息，遠國殊鄉，重譯來貢。時有道士，姓韓名稚，則韓終之胤也，越海而來，云是東海神使，[②] 聞聖德洽乎區宇，故悦服而來庭。時有東極出扶桑之外，有泥離之國來朝。[③] 其人長四尺，兩角如繭，牙出於脣，自乳已來，有靈毛自蔽，[④] 居於深穴，其壽不可測也。帝云："方士韓稚解絕國人言，令問人壽幾何，經見幾代之事？"答曰："五運相乘，迭生迭死，如飛塵細雨，存歿不可論筭。"問："女媧以前可聞乎？"[⑤] 對曰："蛇身已上，八風均，四時序，不以威悦攬乎精運。"又問燧人以前。答曰："自鑽火變腥以來，父老而慈，子壽而孝。自軒皇以來，[⑥] 屑屑焉以相誅滅，浮靡囂

---

① "國"，齊校曰："當係'周'之壞字，與'國'之簡體形近而誤。"
② "神使"，稗海本、四庫本作"神君之使"。
③ "國"下，稗海本、四庫本有"亦"字。
④ "自乳已來有靈毛自蔽"，稗海本、四庫本作"自乳已下有垂毛自蔽"。
⑤ "媧"，原作"禍"，今從稗海本、四庫本、逸史本、祕書本、和刻本、漢魏叢書本、百子全書本改。
⑥ "軒皇以來"，稗海本、四庫本作"羲軒以往"，《三洞羣仙録》卷三引作"又記女媧及軒黄以来事"，疑當作"軒黄"。

動。① 淫於禮，亂於樂，世德澆訛，淳風墜矣。"稚以答聞於帝。② 帝曰："悠哉杳昧，非通神達理者，難可語乎斯遠矣！"③ 稚於斯而退，莫知其所之。帝使諸方士立仙壇於長安城北，名曰祠韓館。俗云：司寒之神，祀於城陰。按《春秋傳》曰："以享司寒。"其音相亂也，定是祀韓館。④ 至二年，詔宮女百人、文錦萬匹、樓船十艘，以送泥離之使，大赦天下。

漢武帝思懷往者，李夫人不可復得。時始穿昆靈之池，泛翔禽之舟。帝自造歌曲，使女伶歌之。時日已西傾，凉風激水，女伶歌聲甚遒，因賦《落葉哀蟬》之曲曰："羅袂兮無聲，玉墀兮塵生。虛房冷而寂寞，落葉依於重扃。望彼美之女兮安得，感余心之未寧。"帝聞唱動心，悶悶不自支，命龍膏之燈以照舟内，悲不自止。親侍者覺帝容色愁怨，乃進洪梁之酒，酌以文螺之卮。卮出波祇之國，酒出洪梁之縣。此屬右扶風，至哀帝廢此邑，南人受此釀法，今言"雲陽出美酒"，兩聲相亂矣。帝飲三爵，色悅心歡，乃詔女伶出侍。帝息於延凉室，卧夢李夫人授帝蘅蕪之香。帝驚起，而香氣猶著衣枕，歷月不歇。帝彌思求，終不復見，涕泣洽席，遂

---

① "動"，稗海本、四庫本作"薄"。
② "以答聞於帝"，稗海本、四庫本作"具以聞"。
③ "遠"，稗海本、四庫本作"道"。
④ "祀韓"，稗海本、四庫本作"司寒"。

改延凉室爲遺芳夢室。初，帝深嬖李夫人，死後常思夢之，
或欲見夫人。① 帝貌憔悴，嬪御不寧。詔李少君，與之語曰：
"朕思李夫人，其可得乎？"少君曰："可遥見，不可同於帷
幄。"帝曰："一見足矣，可致之。"少君曰："黑河之北有暗
海之都也，出潛英之石，② 其色青，輕如毛羽；③ 寒盛則石
温，暑盛則石冷。刻之爲人像，神悟不異真人。④ 使此石像
往，則夫人至矣。此石人能傳譯人言語，有聲無氣，故知神
異也。帝曰："此石像可得否？"少君曰："願得樓船，⑤ 巨力
千人，能浮水登木，⑥ 皆使明於道術，齎不死之藥。"乃至暗
海，經十年而還。昔之去人，或升雲不歸，或托形假死，獲
反者四五人。得此石，即命工人依先圖刻作夫人形。刻成，
置於輕紗幕裏，宛若生時。帝大悦，問少君曰："可得近
乎？"少君曰："譬如中宵忽夢而晝可得近觀乎？此石毒，宜
遠望，不可逼也。勿輕萬乘之尊，惑此精魅之物。"帝乃從其
諫。見夫人畢，少君乃使舂此石人爲丸，服之不復思夢，乃
筑靈夢臺，歲時祀之。

---

① "常思夢之，或欲見夫人"，四庫本作"常或夢之，思欲見夫人"。
② "帝曰：一見足矣，可致之。少君曰：黑河之北有暗海之都也，出潛英之
石"，原本作"暗海有潛英之石"，因此涉上文之"少君曰"而脱文，今據稗海本、四
庫本補。
③ "輕"，稗海本、四庫本作"質輕"。
④ "悟"，稗海本、四庫本作"語"。
⑤ "船"下，稗海本、四庫本有"百艘"二字。
⑥ "木"下，稗海本、四庫本有"者"字。

元封元年，浮忻國貢蘭金之泥。此金出湯泉，盛夏之時，水常沸涌，有若湯火，飛鳥不能過。國人常見水邊有人冶此金爲器。金狀混混若泥，如紫磨之色。百鑄，其色變白，有光如銀，即銀燭是也，[1]常以此泥封諸函匣及諸宮門，鬼魅不敢干。當漢世，上將出征及使絶國，多以此泥爲璽封。衛青、張騫、蘇武、傅介子之使，皆受金泥之璽封也。武帝崩後，此泥乃絶焉。

日南之南有淫泉之浦，[2]言其水浸淫，從地而出以成淵，[3]故曰淫泉；或言此水甘軟，男女飲之則淫。[4]其水小處可濫觴褰涉，大處可方舟沿溯。隨流屈直，其水激石之聲似人之歌笑，聞者令人淫動，故俗謂之淫泉。時有鳧雁，色如金，群飛戲於沙瀬；羅者得之，乃真金鳧也。昔秦破驪山之墳，行野者見金鳧向南而飛至淫泉。後寶鼎元年，張善爲日南太守，郡民有得金鳧以獻。張善該博多通，考其年月，即秦始皇墓之金鳧也。昔始皇爲冢，歛天下瓌異，生殉工人，傾遠方奇寶於冢中，爲江海川瀆及列山岳之形，以沙棠沉檀爲舟楫，金銀爲鳧雁，以琉璃雜寶爲龜魚，又於海中作玉象鯨魚，銜火珠爲星，以代膏燭，光出墓中，精靈之偉也。昔

---

① “即銀燭是也”，稗海本、四庫本作“名曰銀燭”。
② “泉”，稗海本、四庫本作“淵”。
③ “淵”，稗海本、四庫本作“淵泉”。
④ “言其水浸淫……男女飲之則淫”句當爲子注。

生埋工人於冢內，至被開時皆不死。工人於冢內琢石爲龍鳳、仙人之像，及作碑文、辭讚。漢初發此冢，[①]驗諸史傳，皆無列仙龍鳳之製，則知生埋匠人者之所作也。後人更寫此碑文，而辭多怨酷之言，乃謂爲"怨碑"；《史記》略而不錄。

董偃常臥延清之室，以畫石爲牀，文如錦也。[②]石體甚輕，出郅支國。上設紫琉璃帳、火齊屏風，列靈麻之燭，以紫玉爲盤，如屈龍，皆用雜寶飾之。侍者於戶外扇偃，偃曰："玉石豈須扇而後涼耶？"[③]侍者乃卻扇，以手摸，方知有屏風。又以玉精爲盤，貯冰於膝前。玉精與冰同其潔澈。侍者謂冰之無盤，必融濕席，乃合玉盤拂之，落階下，冰玉俱碎。偃以爲樂。[④]此玉精千塗國所貢也，武帝以此賜偃。哀平之世，民家猶有此器，而多殘破。及王莽之世，不復知其所在。

太初二年，大月氏國貢雙頭雞，四足一尾，鳴則俱鳴。武帝置於甘泉故館，更以餘雞混之，得其種類而不能鳴。諫者曰："《詩》云'牝雞無晨'，[⑤]一云'牝雞之晨，惟家之索'，[⑥]今雄類不鳴，非吉祥也。"帝乃送還西域，行至西

---

① "漢"上，稗海本、四庫本有"及"字。

② "文如錦也"，稗海本、四庫本作"蓋石文如畫也"。

③ "涼"，稗海本、四庫本作"清涼"。

④ "偃"下，稗海本、四庫本有"更"字。

⑤ "詩"，四庫本作"書"。

⑥ "一云牝雞之晨惟家之索"十字當爲子注。

關，①雞反顧望漢宮而哀鳴，②故謠言曰：“三七末世，雞不鳴、犬不吠，宮中荆棘亂相係，當有九虎爭爲帝。”至王莽篡位，將軍有九虎之號。其後喪亂彌多，③宮掖中生蒿棘，家無雞鳴犬吠。此雞未至月支國，乃飛于天漢，聲似鵾雞，翱翔雲裏。一名喧雞，昆、喧之音相類。

天漢二年，渠搜國之西，有祈淪之國。其俗淳和，人壽三百歲。有壽木之林，一樹千尋，日月爲之隱蔽。若經憩此木下，皆不死不病；或有泛海越山來會其國，歸懷其葉者，則終身不老。其國人綴草毛爲繩，結網爲衣，似今之羅紈也。至元狩六年，④渠搜國獻網衣一襲，帝焚於九達之道，⑤恐後人徵求，以物奢費。⑥燒之烟如金石之氣。⑦

太始二年，西方有因霄之國，人皆善嘯。丈夫嘯聞百里，婦人嘯聞五十里；如笙竽之音，秋冬則聲清亮，春夏則聲沉下。人舌尖處倒向喉内，亦曰兩舌重沓。⑧以爪徐刮之，則嘯聲逾遠，故《吕氏春秋》云“反舌殊鄉之國”，即此謂也。

---

① “行”，稗海本、四庫本無。

② “反”，稗海本、四庫本作“乃”。

③ “彌”，稗海本、四庫本作“弘”。

④ 齊校曰：“按元狩在前，天漢在後，子年記事顛倒。又以文義察之，開首‘天漢二年’四字與下不屬，似不當有。”

⑤ “達”，稗海本、四庫本作“逵”；“道”，祕書本、古今逸史本、和刻本作“衢”。

⑥ “以”，四庫本作“異”。

⑦ “石”，稗海本、四庫本作“玉”。

⑧ “沓”，原作“沓”，今從漢魏叢書本、百子全書本改。

有至聖之君，則來服其化。

　　録曰：汉興，維六國之遺弊，天下思於聖德；是以黔黎嗟秦亡之晚，恨漢來之遲。高祖肇基帝業，恢張區宇；孝惠務寬刑辟，以成無爲之治：德侔三王，教通四海。至於武帝，世載愈光，省方巡岳，標元崇號；聞禮樂以恢風，廣文義以飾俗，改律曆而建封禪，祀百神以招群瑞。雖欽明茂於《唐書》，文思稱於《虞典》，豈尚茲焉！觀乎周孔之教，不貴虛無之學；武帝修黃老，治卻老之方，求報無福之祀。是以張敞切言，使遠斥仙術，指以萇弘、楚襄懷、秦皇、徐福之事，故新垣之徒，卒見夷戮。夫仙者，尚沖靜以忘形體，守寂寞而袪囂務。武帝好微行而尚剋伐，恢宮宇而廣苑囿；永乖長生久視之法，失玄一守道之要；悔少翁之先誅，惑欒大之詭説。至如李夫人，緬心昵愛，專媚蘭闈；思沉魂之更生，飭新宮以延佇。蓋猶嬖惑之寵過熾，累心之結未袪；欲竦身雲霓之表，與天地而齊畢，由係風晷，其可階乎？雖未及玄真，頗參神邃；是以幽明不能藏其殊妙，萬象無所隱其精靈。考諸仙部，驗以衆説，未有異於斯乎！夫五運遞興，數之常理，金、土之兆，魏、晉當焉。董偃起自販珠之徒，因庖宰而升寵，竊幸一時。富傾海宇，內蓄神異之珍，銜非世之寶。一朝絶愛，信盛衰之有兆乎！夫爲棺椁者，以防螻蟻之患，權斂骨之離；① 聖人使合其正禮，惡其逾費，疾其過薄。至如澹臺滅明之儉，盛姬、秦皇之奢，皆失於節用。嗟乎！形銷神滅，欸爲一棺之土，爲陵成谷；瓊珣美寶，奄爲爐塵：斯則費生加死，無益身名也。冥然長往，何憶曩時之盛？仲尼云“不如速朽”“斂手足形”。聖人以斯昭誡，豈不尚哉！

---

① “權斂骨之離”，漢魏叢書本、百子全書本作“爲斂骨之具”。

卷第六

前漢下　後漢

前漢下

昭帝始元元年,^① 穿淋池, 廣千步。中植分枝荷, 一莖四葉, 狀如駢盖, 日照則葉低蔭根莖, 若葵之衛足, 名曰低光荷。實如玄珠, 可以飾佩, 花葉離委,^② 芬馥之氣, 徹十餘里, 食之令人口氣常香, 益脈理病,^③ 宮人貴之。每游宴, 出入必皆含嚼, 或剪以爲衣, 或折以蔽日, 以爲戲弄。《楚

---

① "始元", 原本作"元始"。按:元始乃平帝年號,《四庫全書考證》卷七十二《子部·拾遺記》:"昭帝始元元年,刊本始元二字互倒,據《漢書》改。"今從四庫本改。

② "離委", 原本作"離萎", 漢魏叢書本、百子全書本作"葳萎", 稗海本、四庫本作"離萎"。按:當作"離萎", "離萎"即"猗萎"(亦作"旖旎");郭璞《江賦》"隨風猗萎, 與波潭沱", 李善《文選注》"猗萎, 隨風之貌"。"離"者, "猗"之音轉。今據稗海本、四庫本改。

③ "益脈理病", 稗海本、四庫本作"益人肌理"。又,《三輔黃圖》引作"益脈治病"(《四部叢刊》三編影元刊本)。按:原書宜作"治病", 避唐高宗李治諱,乃改"理病""肌理"等。

辭》所謂"折芰荷以爲衣"，意在斯也。亦有倒生菱，莖如亂絲，一花千葉，根浮水上，實沉泥中，名紫菱，①食之不老。帝時命水嬉，游宴永日。土人進一豆槽，②帝曰："桂楫松舟，③其猶重朴，況乎此槽？可得而乘也。"乃命以文梓爲船，木蘭爲柂，④刻飛鸞翔鷁，飾於船首，隨風輕漾，畢景忘歸，乃至通夜。使宮人歌曰：⑤"秋素景兮泛洪波，揮纖手兮折芰荷，涼風淒淒揚棹歌，雲光開曙月低何，⑥萬歲爲樂豈云多？"帝乃大悦，起商臺於池上。及乎末歲，進諫者多，遂省薄游幸，埋毀池臺；⑦鸞舟荷芰，隨時廢滅。今臺無遺址，溝池已平。

宣帝地節元年，樂浪之東有背明之國來貢其方物，言其鄉在扶桑之東，見日出於西方。其國昏昏常暗，宜種百穀，名曰融澤，方三千里。五穀皆良，食之後天而死。有浹日之稻，種之十旬而熟；⑧有翻形稻，言食者死而更生，夭而有

---

① "名紫菱"，稗海本、四庫本作"泥如紫色，名紫泥菱"。
② "豆槽"，稗海本、四庫本作"巨槽"。
③ "桂"，稗海本、四庫本作"檜"。
④ "柂"，原本訛"拖"，今據稗海本、四庫本改。
⑤ "宮人"下，稗海本、四庫本有"爲歌"二字。
⑥ "何"，祕書本、和刻本四庫本作"河"。
⑦ "池臺"二字，稗海本、四庫本互乙。
⑧ 《初學記》卷二十七引《王子年拾遺記》曰："東有融皋，五穀多良，有浹日之稻，言一旬而生也。"標目作"半夏一旬"。又按《國語·楚語下》："遠不過三月，近不過浹日。"韋昭解曰："浹日，十日也。"則"種之十旬而熟"當作"種之十日而熟"或"種之一旬而熟"，且此六字宜爲子注。

壽；有明清稻，食者延年也；清腸稻，食一粒，歷年不飢。①
有搖枝粟，② 其枝長而弱，無風常搖，食之益髓。有鳳冠粟，
似鳳鳥之冠，③ 食者多力；有游龍粟，葉屈曲似游龍也；④ 有
瓊膏粟，白如銀，食此二粟令人骨輕。⑤ 有繞明豆，其莖弱，
自相縈纏；有挾劍豆，其莢形似人挾劍，橫斜而生；有傾離
豆，言其豆見日葉垂覆地，⑥ 食者不老不疾。⑦ 有延精麥，延
壽益氣；有昆和麥，調暢六府；有輕心麥，食者體輕；有醇
和麥，爲麴以釀酒，一醉累月，食之凌冬可袒；有含露麥，
穟中有露，味甘如飴。有紫沉麻，其實不浮；有雲冰麻，實
冷而有光，宜爲油澤；有通明麻，食者夜行不持燭，是苣蕂
也，食之延壽，後天而老。⑧ 其北有草，名虹草，枝長一丈，

---

① 《初學記》卷二十七引《王子年拾遺記》曰："東極之東有和靈稻，言寒者
食之則温，熱者食之則體冷，莖多白。以上稻。"當爲此節佚文。"言寒者"以下宜
爲子注，"以上稻"三字乃小結也；下文歷叙粟、豆、麥、麻等，並皆仿此。

② "搖"，稗海本、四庫本作"瑶"。

③ "冠"，稗海本、四庫本作"食"。

④ "葉"上，稗海本、四庫本有"枝"字。

⑤ 《初學記》卷二十七引作"東極之東有瓊脂粟，言質白如玉，柔滑如膏，食
之盡壽不病"。又曰："東極之東有雲渠粟，叢生，葉似扶蔂，食之益顏色。粟莖赤
黄，皆長二丈，千株叢生。"當係佚文。

⑥ "言其豆見日葉垂覆地"九字當爲子注。"日"下，稗海本、四庫本有"則"
字。

⑦ 《初學記》卷二十七作"東極之東有傾離豆，見日即傾葉，食者歷歲不
飢。豆莖皆大若指而綠，一莖爛熳數畝。以上豆"。當爲此節佚文。

⑧ 《初學記》卷二十七引《王子年拾遺記》曰："有飛明麻，葉黑，實如玉，風
吹之如塵，亦名明塵麻。"又曰："東極之東有紫實之麻，粒如粟，色紫，迮爲油，則
汁如清水，食之目視鬼魅。"又曰："有倒葉麻，如倒苣，紅色紫，亦名紅冰麻，言水
麻乃有實。"當係佚文。

葉如車輪，根大如轂，花似朝虹之色。昔齊桓公伐山戎，國人獻其種，乃植於庭，云霸者之瑞也。有宵明草，夜視如列燭，畫則無光，自消滅也。有紫菊，謂之日精，一莖一蔓，延及數畝，味甘，食者至死不飢渴。有焦茅，高五丈，燃之成灰，以水灌之，復成茅也，謂之靈茅。有黃渠草，映日如火，其堅韌若金，食者焚身不熱。有夢草，葉如蒲，莖如著，采之以占吉凶，萬不遺一。又有聞遐草，服者耳聰，香如桂，莖如蘭。其國獻之，多不生實，葉多萎黃，① 詔並除焉。②

元鳳二年，③ 於淋池之南起桂臺，以望遠氣，東引太液之水。有一連理桂樹，上枝跨於渠水，下枝隔岸而南生，與上枝同一株。帝常以季秋之月，泛薔蘭雲鶒之舟，窮晷係夜釣於臺下，④ 以香金爲鈎，繡絲爲綸，丹鯉爲餌，釣得白蛟，長三丈，若大蛇，無鱗甲。帝曰："非祥也。"命太官爲鮓，肉紫骨青，味甚香美，班賜群臣。帝思其美，漁者不能復得，知爲神異之物。

二年，含塗國貢其珍怪。其使云："去王都七萬里，鳥獸

---

① "萎"，稗海本、四庫本作"委"。

② 《初學記》卷二十五引《拾遺記》曰："薄乘草，高五丈，葉色紺，莖如金，形如半月之勢，亦曰半月草，無花無實，其質温柔，可以爲布爲席。"當爲此節佚文。

③ 此條疑錯簡，當接本卷第一條後。齊校云："元鳳爲昭帝第二個年號……且'於淋池之南起桂臺'事當緊接上文'穿淋池'事之後。又此既標'元鳳二年'，下'含塗國'條亦不當再重'二年'字樣。凡此均足證其顯爲錯簡。"按：齊説是也。

④ "係"，稗海本、四庫本作"達"。

皆能言語。雞犬死者，埋之不朽。經歷數世，其家人游於山阿海濱，地中聞雞犬鳴吠，主乃掘取，還家養之，毛羽雖禿落更生，久乃悅澤。"

張掖郡有郅族之盛，因以名也。郅奇，字君珍，居喪盡禮。所居去墓百里，每夜行，常有飛鳥銜火夾之。登山濟水，號泣不息，未嘗以險難爲憂，雖夜如晝之明也。以淚灑石則成痕，著朽木枯草，必皆重茂；以淚浸地即鹹，俗謂之鹹鄉。至昭帝，嘉其孝異，表銘其邑曰孝感鄉，四時祭祀，立廟焉。

錄曰：夫心迹所至，無幽不徹；理著於微，冥昧自顯。玄曦迴魯陽之戈，嚴霜感匹夫之嘆；在於凡倫，尚昭神迹。況求之精爽，以會蒸蒸之心；木石爲之玄感，鳥獸爲之馴集。元偉哀號，[①] 春花以之改葉；叔通晨興，朝流欻生橫石；辛繕表迹於栖鳶，衛農示德於夢虎：郅氏之行，類斯道焉。按漢昭帝時，有黃鵠下太液池；今云淋池，蓋一水二名也。宣帝之世，有嘉穀玄稷之祥，亦不說今之所生，豈由神農、后稷播厥之功？抑亦王子所稱，非近俗所食？詮其名，華而不實。及乎飛走之類，神木怪草，見奇而說，萬世之瑰偉也。

---

　　① 齊校疑"元偉"當作"偉元"："偉元，晋王裒字。裒性至孝，父爲司馬昭所殺，終身不西向坐，示不臣晋，'廬于墓側，旦夕常至墓所拜跪，攀柏悲號，涕淚著樹，樹爲之枯'。"

漢成帝好微行，於太液池傍起宵游宮，以漆爲柱，鋪黑綈之幕，器服、乘輿皆尚黑色。既悦於暗行，憎燈燭之照，宮中美御皆服皂衣，自班婕妤已下咸帶玄綬，簪珮雖如錦綉，更以木蘭紗綃罩之。① 至宵游宮乃秉燭，宴幸既罷，静鼓自舞而步不揚塵。好夕出游，造飛行殿，方一丈，如今之輦，選期門羽林之士，② 負之以趨。帝於輦上覺其行快疾，聞其中若風雷之聲，③ 言其行疾也，④ 名曰雲雷宮。所幸之宮，咸以氈綈藉地，惡車轍馬迹之喧。雖惑於微行昵宴，在民無勞怨。⑤ 每乘輿返駕，以愛幸之姬寶衣珍食捨於道傍，國人之窮老者皆歌萬歲。是以鴻嘉、永始之間，國富家豐，兵戈長戢。故劉向、谷永指言切諫，於是焚宵游宮及飛行殿，罷宴逸之樂，所謂從繩則正，如轉圜焉。

帝常以三秋閒日與飛燕游戲太液池，⑥ 以沙棠木爲舟，

---

① “木”，原本訛“本”，據稗海本、四庫本、漢魏叢書本、百子全書本等改。

② “期門”二字原本無，稗海本訛“旗門”。按《漢書·百官公卿表》載郎中令之屬官有“期門羽林”；《漢書·五行志》謂：“成帝鴻嘉、永始之間，好爲微行，出游選從期門郎有材力者，及私奴客，多至十餘，少五六人，皆白衣祖幘，帶持刀劍，或乘小車。御者在茵上，或皆騎，出入市里郊壄，遠至旁縣。時大臣車騎將軍王音及劉向等數以切諫，谷永曰：‘《易》稱“得臣無家”，言王者臣天下，無私家也’……”《拾遺記》記事本此。“期門”二字，今據四庫本補。

③ “聞其中若”，稗海本、四庫本作“耳中若聞”。

④ “言其行疾也”五字當爲子注。

⑤ “在”，稗海本、四庫本無。

⑥ “常”，稗海本、四庫本作“嘗”。

貴其不沉没也；① 以雲母飾於鷁首，一名雲舟；又刻大桐木爲虬龍，雕飾如真，② 以夾雲舟而行；以紫桂爲柂枻。及觀雲棹水，玩擷菱蕖，帝每憂輕蕩以驚飛燕，命伙飛之士以金鏁纜雲舟於波上。③ 每輕風時至，飛燕殆欲隨風入水，④ 帝以翠纓結飛燕之裙，⑤ 游倦乃返。飛燕後漸見疎，⑥ 常怨曰："妾微賤，何復得預纓裙之游？"⑦ 今太液池尚有避風臺，⑧ 即飛燕結裙之處。

　　録曰：夫言端扆拱嘿者，人君之尊也。是故興居有節，進止有度；出則太師奏登車之禮，入則少師薦升堂之儀；列旌門以周衛，修清宮以宴息。成帝輕南面之位，微游媟幸，好惑神仙之事，谷永因而抗諫。《書》不云乎："弗矜細行，終累大德。"斯之謂矣。

----

① "貴其不沉没也"及下"一名雲舟"宜皆子注也。

② "真"下，稗海本、四庫本有"像"字。

③ "於波上"，稗海本、四庫本作"使伙飛於水底引之"。

④ "欲"，稗海本、四庫本作"以風飄颻"。

⑤ "裙"，稗海本、四庫本作"裾"，下二"裙"字並同。

⑥ "游倦乃返飛燕後漸見疎"十字原本無，因涉兩"飛燕"而脱，今據稗海本、四庫本補。

⑦ "怨"下，稗海本、四庫本有"恚"字。"復得"二字，稗海本、四庫本作"時復"。《太平廣記》卷二三六引文此下尚有"漾雲舟于波上耶帝爲之憮然"十二字，當爲佚句。

⑧ "池"下，稗海本、四庫本有"中"字。

　　哀帝尚淫奢，多進諂佞。幸愛之臣競以妝飾妖麗，巧言
取容。董賢以霧綃單衣，① 飄若蟬翼。帝入宴息之房，命賢
卿易輕衣小袖，② 不用奢帶修裙，故使宛轉便易也。③ 宮人皆
效其斷袖。又云割袖，恐驚其眠。④

後　漢

　　明帝陰貴人夢食瓜甚美，帝使求諸方國。時燉煌獻異瓜
種，恒山獻巨桃核。瓜名穹隆，長三尺而形屈曲，味美如飴。
父老云：昔道士從蓬萊山得此瓜，云是崆峒靈瓜，四劫一實。
西王母遺於此地，⑤ 世代遐絕，其實頗在。⑥ 又說：巨桃霜下
結花，隆暑方熟，亦云仙人所食。帝使植於霜林園。園皆植
寒果；⑦ 積冰之節，百果方盛，俗謂之相陵，與霜林之聲訛

---

　　① "以"，四庫本作"衣"。
　　② "賢卿"，原本作"筵卿"，毛校作"聖卿"（《漢書·佞幸傳》"董賢字聖
卿"），漢魏叢書本、百子全書本作"賢更"；今從稗海本、四庫本作"賢卿"。按：
"卿"乃愛稱、尊稱。《古今韻會舉要》謂："秦漢以來君呼臣以卿。"《增修互注禮部
韻略》："秦漢以後君呼臣爲卿，蓋期之以卿也；士大夫相呼爲卿，蓋貴之也。"顏師
古注《急就篇》亦曰："卿言可爲列卿也。"
　　③ "故"，四庫本作"欲"，稗海本空。
　　④ "又云割袖恐驚其眠"八字當爲子注；"袖"，稗海本、四庫本作"裙"。
　　⑤ "西王母遺於此地"，稗海本、四庫本作"東王公西王母遺核於此地"。
　　⑥ "在"，稗海本、四庫本作"存"。
　　⑦ "園"上，稗海本、四庫本有"此"字。

也。后曰："王母之桃，王公之瓜，可得而食，吾萬歲矣，①安可植乎！"后崩，内侍者見鏡奩中有瓜桃之核，視之涕零，疑非其類耳。

安帝永寧元年，②條支國來貢異瑞。有鳥名鴟鵲，形高七尺，解人語。其國太平，則鴟鵲群翔。昔漢武時，四夷賓服，有獻馴鵲，若有喜樂事，則鼓翼翔鳴。按莊周云"雕陵之鵲"，蓋其類也。《淮南子》云："鵲知人喜。"今之所記，大小雖殊，遠近爲異，故略舉焉。

安帝好微行。於郊坰或露宿起帷宮，皆用錦罽文綉。至永初二年，③國用不足，令吏民入錢者得爲官。有瑯琊王溥，即王吉之後，吉先爲昌邑中尉。奕世衰凌，及安帝時，家貧不得仕，乃挾竹簡插筆，於洛陽市傭書。美於形貌，又多文辭；來倩其書者，丈夫贈其衣冠，婦人遺其珠玉。一日之中，衣寶盈車而歸。積粟于廩，九族宗親，莫不仰其衣食，洛陽稱爲善筆而得富。溥先時家貧，穿井得鐵印，銘曰："傭力得富，錢至億庾；一土三田，軍門主簿。"後以一億錢輸官，得中壘校尉。三田一土，壘字也；中壘校尉掌北軍壘門，故曰

---

① "吾"，稗海本、四庫本作"五"。

② "安"，原本作"章"，《四庫全書考證》："刊本安訛章，據《漢書》改。"今亦從改。

③ 齊校據《太平廣記》卷一三七引文改"二年"爲"三年"："按《後漢書·安帝紀》，永初三年，三公以國用不足，令吏人入錢穀得爲關内侯、虎賁羽林郎、五大夫、府官吏、緹騎、營士各有差。"

軍門主簿。積善降福，明神報焉。

　　靈帝初平三年，① 游於西園，起裸游館千間。采綠苔而被階，引渠水以繞砌；周流澄澈，乘船以游漾。② 使宮人乘之，選玉色輕體以執篙楫，③ 摇漾於渠中。④ 其水清澄，以盛暑之時，使舟覆没，視宮人玉色者。又奏《招商》之歌，以來涼氣也。歌曰：“涼風起兮日照渠，青荷晝偃葉夜舒，惟日不足樂有餘，清絲流管歌玉鳧，千年萬歲喜難逾。”渠中植蓮，大如蓋，長一丈，南國所獻。其葉夜舒晝卷，一莖有四蓮叢生，名曰夜舒荷；亦云月出則舒也，⑤ 故曰望舒荷。帝盛夏避暑於裸游館，長夜飲宴。帝嗟曰：“使萬歲如此，則上仙也！”宮人年二七已上、三六已下，皆靚妝而解其上衣，⑥ 惟着內服，或共裸浴。西域所獻茵墀香，煮以爲湯，宮人以之浴浣，⑦ 使以餘汁入渠，名曰流香渠。又使內竪爲驢鳴。於館北又作雞鳴堂，多畜雞，每醉樂迷於天曉，內侍競作雞鳴以亂真聲也。⑧ 乃以炬燭投於殿前，帝乃驚悟。及董卓破

---

① 《四庫全書考證》：“案初平爲獻帝年號，此當是‘熹平’或‘中平’之訛。”
② “船”，稗海本、四庫本作“小舟”。
③ “輕”下，稗海本、四庫本有“者”字。
④ “漾”，稗海本、四庫本作“蕩”。
⑤ “舒也”，稗海本、四庫本作“葉舒”。
⑥ “其”，稗海本、四庫本無。
⑦ “浣”下，稗海本、四庫本有“畢”字。
⑧ “侍”，稗海本、四庫本作“竪”。

京師，散其美人，焚其宮館。至魏黃初中，① 先所投燭處夕夕有光如星，後人以爲神光，於此立小屋，名曰餘光祠，以祈福。至魏明末，稍掃除矣。

錄曰：明、章兩主，丕承前業，風被四海，威行八區；殊邊異服，祥瑞輻湊。安、靈二帝，同爲敗德。夫悅目快心，罕不淪乎情欲；自非遠鑑興亡，孰能移隔下俗？傭才緣心，緬乎嗜欲，塞諫任邪，没情於淫靡。至如列代亡主，莫不憑威猛以喪家國，肆奢麗以覆宗祀。詢考先墳，往往而載；僉求歷古，所記非一。販爵鬻官，乖分職之本；露宿郊居，違省方之義。成、安二帝，載世雖遠，而亂政攸同。驗之史諜，訊諸前記，迷情狗馬，愛好龍鶴，非明王之所聞示於後也。内窮淫酷，外盡禽荒；取悅耳目，流貶萬世。是以牝妖告禍，漢靈以巷伯傾宗。酒池裸逐之醜，鳴鷄長夜之惑，事由商乙，遠仿燕丹：異代一時，可爲悲矣。

獻帝伏皇后，聰惠仁明，② 有聞於内則。及乘輿爲李傕

---

① “黃初”，原本作“咸熙”。齊校曰：“咸熙，魏元帝（曹奂）年號，魏至此而亡。觀本書卷七，魏文帝迎薛靈芸節，亦有‘咸熙元年’云云，蓋子年誤以咸熙爲魏文帝年號，故本節末又有‘至魏明末’之語也。”按：齊說是，今從四庫本改。

② “惠”，稗海本、四庫本字作“慧”。

所敗，晝夜逃走，宮人奔竄，萬无一生。至河，無舟楫，后乃負帝以濟河，河流迅急，惟覺腳下如有乘踐，則神物之助焉。兵戈逼岸，后乃以身擁遏於帝。帝傷趾，后以繡紱拭血，刮玉釵以覆於瘡，應手則愈。以淚漸帝衣及面，潔靜如浣。車人嘆服，雖亂猶有明智婦人。精誠之至，幽祇之所感矣。

　　録曰：夫丹石可磨而不可奪其堅色，蘭桂可折而不可掩其貞芳。伏后履純明之姿，懷忠亮之質，臨危受命，壯夫未能加焉，知死不吝，馮媛之儔也：求之千古，亦所罕聞。漢興，至於哀、平、元、成，尚以宮室，崇苑囿，而西京始有弘侈，東都繼其繁奢；即違采椽不斫之制，尤異靈沼邅儉之風。考之皇圖，求諸志録，千家萬户之書，臺衛城隍之廣，自重門構宇以來，未有若斯之費溢也。孝哀廣四時之房，靈帝修裸游之館，妖惑爲之則神怨，工巧爲之則人虐，夷国淪家，可爲慟矣！及夫靈瑞嘉禽，豔卉殊木，生非其壞，詭色訛音，不稟正朔之地，無涉圖書所記，或緣德業以來儀，由時俗以具質，咸得而備詳矣。歷覽群經，披求方册，未若斯之宏麗矣。[1]

---

[1] “漢興”以下，各本提行頂格。按：此則文字皆論贊之語，顯爲蕭《録》而誤入正文，今從“毛校”移入正文。

郭況，光武皇后之弟也，累金數億，家僮四百餘人，以黃金爲器，工冶之聲，震於都鄙。① 時人謂郭氏之室"不雨而雷"，言其鑄鍜之聲盛也。② 庭中起高閣長廡，置衡石於其上，以稱量珠玉也。閣下有藏金窟，列武士以衛之。錯雜寶以飾臺榭，懸明珠於四垂；晝視之如星，夜望之如月。③ 里語曰："洛陽多錢郭氏室，夜日晝星富無匹。"其寵皆以玉器盛食，④ 故東京謂郭氏家爲"瓊厨金穴"。況小心畏慎，雖居富勢，閉門優游，未曾干世事，爲一時之智也。

録曰：夫后族之盛，專挾内主之威，皆以黨嬖强盛，肆嚚於天下，妖幸侵政，擅椒房之親。在昔魏冉，富傾嬴国；漢世王鳳，同拜五侯。館第僭於京都，嬙姬麗於官掖。瑰賂南金，彌玩於王府；緹綉雕文，被飾於土木。高廊洞門，極夏屋之盛；文馬朱軒，窮車服之靡。自古擅驕，未有如斯之例；雖三歸移於管室，八佾陳於季庭，方之爲劣矣。郭況内憑姻寵，外專声厲，遠采山丹之穴，積陶朱、程鄭之産，未足稱其盛歟！曾不恃其戚里，矜其財勢，秉温恭之正，守道持盈，而自競慎，足可謂知

---

① "工"，稗海本、四庫本作"攻"。
② "言其鑄鍜之聲盛也"八字宜爲子注。
③ "月"，稗海本、四庫本作"日"。
④ "其"下，稗海本、四庫本有"内"字。

　　幾其神乎！

　　劉向於成帝之末，校書天禄閣，專精覃思。夜有老人著黃衣，植青藜杖，登閣而進，①見向暗中獨坐誦書，老父乃吹杖端烟燃，因以見向，②説開闢以前。③向因受《五行洪範》之文，恐辭説繁廣忘之，乃裂裳及紳，以記其言。至曙而去，向請問姓名；云：“我是太一之精，天帝聞金卯之子有博學者，下而觀焉。”乃出懷中竹牒，有天文地圖之書，“余略授子焉”，④至向子歆，從向受其術。向亦不悟此人焉。⑤

　　賈逵年五歲，明惠過人。⑥其姊韓瑶之婦，嫁瑶無嗣而歸居焉，⑦亦以貞明見稱。聞隣中讀書，旦夕抱逵隔籬而聽之。逵静聽不言，姊以爲喜。至年十歲，乃暗誦六經，姊謂逵曰：“吾家貧困，未嘗有教者入門，汝安知天下有三墳五典而誦無遺句耶？”逵曰：“憶昔姊抱逵於籬間聽隣家讀書，今萬不遺一。”乃剥庭中桑皮以爲牒，或題於扉屏，且誦且記，

----

　　① “登”，稗海本、四庫本作“扣”。
　　② “烟燃因以見向”，稗海本、四庫本作“燦然大明因以照向”（“大”疑爲“火”之訛）。
　　③ “前”下，稗海本、四庫本有“事”字。
　　④ “余”上疑脱“曰”字，《玉海》卷一六三引作：“曰：余略授子焉。”
　　⑤ “悟此”，四庫本作“語於”。
　　⑥ “惠”，稗海本、四庫本字作“慧”。
　　⑦ “居焉”，稗海本、四庫本無。

期年，① 經文通遍。於闆里，每有觀者稱云："振古無倫。"門徒來學，不遠萬里，或襁負子孫，舍於門側，皆口授經文，贈獻者積粟盈倉。或云：賈逵非力耕所得，誦經口倦，世所謂舌耕也。

何休木訥多智，三墳五典、陰陽箅術、河洛讖緯，及遠年古諺、歷代圖籍，莫不咸誦也。② 門徒有問者，則爲注記，而口不能説，作《左氏膏肓》《公羊廢疾》《穀梁墨守》，謂之"三闕"。言理幽微，非知機藏往，不可通焉。及鄭康成鋒起而攻之，③ 求學者不遠千里，贏糧而至，如細流之赴巨海。京師謂康成爲"經神"，何休爲"學海"。

任末年十四時，學無常師，負笈不遠巇阻。每言："人而不學，則何以成？"或依林木之下，編茅爲庵，削荊爲筆，剋樹汁爲墨。夜則映星望月，暗則縷麻蒿以自照。觀書有合意者，題其衣裳，以記其事。門徒悦其勤學，更以浄衣易之。非聖人之言不視。臨終誡曰："夫人好學，雖死若存；不學者雖存，謂之行尸走肉耳。"河洛秘奥，非正典籍所載，皆注記於柱壁及園林樹木；慕好學者，來輒寫之。時人謂任氏爲"經苑"。

曹曾，魯人也，本名平，慕曾參之行，改名爲曾。家財

---

① "期"上，稗海本、四庫本有"及"字。
② "咸"，四庫本作"成"，稗海本空。
③ "鋒"，稗海本、四庫本、漢魏叢書本、百子全書本作"蜂"。

巨億，事親盡禮，日用三牲之養，一味不虧於是。不先親而不食新味也。[①] 爲客於人家，得新味則含懷而歸。不畜雞犬，言喧囂驚動於親老。時亢旱，井池皆竭；母思甘清之水，曾跪而操瓶，則甘泉自涌，清美於常。學徒有貧者，皆給食。天下名書，上古以來，文篆訛落者，曾皆刊正，垂萬餘卷。及國難既夷，收天下遺書於曾家，連車繼軌，輸於王府。諸弟子於門外立祠，謂曰曹師祠。及世亂，家家焚廬，曾慮先文湮没，乃積石爲倉以藏書，故謂曹氏爲“書倉”。

　　録曰：觀乎劉向顯學於漢成時，才包三古，藝該九聖；懸日月以來，其類少矣。逮乎後漢，賈、任、曹之學，並爲聖神；通生民到今，蓋斯而已。若顏淵之殆庶幾，關美、張霸，何足顯大儒哉！至如五君之徒，孔門之外未有也，方之入室，彼有慚焉。賈氏之姊，所謂知識婦人鑑乎聖也。

---

① “不”，四庫本作“自”，和校曰：“‘而’下多一‘不’字。”

卷第七

魏

文帝所愛美人，[①] 姓薛名靈芸，常山人也。父名鄴，爲
酇鄉亭長，母陳氏，隨鄴舍於亭傍。居生貧賤，至夜，每聚
鄰婦夜績，以麻蒿自照。靈芸年至十五，容貌絶世，鄰中少
年夜來竊窺，終不得見。黃初元年，[②] 谷習出守常山郡，聞
亭長有美女而家甚貧。時文帝選良家子女以入六宮，習以千
金寶賂聘之，既得，乃以獻文帝。靈芸聞別父母，歔欷累日，
淚下霑衣。至升車就路之時，以玉唾壺承淚，壺則紅色。[③]
既發常山，及至京師，壺中淚凝如血。帝以文車十乘迎之。
車皆鏤金爲輪輞，丹畫其轂輈，前有雜寶，爲龍鳳銜百子鈴，

---

① "文帝"上，稗海本、四庫本有"魏"字；稗海本"魏文"二字作雙行小字。
蓋因稗海本、四庫本無篇題，故於正文上加"魏"字。
② "黃初"，原本作"咸熙"，《四庫全書考證》："刊本'黃初'訛'咸熙'，今
改。"今亦從四庫本改。
③ "則"，稗海本、四庫本作"即"。

鏘鏘和鳴，響於林野。駕青色之牛，① 日行三百里。此牛尸
塗國所獻，足如馬蹄也。道側燒石葉之香，此石重疊，狀如
雲母，其光氣辟惡厲之疾。此香腹題國所進也。靈芸未至京
師，數十里膏燭之光相續不滅，車徒咽路，② 塵起蔽於星月，
時人謂爲塵宵。又筑土爲臺，基高三十丈，列燭於臺下，名
曰燭臺，遠望如列星之墜地。③ 又於大道之傍，一里一銅
表，④ 高五尺，以志里數。故行者歌曰："青槐夾道多塵埃，
龍樓鳳闕望崔嵬，清風細雨雜香來，土上出金火照臺。"此七
字是妖辭也。⑤ 時爲銅表志里數於道側，是土上出金之義；
以燭置臺下，則火在土下之義。漢火德王，魏土德王，火伏
而土興；土上出金，是魏滅而晋興也。靈芸未至京師十里，
帝乘雕玉之輦，以望車徒之盛，嗟曰："昔者言'朝爲行雲，
暮爲行雨'，今非雲非雨，非朝非暮，改靈芸之名曰夜來。"
入宮後，居寵愛。外國有獻火珠龍鸞之釵，帝曰："明珠翡翠
尚不能勝，況乎龍鸞之重？乃止不進。"夜來妙於針工，雖處
於深帷之內，⑥ 不用燈燭之光，裁製立成。非夜來縫製，帝

---

① "青色"下，稗海本、四庫本有"駢蹄"二字。
② "咽"，稗海本、四庫本作"喧"。
③ "遠"，四庫本無。
④ "里"下，稗海本、四庫本有"致"字。
⑤ "此七字是妖辭也"，《太平廣記》卷二七二作小字"此上七字是妖辭也"。
此句至"是魏滅而晋興也"當爲子注。
⑥ "帷"下，稗海本、四庫本有"重幄"二字。

則不服，宮中號爲“針神”也。

　　録曰：五帝之運，迭相生死；起伏因循，顯於言端。童謠信於春秋，讖辭煩於漢末，或著明先典，或托見圖記，僉詳《河》《洛》，應運不同。唐堯以炎正禪虞，大漢以火德受魏，世歷沿襲，得其宜矣。夫升名藉璧，因事而來。既而柔曼之質見進，亦以裁縫之妙要寵，媚斯婉約，榮非世載，取或一朝，去彼疑賤，延此華軒。

　　魏明帝起凌雲臺，躬自掘土，群臣皆負畚鍤。天陰凍寒，死者相枕。洛鄴諸鼎，皆夜震自移，又聞宮中地下有怨嘆之聲。高堂隆等上表諫曰：“王者宜静以養民，今嗟嘆之聲，形於人鬼，願省薄奢費，以敦儉朴。”帝猶不止，廣求瑰異，珍賂是聚，飾臺榭累年而畢。諫者尤多，帝乃去煩歸儉，死者收而葬之。人神致感，衆祥皆應。太山下有連理文石，高十二丈，狀如柏樹，其文彪發，似人雕鏤，自下及上皆合而中開，廣六尺，望若真樹也。父老云：“當秦末，二石相去百餘步，蕪没無有蹊徑；及魏帝之始，稍覺相近，如雙闕。”土石陰類，① 魏爲土德，斯爲靈徵。苑囿及民家草樹，皆生連理。有合歡草，狀如蓍，一株百莖，晝則衆條扶疏，夜則合爲一

---

　　① “石”，原本作“王”，今從四庫本改。

莖，萬不遺一，謂之神草。沛國有黃麟見於戊巳之地，皆土德之嘉瑞，乃修戊己之壇。黃星炳夜，又起昴畢之臺，① 祭祀此星。魏之分野，歲時修祀焉。

　　任成王彰，武帝之子也，少而剛毅，學陰陽緯候之術，誦《六韜》《洪範》之書數千言。武帝謀伐吳蜀，問彰取便利行師之訣。王善左右射，學擊劍，② 百步中髭髮。③ 時樂浪獻虎，文如錦斑，以鐵爲檻，梟殷之徒莫敢視。④ 彰曳虎尾以繞臂，虎弭耳無聲，莫不服其神勇。時南越獻白象子在帝前，彰手頓其鼻，象伏不動。文帝鑄萬斤鐘，⑤ 置崇華殿前，欲徙之；力士百人引之不動，彰乃負之而趨。四方聞其神勇，皆寢兵自固。帝曰：“以王之雄武，吞并巴蜀，如鷗銜腐鼠耳。”彰薨，如漢東平王葬禮。及喪出，空中聞數百人泣聲，⑥ 送者皆言：“昔亂軍相傷殺者，皆無棺椁，王之仁惠，取其朽骨。⑦ 死者歡於地，⑧ 精靈知感。”故人美王之德，國史撰《任成王舊事》三卷，晉初藏於秘閣。

---

　　① “昴”，原作“昂”。《呂氏春秋·有始覽》：“西方曰顥天，其星胃、昴、畢。”高誘注：“昴畢，西方宿，一名大梁，趙之分野。”今從稗海本、四庫本、古今逸史本、和刻本改。
　　② “學”，稗海本、四庫本作“好”。
　　③ “髭髮”，稗海本、四庫本作“於懸髮”。
　　④ “梟殷”，稗海本、四庫本作“驍勇”；“敢”，稗海本、四庫本下有“輕”字。
　　⑤ “斤”，稗海本、四庫本作“鈞”。
　　⑥ “空中聞”，稗海本、四庫本作“聞空中”。
　　⑦ “取”，稗海本、四庫本作“收”。
　　⑧ “地”下，稗海本、四庫本有“下”字。

　　建安三年，胥徒國獻沉明石雞，色如丹，大如燕，常在地中，應時而鳴，聲能遠徹。其國聞鳴，[①] 乃殺牲以祀之。當鳴處掘地，則得此雞。若天下太平，翔飛頡頏，以爲嘉瑞，亦爲寶雞。[②] 其國無雞犬，聽地中，候晷刻。道家云：“昔仙人桐君采石，入穴數里，得丹石雞，舂碎爲藥，服之者令人有聲氣，後天而死。”昔漢武帝元鼎元年，[③] 西方貢珍怪，有虎魄燕，置之静室，自於室中鳴翔，[④] 蓋此類也。《洛書》云：“皇圖之寶，土德之徵，大魏之嘉瑞。”

　　明帝即位二年，起靈禽之園。遠方國所獻異鳥殊獸，[⑤] 皆畜此園也。昆明國貢嗽金鳥；人云：“其地去燃洲九千里，出此鳥，形如雀而色黃，羽毛柔密，常翱翔海上。羅者得之，以爲至祥。聞大魏之德被於荒遠，[⑥] 故越山航海來獻大國。”帝得此鳥，畜於靈禽之園，飴以真珠，飲以龜腦。鳥常吐金屑如粟，鑄之可以爲器。昔漢武帝時，有人獻神雀，蓋此類也。此鳥畏霜雪，乃起小屋處之，名曰辟寒臺。皆用水精爲

---

　　① “聞”下，稗海本、四庫本有“其”字。
　　② “爲”，稗海本、四庫本作“謂”。
　　③ “元鼎”，原本作“寶鼎”。齊校曰：“《漢書·武帝紀》：‘元鼎四年六月，得寶鼎后土祠旁。作《寶鼎之歌》。’此文蓋因此致誤。寶鼎乃三國吳主孫皓年號。”今從四庫本作“元鼎”。
　　④ “於室中”，稗海本、四庫本作“然”。
　　⑤ “殊”，原本作“珠”，漢魏叢書本、百子全書本作“珍”，今從稗海本、四庫本作“殊”。
　　⑥ “荒”，稗海本、四庫本作“遐”。

戶牖，使內外通光。① 宮人爭以鳥吐之金用飾釵佩，謂之辟寒金。故宮人相嘲曰：“不服辟寒金，那得帝王心。”② 於是媚惑者亂爭此寶金爲身飾，③ 及行臥皆懷挾以要寵幸也。魏氏喪滅，池臺鞠爲煨燼，嗽金之鳥亦自翺翔矣。

咸熙二年，宮中夜異獸白色光潔，繞宮而行。閹官見之，④ 以聞於帝。帝曰：“宮闈幽密，若有異獸，皆非祥也。”使宦者伺之，果見一白虎子，遍房而走。候者以戈投之，即中左目。比往取視，惟見血在地，不復見虎。搜檢宮內及諸池井，不見有物；次檢寶庫中，得一玉虎頭枕，眼有傷，⑤ 血痕尚濕。帝該古博聞，云：“漢誅梁冀，得一玉虎頭枕，云單池國所獻。檢其額下，有篆書字，云是帝辛之枕，嘗與妲己同枕之，是殷時遺寶也。”又按《五帝本紀》云，帝辛殷代之末。至咸熙，多歷年所，代代相傳。凡珍寶，久則生精靈，必神物憑之也。

魏禪晉之歲，北闕下有白光，如鳥雀之狀，時飛翔來去。有司聞奏帝所，⑥ 羅之，得一白燕，以爲神物。於是以金爲樊，置於宮中。旬日不知所在。論者云：“金德之瑞。昔師曠

---

① 此下稗海本、四庫本有“而常隔於風雨塵霧”八字。
② 此下稗海本、四庫本有“不服辟寒鈿，那得君王憐”十字。
③ “寶”下，稗海本、四庫本有“以”字。
④ “官”，漢魏叢書本、百子全書本作“宦”。
⑤ “眼有傷”，稗海本、四庫本作“眼皆傷”，祕書本、古今逸史本、和刻本作“左眼有傷”。
⑥ “所”，稗海本、四庫本作“使”。

時，有白燕來巢。”檢《瑞應圖》，果如所論。白色叶於金德；師曠，晋時人也：古今之義相符焉。

薛夏，天水人也，博學絶倫。母孕夏時，夢人遺一篋衣，① 云：“夫人必産賢明之子也，爲帝王之所崇。”母記所夢之日，② 及生夏之年，以弱冠才辯過人。③ 魏文帝與之講論，終日不息，④ 應對如流，無有凝滯。帝曰：“昔公孫龍稱爲辯捷，而迂誕誣妄；今子所説，非聖人之言不談。子游、子夏之儔，不能過也。若仲尼在魏，復爲入室焉。”帝手制書與夏，題云“入室生”。位至秘書丞，居生甚貧，⑤ 帝解御衣以賜之，果符元所夢。⑥ 名冠當時，爲一代高士。

田疇，北平人也。劉虞爲公孫瓚所害，疇追慕無已，往虞墓設雞酒之禮，慟哭之音，動於林野。翔鳥爲之悽鳴，走獸爲之吟伏。疇卧於草間，忽有人通云：“劉幽州來，欲與田子泰言平生之事。”疇神悟遠識，⑦ 知是劉虞之魂。既近而拜，疇泣不自支，因相與進雞酒。疇醉，虞曰：“公孫瓚求子

---

① “夢”下，稗海本、四庫本有“有”字。
② “記”下，稗海本、四庫本有“其”字；“日”，稗海本、四庫本作“時”。
③ “及生夏之年，以弱冠”，稗海本作“及生夏之年，至弱冠”，四庫本作“及生夏後，年至弱冠”。
④ 此下稗海本、四庫本有“辭華旨暢”四字。
⑤ “居生甚貧”，稗海本、四庫本作“居貧甚”。
⑥ “元”，稗海本、四庫本作“先”。
⑦ “悟”，稗海本、四庫本作“機”。

甚急，① 宜竄伏以避害。"疇拜曰："聞君臣之義，生則盡
禮，② 今見君之靈，願得同歸九地，③ 死且不朽，安可逃乎？"
虞曰："子萬古之貞士也，深慎爾儀！"奄然不見，疇亦醉醒。

　　曹洪，武帝從弟，家盈產業，駿馬成群。武帝討董卓，
夜行失馬，洪以其所乘馬上帝，④ 其馬號曰白鵠。此馬走時，
惟覺耳中風聲，足似不踐地。至汴水，洪不能渡，帝引洪上
馬共濟，行數百里，瞬息而至。馬足毛不濕，⑤ 時人謂乘風
而行，亦一代神駿也。諺曰："憑空虛躍，曹家白鵠。"

　　録曰：王者廓萬宇以爲邦家，因海岳以爲城池，固
是安民養德，垂拱而治焉。去乎游歷之費，導於敦教之
道；無崇宮室，有薄林園。采椽不斲，大唐如斯昭儉；⑥
卑宮菲食，伯禹以之戒奢。迄今三代之王，失斯道矣。
傷財弊力，以驕麗相誇。瓊室之侈，璧臺之富，窮神工
之奇妙，人力勤苦。至於春秋，王室凌廢，城者作謳，
疲於勤勞。晋筑祈褫之宮，⑦ 爲功動於民怨；宋興澤門

---

① "求"上，稗海本、四庫本有"購"字。
② "盡"下，稗海本、四庫本有"其"字。
③ "地"，稗海本、四庫本作"原"。
④ "上"，漢魏叢書本作"讓"。
⑤ "馬"上，稗海本、四庫本有"下視"二字。
⑥ "大"，漢魏叢書本、百子全書本作"陶"。
⑦ 齊校曰："'祈褫'當作'虒祁'。《左傳》昭公八年，晋平公築虒祁之宮，師
曠曰：'今宮室崇侈，民力彫盡，怨讟並作，莫保其性。'"

之役，勞者以爲深嗟。姑蘇積費於前，阿房奢竭於後。自以業固河山，名超萬世，覆滅宗祀，由斯哀哀。竊觀明帝，踐中區之沃盛，威靈所懾，比强列代。禎祥神寶，史不絕書；殊方珍貢，府无虚月。鼎據三方，稱雄四海。而聖教微於堯、禹，歷代劣於姬、漢，東鯁閩、吳，西病邛、蜀，師旅歲興，財力日費，不能遵養黎元，遠瞻前朴，宮室窮麗，池榭肆其宏廣，終取夷滅，數其然哉！任成淵謀神勇，智周祥藝，雖來舟、蓬蒙劍射之好，①不能加也。田疇事死如生，守以直節，精誠之至，通於神明。曹洪忠烈爲心，愛親憂国。此穆滿之駿，方之白鵠，可謂齊足者也。

---

　　①　齊校曰："'來舟'當作'來丹'，《列子·湯問》載來丹用寶劍爲父報仇事；惟來丹體弱，以擬曹彰，似嫌未切。"

卷第八

吳　蜀

吳

　　孫堅母姙堅之時，夢腸出繞腰，有一童女負之，繞吳閶門外，又授以芳茅一莖。童女語曰："此善祥也，必生才雄之子。今賜母以土，王於翼軫之地，鼎足於天下，百年中應於異寶授於人也。"① 語畢而覺，且起筮之。筮者曰："所夢童女負母繞閶門，是太白之精感化來夢。夫帝王之興，必有神迹自表。白氣者，金色。"及吳滅而晋踐阼，② 夢之徵焉。

　　錄曰：按《吳書》云："孫堅母懷堅之時，夢腸出

---

　　① "應於"，稗海本、四庫本作"應以"。
　　② "晋踐阼"，原本作"踐晋阼"，和刻本校曰："'踐晋阼'疑當作'晋踐阼'。"今從漢魏叢書本、四庫本作"晋踐阼"（四庫本"阼"字作"阼"）。

繞閶門。"與王子之説爲異。夫西方金位，以叶晋德；興亡之兆，後而效焉。蓋表吴亡而授晋也。夫六夢八徵，著明《周易》；授蘭懷日，事類而非。及吴氏之興，年嘉禾之號，芳茅之徵信矣。至晋太康元年，孫皓送六金璽云："時無玉工，故以金爲印璽。"夫孫氏擅割江東，包卷百越，吞席漢陽，威惕中夏，富強之業，三雄比盛。時有未寶而兵戈歲起，每梗心於邛蜀，憤慨於燕魏。四方未夷，有事征伐，因之以師旅，遵之以儉素，去以游侈之費，塞茲雕靡之塗，不欲使四方民勞，非無玉工也。固能輕彼池山，賤斯棘實，漢鄙盈車之屑，燕棄璞於衡廡，沉河底谷，義昭攸古，務崇簡約，豈非高歟！及乎吴亡時，以六代金璽歸晋，堅母之夢驗矣。

吴主趙夫人，丞相達之妹，善畫，巧妙無雙，能於指間以彩絲織雲霞龍蛇之錦，大則盈尺，小則方寸，宮中謂之"機絶"。孫權常嘆魏、蜀未夷，軍旅之隙，思得善畫者，使圖山川地勢軍陣之像。達乃進其妹，權使寫九州江湖方岳之勢。夫人曰："丹青之色，甚易歇滅，不可久寶；妾能刺綉，作列國方帛之上，[1] 寫以五岳、河海、城邑、行陣之形。"既成，乃進於吴主，時人謂之"針絶"。雖棘刺木猴，雲梯飛

---

① "國"下，稗海本、四庫本有"於"字。

鷗，無過此麗也。權居昭陽宮，倦暑乃褰紫綃之帷。夫人曰：
"此不足貴也。"權使夫人指其意；思焉，答曰："妾欲窮慮
盡思，能使下綃帷而清風自入，視外無有蔽礙，列侍者飄然
自涼，若馭風而行也。"① 權稱善，夫人乃拊髮以神膠續之，
神膠出鬱夷國，接弓弩之斷弦，百斷百續也，乃織爲羅縠，
累月而成，裁爲幔。② 內外視之，飄飄如烟氣輕動，而房內
自涼。時權常在軍旅，每以此幔自隨，以爲征幰。舒之則廣
縱一丈，③ 卷之則可內於枕中，時人謂之"絲絕"。故吳有
"三絕"，四海無儔其妙。後有貪寵求媚者，言夫人多幻耀於
人主，因而致退黜。雖見疑墜，猶存錄其巧工。吳亡，④ 不
知所在。

　　吳主潘夫人，父坐法，夫人輸入織室，容態少儔，爲江
東絕色。同幽者百餘人，謂夫人爲神女，敬而遠之。有司聞
於吳主，使圖其容貌。夫人憂戚不食，減瘦改形，工人寫其
真狀以進，吳主見而喜悅，以虎魄如意撫案即折，⑤ 嗟曰：
"此神女也！愁貌尚能惑人，況在歡樂。"乃命雕輪就織室，

①　"馭"，稗海本、四庫本字作"御"。
②　"裁"下，稗海本、四庫本有"之"字。
③　"一"，稗海本、四庫本作"數"。
④　"吳"上，稗海本、四庫本有"及"字。
⑤　"虎魄"，漢魏叢書本、百子全書本字作"琥珀"；"案"，原作"按"，祕書
本、漢魏叢書本、百子全書本作"桉"，稗海本、四庫本作"案"，今據改。

納於後宮，果以姿色見寵。每以夫人游昭宣之臺，① 志意幸愜，既盡酣醉，唾於玉壺中，使侍婢瀉於臺下，得火齊指環，即挂石榴枝上，因其處起臺，名曰"環榴臺"。時有諫者云："今吳蜀爭雄，'遷劉'之名，將爲妖矣。"權乃翻其名曰"榴環臺"。又與夫人游釣臺，得大魚。王大喜，夫人曰："昔聞泣魚，今乃爲喜。有喜必憂，以爲深戒。"至於末年，漸相譖毀，稍見離退；時人謂夫人知幾其神。吳主於是罷宴，夫人果見棄逐。釣臺基今尚存焉。

　　錄曰：趙、潘二夫人，妍明伎藝，婉變通神，抑亦漢游、洛妃之侔，荊巫雲雨之類；而能避妖幸之釁，睹進退之機。夫盈則有虧，道有崇替，居盛必衰，理故明矣。② 語乎榮悴，譬諸草木，華落張弛，勢之必然。巧言萋斐，前王之所信惑。是以申、褒見列於前周，班、趙載詳於往漢。異代同聞，可爲嘆也！

黃龍元年，始都武昌。時越巂之南，獻背明鳥，形如鶴，止不向明。巢常對北，多肉少毛，聲音百變。聞鐘磬笙竽之聲，則奮翅搖頭，時人以爲吉神。③ 是歲遷都建業，殊方多

---

① "臺"，稗海本、四庫本作"室"。
② "故"，古今逸史本、祕書本作"固"。
③ "神"，漢魏叢書本、百子全書本、四庫本作"祥"。

貢珍奇。吳人語訛，呼"背明"爲"背亡鳥"，國中以爲大妖。不及百年，當有喪亂背叛滅亡之事，散逸奔逃，墟無烟火；果如斯言。後此鳥不知所在。

　　張承之母孫氏，懷承之時，乘輕舟游於江浦之際，忽有白蛇長三尺，騰入舟中。母祝曰："若爲吉祥，勿毒噬我。"①縈而將還，置諸房内。一宿視之，不復見蛇，嗟而惜之。鄰中相謂曰："昨見張家有一白鶴，聳翮入雲。"以告承母，母使筮之。筮者曰："此吉祥也。蛇鶴延年之物；從室入雲，自下升高之象也。昔吳王闔閭葬其妹，殉以美女、珍寶、異劍，窮江南之富。未及十年，雕雲覆於溪谷，美女游於冢上，白鵠翔於林中，白虎嘯於山側：皆昔時之精靈，今出於世。當使子孫位超臣極，擅名江表。若生子，可以名曰白鵠。"及承生，位至丞相、輔吳將軍，年逾九十，蛇鶴之祥也。

　　録曰：國之將亡，其兆先見。《傳》曰："明神降之，觀其德也。"及歸命面縛來降，斯爲效矣。蛇、鵠者，蟲禽之最靈，張氏以爲嘉瑞。《吳越春秋》、百家雜説云：吳王闔閭崇飾厚葬，生埋美人，多藏寶物。數百年後，靈鶴翔於林壑，②神虎嘯於山丘，湛盧之劍，飛

---

①　"勿"，稗海本、四庫本作"弗"。
②　"鶴"，原本無，今據漢魏叢書本、百子全書本補。

入於楚。收魂聚怪，富麗以極，而詭異失中，不如速朽。昔宋桓、盛姬，前史譏其驕惑；嬴博、楊孫，君子貴其合禮。觀夫遠古，恒詳中代，求諸事迹，儉泰相懸。至如末世，漸相誇矯，生恣淫湎，死則同殉，委積珍寶，埃塵滅身，乖於同穴，可謂嘆歟！

呂蒙入吳，吳主勸其學業。蒙乃博覽群籍，以《易》爲宗。常在孫策座上酣醉，忽臥於夢中誦《周易》一部，俄而驚起。衆人皆問之，蒙曰：“向夢見伏犧、周公、文王與我論世祚興亡之事，[1] 日月貞明之道，莫不窮精極妙，未該玄旨，故空誦其文耳。”衆座皆云：“呂蒙囈語通《周易》。”

　　録曰：夫精誠之至，叶於幽冥，與日月均其明，與四時齊其契，故能德會三古，道合神微。若鄭君之感先聖，周盤之夢東里，[2] 迹同事異，光彼退策，[3] 索隱鈎深，妙于玄旨。孔門群說，未若呂生之學焉。

---

① 稗海本、四庫本“周公”與“文王”互乙。
② 齊校曰：“‘盤’當作‘磐’。周磐石，東漢安帝時人。《後漢書》本傳：‘令其二子曰：“吾日者夢見先師東里先生與我講於陰堂之奧，既而長歎，豈吾齒之盡乎！”……其月望日，無病忽終。’”
③ “彼”，《佩文韻府》卷一〇八引《拾遺錄》作“被”（四庫本），疑當作“被”。

孫和悅鄧夫人，常置膝上。① 和於月下舞水精如意，誤傷夫人頰，血流污袴，嬌姹彌苦，自舐其瘡。命太醫合藥，醫曰："得白獺髓，雜玉與琥珀屑，當滅此痕。"即購致百金，能得白獺髓者，厚賞之。有富春漁人云："此物知人欲取，則逃入石穴。伺其祭魚之時，獺有鬥死者，穴中應有枯骨，雖無髓，其骨可合玉舂爲粉，歃於瘡上，其痕則滅。"和乃命合此膏。琥珀太多，及差，而有赤點如朱，逼而視之，更益其研。諸嬖人欲要寵，皆以丹脂點頰而後進幸。妖惑相動，遂成淫俗。

孫亮作琉璃屏風，② 甚薄而瑩澈，每於月下清夜舒之。常與愛姬四人，③ 皆振古絕色：一名朝姝，二名麗居，三名洛珍，四名潔華。使四人坐屏風內而外望之，如無隔，④ 惟香氣不通於外。爲四人合四氣香，殊方異國所出，凡經踐躡宴息之處，香氣沾衣，歷年彌盛，百浣不歇，因名曰百濯香。或以人名香，故有朝姝香、麗居香、洛珍香、潔華香。亮每游，此四人皆同輿席來侍，皆以香名前後爲次，不得亂之。所居室，名爲"思香媚寢"。

---

① "常"，稗海本、四庫本作"嘗"。
② "作"下，稗海本、四庫本有"綠"字。
③ "與愛姬四人"，稗海本、四庫本作"寵四姬"。
④ "如"上，稗海本、四庫本有"了"字。

蜀

　　先主甘后，沛人也，生於賤微里中。相者云："此女後貴，位極宮掖。"及后長而體貌特異，至十八，① 玉質柔肌，態媚容冶。先主召入綃帳中，② 於户外望者，如月下聚雪。河南獻玉人高三尺，乃取玉人置后側；晝則講説軍謀，夜則擁后而玩玉人。常稱玉之所貴，德比君子，況爲人形而不可玩乎？③ 后與玉人潔白齊潤，觀者殆相亂惑。嬖寵者非惟嫉於甘后，亦妒於玉人也。后常欲琢毀壞之，乃誡先主曰："昔子罕不以玉爲寶，《春秋》美之；今吳魏未滅，安以妖玩經懷？④ 凡淫惑生疑，勿復進焉。"先主乃撤玉人像，⑤ 嬖者皆退。⑥ 當斯之時，⑦ 君子議以甘后爲神智婦人焉。⑧

　　糜竺用陶朱計術，日益億萬之利，貨擬王家，⑨ 有寶庫

---

① "至"下，稗海本、四庫本有"年"字。
② "入"下，稗海本、四庫本有"白"字。
③ "不可"二字，四庫本互乙。
④ "經"，漢魏叢書本、百子全書本、古今逸史本、和刻本作"繼"。
⑤ "像"，稗海本、四庫本無。
⑥ "嬖者"，稗海本、四庫本作"衆嬖"。
⑦ "斯之"二字，稗海本、四庫本無。
⑧ "議"，稗海本、四庫全書本無。
⑨ "貨"，稗海本、四庫本作"貲"；下"貨"字同。

千間。竺性能賑生恤死，家内馬廄屋仄有古冢，① 有伏尸，②
夜聞涕泣聲。竺乃尋其泣聲之處，忽見一婦人袒背而來，訴
云：“昔漢末，妾爲赤眉所害，叩棺見剥，今袒在地，羞晝見
人，垂二百餘年。今就將軍乞深埋并弊衣以掩形體。”竺許
之，即命爲之棺椁，以青布爲衣衫，置於冢中。設祭既畢，
歷一年，行於路西，③ 忽見前婦人，所著衣皆是青布，語竺
曰：“君財寶可支一世，合遭火厄。今以青蘆杖一枚長九尺，
報君棺椁衣服之惠。”竺挾杖而歸。所住鄰中，常見竺家有青
氣如龍蛇之形。或有人謂竺曰：“將非怪也？”④ 竺乃疑此異，
問其家僮，云：“時見青蘆杖自出門間，⑤ 疑其神，不敢言
也。”竺爲性多忌信厭術之事，有言中忤，即加刑戮，故家僮
不敢言。竺貨財如山，⑥ 不可筭計，内以方諸、盆、瓶，設
大珠如卵，散滿於庭，謂之寶庭，而外人不得窺。數日，忽
青衣童子數十人來云：⑦“糜竺家當有火厄，萬不遺一；賴君
能恤斂枯骨，天道不辜君德，故來禳卻此火，當使財物不
盡。⑧ 自今已後，亦宜防衛。”竺乃掘溝渠周繞其庫。旬日，

---

① “仄”，稗海本、四庫本作“側”。
② “有”上，稗海本、四庫本有“中”字。
③ “西”，稗海本、四庫本作“曲”。
④ “也”，稗海本、四庫本作“耶”。
⑤ “見”下，稗海本、四庫本有“有”字。
⑥ “山”，稗海本、四庫本作“丘山”。
⑦ “忽”下，稗海本、四庫本有“有”字。
⑧ “使”下，稗海本、四庫本有“君”字。

火從庫內起，燒其珠玉十分之一，皆是陽燧旱燥自能燒物。火盛之時，見數十青衣童子來撲火；有青氣如雲，覆於火上即滅。① 童子又云：“多聚鸛鳥之類以禳火災。鸛能聚水巢上也。”② 家人乃收鴆鸛數千頭，養於池渠中以厭火。③ 竺嘆曰：“人生財運有限，不得盈溢，懼爲身之患害。”時三國交鋒，軍用萬倍，乃輸其珍寶車服以助先主：黃金一億斤，錦繡氈罽積如丘壠，駿馬萬匹。④ 及蜀破後，無復所有，飲恨而終。

周群妙閑筭術讖說，游岷山采藥，見一白猿從絕峰而下，對群而立。群抽所佩書刀投猿，猿化爲一老翁，握中有玉版長八寸，以授群。群問曰：“公是何年生？”答曰：“已衰邁也，忘其年月。猶憶軒轅之時，始學歷數。風后、容成，皆黃帝之史，就余授曆術。至顓頊時，考定日月星辰之運，尤多差異。及春秋時，有子韋、子野、裨竈之徒，權略雖驗，未得其門。邇來世代興亡，不復可記，⑤ 因以相襲。至大漢時，有洛下閎，頗得其旨。”群服其言，更精勤筭術，及考校年曆之運，驗於圖緯。知蜀應滅，及明年，歸命奔吳。皆云

---

① “即”，稗海本、四庫本作“既”。按：字若作“既”，則於“覆於火上”後句斷。
② “聚水”，原本作“水於”，今從稗海本、四庫本改。
③ “渠”，稗海本、四庫本作“溝”。
④ “萬”，稗海本、四庫本作“千”。
⑤ “記”，稗海本、四庫本作“紀”。

周群詳陰陽之精妙也，[①] 蜀人謂之後聖。白猿之異，有似越人所記，而事皆迂誕，似是而非。[②]

　　録曰：孫和、孫亮、劉備，並惑於淫寵之玩，忘於軍旅之略，猶比強大魏，剋伐無功，可爲嗟矣！周群之學，通於神明；白猿之祥，有類越人問劍之言，其事迂誕，若是而非也。夫陰陽遞升，五常迭用，由水火相生，亦以相滅。《淮南子》云“方諸向月津爲水”，以厭火灾乎。糜氏富於珍奇，削方諸爲鳥獸之狀，猶土龍以祈雨也。鵁鶄之音，與方諸相亂，蓋聲之訛矣。羽毛之類，非可禦烈火，於義則爲乖，於事則違類。先墳舊典，説以其詳焉。

　　① “云”，稗海本、四庫本作“稱”。
　　② “白猿”句，楊守敬《日本訪書志》卷八謂：“周羣條，蜀人謂之後聖，《廣記》引此，其下白猿云云，自相駁詰，必後人識語。”按：“白猿之異”云云，或爲蕭録之語而入正文。

卷第九

晋時事

　　武帝爲撫軍時，府内後堂砌下忽生草三株，莖黃葉緑，若總金抽翠，花條苒弱，狀似金薹。時人未知是何祥草，故隱蔽不聽外人窺視。有一羌人姓姚名馥，字世芬，充廄養馬，妙解陰陽之術，云："此草以應金德之瑞。"馥年九十八，即姚襄之祖也。[①] 馥好讀書，嗜酒，每醉歷月不醒，於醉時好言帝王興亡之事。[②] 善戲笑，滑稽無窮，常嘆云："九河之水，不足以漬麴蘗；八藪之木，不足以作薪蒸；七澤之麋，不足以充庖俎。凡人禀天地之精靈，不知飲酒者，動肉含氣耳。何必木偶於心識乎？"[③] 好啜濁糟，[④] 常言渴於醇酒。群

---

　　① "即姚襄之祖"，原本作"姚襄則其祖"，齊校曰："按姚襄爲姚弋仲第五子，姚萇之兄，若姚襄爲姚馥之祖，則萇亦其祖，子年爲萇所殺，不應預知其孫之事。"今從四庫本改作"即姚襄之祖"。
　　② "歷月不醒於醉"六字原本無，蓋涉兩"醉"字而脱，今據稗海本、四庫本補。
　　③ "木偶於心識"，稗海本、四庫本作"土木之偶而無心識"。
　　④ "濁"下，稗海本、四庫本有"嚼"字。

董常弄狎之，呼爲"渴羌"。及晉武踐位，忽思見馥。立於階下，帝奇其侗儻，擢爲朝歌邑宰。馥辭曰："老羌異域之人，① 遠隔山川；② 得游中華，已爲殊幸。請辭朝歌之縣，長充養馬之役。③ 時賜美酒，以樂餘年。"帝曰："朝歌，紂之故都，地有美酒，④ 故使老羌不復呼渴。"馥於階下高聲而對曰："馬圉老羌，漸染皇化。溥天夷貊，皆爲王臣，今若歡酒池之樂，⑤ 更爲殷紂之民乎？"⑥ 帝撫玉几大悦，即遷酒泉太守。⑦ 地有清泉，其味若酒，馥乘醉而拜受之。遂爲善政，民爲立生祠。後以府地賜張華，猶有草在，⑧ 故茂先《金蓍賦》云："擢九莖於漢庭，美三株於兹館，貴表祥乎金德，比名類而相亂。"⑨ 至惠帝永熙元年，⑩ 三株草化爲三樹，枝葉似楊，樹高五尺，以應三楊擅權之事。時有楊駿、楊瑶、楊濟三弟兄號曰"三楊"，馬圉醉羌所説之驗。

---

① "老"，稗海本、四庫本作"氐"；"之人"二字，稗海本、四庫本無。
② "山川"，稗海本、四庫本作"風化"。
③ "養馬"，稗海本、四庫本作"馬圉"。
④ "美酒"，稗海本、四庫本作"酒池"。
⑤ 此下稗海本、四庫本有"受朝歌之地"五字。
⑥ "民"，稗海本、四庫本作"比"。
⑦ "遷"下，稗海本、四庫本有"爲"字。
⑧ "草在"二字，稗海本、四庫本作"此草"。
⑨ "比名"二字，稗海本、四庫本互乙。
⑩ "永熙"，原本作"元熙"，《四庫全書考證》："'武帝爲撫軍時'條至'惠帝永熙元年'，刊本'永'訛'元'，據《晉書》改。"今從。

　　録曰：不得中行，狂狷可也。淳于、優孟之儔，因
俳説以進諫。至如姚馥，才性容貌，不與華同，片言竊
諷，媚足規範。及其俳諧詭譎，推辭指誡，因物而刺，
言之者無罪，抑亦東方曼倩之儔歟！夫心胃之逸朽，故
有腐腸爛腸之嗜，是以“五味令人口爽”，老氏以爲深
誡。未若甘並桂石，① 美斯松草；含吐烟霞，咀食沉瀯；
迅千靈於一朝，② 方塵劫於俄頃乎？可淫此酣樂，忘彼
久視者乎？夫物有事異而名同者，自非窮神達理，莫能
遥照。豈可假於詖辞，專求於邪説？天命有兆，歷運攸
歸；何可妄信於謡訛，指怪於纖草？將溺所聞，信諸厥
術，可爲嗟乎！

　　咸寧四年，立芳蔬園於金墉城東，多種異菜。有菜名曰
芸薇，③ 類有三種：紫色者最繁，味辛，其根爛熳，春夏葉
密，秋蕊冬馥，④ 其實若珠五色，隨時而盛，一名芸芝。其
色紫爲上蔬，其味辛；色黄爲中蔬，其味甘；色青者爲下蔬，
其味鹹。常以三蔬充御膳，其葉可以藉飲食，以供宗廟祭祀，

---

① “並”，齊校曰：當作“茲”，“甘茲”與下文“美斯”相稱。
② “靈”，齊校曰：當作“齡”。
③ “芸”，稗海本、四庫本作“雲”。
④ “春夏葉密秋蕊冬馥”，稗海本、四庫本作“春敷夏密秋榮冬馥”。

亦止人渴飢。① 宮人采帶其莖葉，香氣歷日不歇。

　　錄曰：《大雅》云：“言采其薇。”此之類也。《草木疏》云：“其實如豆。”昔孤竹二子避世，不食周粟，於首陽山采薇而食，疑似卉。② 或云神類非一，彌相惑乱。可以療飢，其色必紫，百家雜説，意旨相符。論其形品，詳斯香色；雖移植芳圃，芬美莫儔。故薰蘭有質，物性無改；産乖本地，逾見芬烈。譬諸薑桂，豈因地而辛矣！當此一代，是謂仙蔬，實爲神異。

　　張華爲九醖酒，以三薇漬麴蘖。蘖出西羌，麴出北胡。胡中有指星麥，四月火星出，麥熟而穫之。蘖用水漬麥三夕而生萌芽，平旦雞鳴時而用之，③ 俗人呼爲雞鳴麥。以之釀酒，醇美，④ 久含令人齒動；若大醉，不叫笑搖蕩，令人肝腸消爛，俗人謂爲消腸酒。或云醇酒可爲長宵之樂，兩説聲同而事異也。⑤ 閭里歌曰：“寧得醇酒消腸，不與日月齊光。”言耽此美酒以悦一時，何用保守靈而取長久？⑥ 至懷帝末，

---

① “渴飢”，稗海本、四庫本二字互乙。
② “似”，漢魏叢書本作“是”。
③ “平”上，稗海本、四庫本有“以”字。
④ “醇美”，稗海本、四庫本作“清美醇郁”。
⑤ “聲”，原本無，今據稗海本、四庫本補。
⑥ “言耽此美酒……而取長久”句宜爲子注。

民間園圃皆生蒿棘，狐兔游聚。至元熙元年，太史令高堂忠奏熒惑犯紫微，若不早避，當無洛陽。乃詔内外四方及京邑諸宮觀林衛之内及民間園圃，皆植紫薇以爲厭勝。至劉、石、姚、符之末，此蒿棘不除自絶也。①

　　晋太康元年白雲起於灞水，三日而滅。有司奏云："天下應太平。"帝問其故，曰："昔舜時黄雲興於郊野，夏代白雲蔽於都邑，殷代玄雲覆於林藪：斯皆應世之休徵。殊鄉絶域，應有貢其方物也。"果有羽山之民獻火浣布萬匹。其國人稱：羽山之山有文石生火，烟色以隨四時而見，名爲净火。有不潔之衣，投於火石之上，雖滯污漬涅，皆如新浣。當虞舜時，其國獻黄布。漢末獻赤布，梁冀製爲衣，謂之丹衣。史家云："單衣，今縫掖也。"字異聲同，未知孰是。

　　録曰：帝王之興，叶休祥之應。天無隱祥，地无蓄寶；是以因神物以表運，見星雲以觀德。按《周官》有馮相氏，以觀祥録之數。晋以金德，故白雲起於灞水。

---

　　①　"至懷帝末"以下，文與上文不接。按：元熙爲前趙劉淵年號，其元年爲公元304年，在懷帝（公元307—312在位）之前，故不當先言懷帝，後言元熙。考《宋書》卷二十四《天文志》："永嘉三年（公元310年）正月庚子，熒惑犯紫微。占曰：'當有野死之王，又爲火燒宫。'是時太史令高堂沖奏乘輿宜遷幸，不然必無洛陽。五年六月，劉曜、王彌入京都，燒宫廟。帝崩于平陽。"（並見《晋書》卷十三）則"元熙元年"或爲"永嘉三年"之誤。又按《晋書》本傳，王嘉見戮姚萇，符登聞之，設壇哭之；王氏不當預言"姚、符之末"。疑"至懷帝末"以下數句非子年原文，乃後人識語雜入也。

《山海經》及《異物志》云："燃洲之獸生於火中，以毛織爲布。雖有垢膩，投火則潔淨也。"兩説不同，故偕錄焉。

因墀國獻五足獸，狀如獅子；玉錢千緡，其形如環，環重十兩，上有"天壽永吉"之字。問其使者："五足獸是何變化?"對曰："東方有解形之民，使頭飛於南海，左手飛於東山，右手飛於西澤，自臍已下，兩足孤立；至暮，頭還肩上，兩手遇疾風飄於海外，落玄洲之上，化爲五足獸。則一指爲一足也。其人既失兩手，使傍人割裹肉以爲兩臂，宛然如舊也。"因墀國在西域之北，送使者以鐵爲車輪，十年方至晋。及還，輪皆絶鋭，莫知其遠近也。①

泰始元年，②魏帝爲陳留王之歲，有頻斯國人來朝。以五色玉爲衣，如今之鎧。其使不食中國滋味，③自齎金壺，壺中有漿凝如脂，嘗一滴則壽千歲。其國有大楓木成林，高六七十里，善筭者以里計之，雷電常出樹之半。其枝交蔭於上，④蔽不見日月之光，其下平淨掃灑，雨霧不能入焉。樹

---

① "知"，原本作"如"，據稗海本、四庫本、漢魏叢書本、百子全書本改。
② "泰始"，原本作"太始"，齊校曰："'太始'當作'泰始'，晉武帝司馬炎的第一個年號。"今據四庫本改。
③ "其使"二字，稗海本、四庫本無。
④ "於"，稗海本、四庫本無。

東有大石室，可容萬人坐。壁上刻爲三皇之像：^① 天皇十三頭，地皇十一頭，人皇九頭；皆龍身。亦有膏燭之處。缉石爲牀，牀上有漆痕，深三寸。牀上有竹簡，^② 長尺二寸，書大篆之文，皆言開闢以來事，人莫能識。或言是伏羲畫卦之時有此書，或言是蒼頡造書之處。傍有丹石井，非人工所鑿，下及漏泉，水常沸涌。諸仙欲飲之時，以長綆引汲也。其國人皆多力，不食五穀，日中無影，飲桂漿雲霧。羽毛爲衣，髮大如縷，堅韌如筋，伸之幾至一丈，置之自縮如蠆。續此人髮以爲繩，汲丹井之水，久久方得升合之水。^③ 水中有白蛙，兩翅，常來去井上，^④ 仙者食之。至周，王子晉臨井而窺，有青雀銜玉杓以授子晉，子晉取而食之，乃有雲起雪飛。子晉以衣袖揮雲，^⑤ 則雲雪自止。^⑥ 白蛙化爲雙白鳩入雲，望之遂滅。皆頻斯國之所記，蓋其人年不可測也。使圖其國山川地勢瑰異之屬以示張華，華云："此神異之國，難可驗信。"以車馬珍服送之出關。

張華字茂先，挺生聰慧之德，^⑦ 好觀秘異圖緯之部，捃

① "爲"，稗海本、四庫本作"有"。
② "上"，稗海本、四庫本作"前"。
③ "合"，原本無，據稗海本、四庫本補。
④ "來去"二字，稗海本、四庫本互乙。
⑤ "雲"，稗海本、四庫本作"雪"。
⑥ "雲雪自止"，稗海本、四庫本作"雲霽雪止"。
⑦ "之德"二字，稗海本、四庫本無。

采天下遺逸。自書契之始，考驗神怪及世間閭里所説，造《博物志》四百卷奏於武帝。① 帝詔詰問：“卿才綜萬代，博識無倫，遠冠羲皇，近次夫子；然記事采言亦多浮妄，宜更删翦，無以冗長成文。昔仲尼删《詩》《書》，不及鬼神幽昧之事，以言怪力亂神；今卿《博物志》，② 驚所未聞，異所未見。將恐惑亂於後生，繁蕪於耳目，可更芟截浮疑，分爲十卷。”即於御前賜青鐵硯，此鐵是于闐國所出，③ 獻而鑄爲硯也；賜麟角筆，以麟角爲筆管，此遼西國所獻；側理紙萬番，此南越所獻，④ 後人言陟里與側理相亂，⑤ 南人以海苔爲紙，其理縱橫邪側，因以爲名。帝常以《博物志》十卷置於函中，暇日覽焉。

惠帝永熙二年改爲永平元年，⑥ 常山郡獻傷魂鳥，狀如雞，毛色似鳳。帝惡其名，棄而不納，復愛其毛羽。當時博物者云：黄帝殺蚩尤，有貙虎誤噬一婦人，七日氣不絶。黄帝哀之，葬以重棺石椁。有鳥翔其冢上，其聲自呼爲傷魂，則此婦人之靈也。後人不得其令終者，此鳥來集其國園林之

---

① “造”，秘海本、四庫本作“撰”。
② “卿博物志”，秘海本、四庫本作“見卿此志”。
③ “出”字，秘海本、四庫本無。
④ “側理紙萬番，此南越所獻”十字，秘海本無，四庫本作“賜側理紙，後人謂之陟釐”，《四庫全書考證》：“刊本脱‘賜側理紙’四字，據《藝文類聚》增。”
⑤ “言陟里與側理相亂”八字，四庫本作“謂之陟釐”。
⑥ “永熙”，原本作“元熙”，今據四庫本改。

中。至漢哀、平之末，王莽多殺伐賢良，其鳥亟來哀鳴。時人疾此鳥名，使常山郡國彈射驅之。至晉初，干戈始戢，四海攸歸，山野間時見此鳥；憎其名，改"傷魂"爲"相弘"。及封孫皓爲歸命侯，相弘之義叶於此矣。永平之末，死傷多故，門嗟巷哭，常山有獻，遂放逐之。

泰始十年，[①] 有浮支國獻望舒草，[②] 其色紅，葉如荷。近望則如卷荷，遠望則如舒荷，團團似蓋；[③] 亦云月出則葉舒，月没則葉卷。植於宮中，因穿池廣百步，名曰望舒荷池。愍帝之末，移入胡，胡人將種还胡中，[④] 至今絶矣。池亦填塞。

祖梁國獻蔓金苔，[⑤] 色如黄金，若縈聚之，[⑥] 大如雞卵，投於水中，蔓延於波瀾之上，光出照日，皆如火生水上也。乃於宮中穿池廣百步，時觀此苔以樂宮人。宮人有幸者，以金苔賜之，置漆盤中，照耀滿室，名曰夜明苔；著衣襟則如火光。帝慮外人得之，有惑百姓，[⑦] 詔使除苔塞池。及皇家

---

①　"泰始"，原本作"太始"，齊校曰："此'太始'疑當作'泰始'。"今據四庫本改。

②　"浮支"，稗海本、四庫本作"扶支"。

③　"團團"，稗海本、四庫本作"團圓"。

④　"移入胡胡人將種還"八字，稗海本、四庫本作"胡人移其種於"。

⑤　"祖"上，稗海本、四庫本有"晉"字。按：此則當連上文"泰始十年，有浮支國獻望舒草"爲一條。皆言遠人來獻異草，並於宮中穿池植之；及喪亂，池平而望舒草、金蔓苔悉入胡地：故下文有云"皆在胡中"。此處不當析而爲二，又不當有"晉"字。

⑥　"縈聚之"，稗海本、四庫本作"螢火之聚"。

⑦　"有"，稗海本、四庫本作"衒"。

喪亂，猶有此物，皆在胡中。①

　　石季倫愛婢名翔風。② 魏末於胡中得之。③ 年始十歲，使房內養之，④ 至十五，無有比其容貌，特以姿態見美，妙別玉聲，巧觀金色。石氏之富，方比王家，驕侈當世，珍寶奇異，⑤ 視如瓦礫，積如糞土，皆殊方異國所得，莫有辯識其出處者。⑥ 乃使翔風別其聲色，悉知其處。⑦ 言西方、北方玉聲沉重而性溫潤，佩服者益人性靈；東方、南方玉聲輕潔而性清凉，佩服者利人精神。石氏侍人美艷者數千人，⑧ 翔風最以文辭擅愛。石崇嘗語之曰：“吾百年之後，當指白日以汝爲殉。”答曰：“生愛死離，不如無愛；妾得爲殉，身其何朽！”於是彌見寵愛。崇常擇美容姿相類者十人，裝飾衣服大小一等，使忽視不相分別，常侍於側。使翔風調玉以付工人，爲倒龍之珮，縈金爲鳳冠之釵，言刻玉爲倒龍之勢，鑄金釵象鳳皇之冠。⑨ 結袖繞楹而舞，晝夜相接，謂之恒舞。欲有

----

　　① “在”，稗海本、四庫本作“入”。

　　② “翔”，《太平廣記》卷二七二及《舊小説》甲集（民國本）引作“翾”。《佩文韻府》卷一之三出“翾風”曰：“《拾遺記》：‘石崇婢翾風最以文辭擅愛，能辨玉色金聲。’一作‘翔風’。”（四庫本）

　　③ “中”下，稗海本、四庫本有“買”字。

　　④ “房內”二字，稗海本、四庫本互乙。

　　⑤ “奇異”，稗海本、四庫本作“瑰奇”。

　　⑥ “辯”，稗海本、四庫本作“辨”。

　　⑦ “處”，稗海本、四庫本作“所出之地”。

　　⑧ “千”，四庫本作“十”。

　　⑨ “言刻玉爲倒龍之勢”二句當爲子注。

所召，不呼姓名，悉聽珮聲。視釵色玉聲輕者居前，金色艷者居後，以爲行次而進也。使數十人各含異香，行而語笑，[1]則口氣從風而颺。又屑沉水之香，如塵末，布象牀上，使所愛者踐之。無迹者賜以真珠百琲；有迹者節其飲食，令身輕弱。[2] 故閨中相戲曰："爾非細骨輕軀，那得百琲真珠？"[3] 及翔風年三十，妙年者争嫉之，或者云胡女不可爲群，[4] 競相排毁。石崇受譖潤之言，[5] 即退翔風爲房老，使主群少；乃懷怨而作五言詩曰：[6]"春華誰不美，[7] 卒傷秋落時。突烟還自低，鄙退豈所期？桂芳徒自蠹，失愛在蛾眉。坐見芳時歇，憔悴空自嗤。"石氏房中並歌此爲樂曲，至晋末乃止。

　石虎於太極殿前起樓高四十丈，結珠爲簾，垂五色玉珮，風至鏗鏘，和鳴清雅。盛夏之時，登高樓以望四極，奏金石絲竹之樂，以日繼夜。於樓下開馬埒射場，周迴四百步，皆文石丹砂及彩畫，於埒傍聚金玉錢貝之寶以賞百戲之人。四廂置錦幔，屋柱皆隱起，爲龍鳳百獸之形，雕矸衆寶，以飾

---

① "語笑"二字，稗海本、四庫本互乙。

② "身"，稗海本、四庫本作"體"。

③ 《太平御覽》卷八〇三此下有雙行小字："琲，蒲愷切，珠貫之名也。"當爲原本子注，今佚。

④ "者云"，稗海本、四庫本作"言"。

⑤ "石"，稗海本、四庫本無。

⑥ "怨"下，稗海本、四庫本有"懟"字。

⑦ "美"，稗海本、四庫本作"羨"。

楹柱，夜往往有光明。集諸羌互於樓上。① 時亢旱，春雜寶
異香爲屑，使數百人於樓上吹散之，名曰芳塵。臺上有銅龍，
腹容數百斛酒，使胡人於樓上噏酒，風至，望之如露，名曰
粘雨臺，用以灑塵。樓上戲笑之聲，音震空中。又爲四時浴
室，用鍮石瑸玞爲堤岸，② 或以琥珀爲瓶杓。夏則引渠水以爲
池，池中皆以紗縠爲囊，盛百雜香，漬於水中。嚴冰之時，作
銅屈龍數千枚，各重數十斤，燒如火色，投於水中，則池水恒
溫，名曰燋龍溫池。引鳳文錦步障縈蔽浴所，共宮人寵嬖者解
媟服宴戲，彌於日夜，名曰清嬉浴室。浴罷，洩水於宮外，水
流之所，名溫香渠。渠外之人争來汲取，得升合以歸，其家人
莫不怡悦。至石氏破滅，燋龍猶在鄴城，池今夷塞矣。

　　録曰：居室見妒，故亦奸巧之恒情，因嬌涸嬖，而
　　菲錦之辭入。至於惑聽邪詒，豈能隔於求媚；憑歡藉幸，
　　緣和嫟而相容。是以先寵未退，盛衰之萌兆矣；一朝愛

---

　　① “互”，四庫本作“氏”，齊校曰：“‘互’疑‘氏’之訛，蓋‘氏’字與‘互’之俗
體“𫝀”形近而致訛也。”按：“羌互”實爲“羌氏”之俗字。《干祿字書》：“互、氏：上
通下正，諸從氏者並準此。”(《叢書集成初編》影夷門廣牘本)《一切經音義》卷八
〇：“氏羌：上邸泥反，鄭箋《詩》云：氏，夷狄名，國名也。《説文》從氏著一，地也，
或作柢。録文作互也。”(上海古籍出版社《佛藏要籍選刊》影頻伽精舍本)《新修
龍龕手鑑》卷四“一部第二十九”：“互：古文音𫝀，又都奚反，互羌。”(《四部叢刊續
編》影雙鑑樓藏宋刊本)
　　② “瑸玞”，原本作“瑸玞”，四庫本作“砒玞”，今從古今逸史本、百子全書本
作“瑸玞”。

退，皎日之誓忽焉。清奏薄言，怨刺之辭乃作。石崇功擅時資，財業傾世，遂乃歌擬房中，樂稱恒舞；季庭管室，豈獨古之貶乎！石虎席卷西京，崇麗妖虐，外僭和鸞文物之儀，內修三英九華之號，① 靈祥遠貢，光耀舊都，珠璣丹紫，飾備於土木。自古以來，四夷侵掠，驕奢僭暴，擅位偷安，富有之業，莫此比焉。

---

① "號"，古今逸史本、和刻本作"瑞"。

卷第十

諸名山

昆侖山

　　昆侖山有昆陵之地，其高出日月之上。山有九層，每層相去萬里。有雲色，從下望之，如城闕之象。四面有風，群仙常駕龍乘鶴，游戲其間。四面風者，言東西南北一時俱起也。①　又有袪塵之風，若衣服塵污者，風至吹之，衣則浄如浣濯。甘露濛濛似霧，著草木則滴瀝如珠。亦有朱露，望之色如丹，著木石赭然如朱雪灑焉，以瑶器承之如飴。昆侖山者，西方曰須彌山，對七星之下，出碧海之中。上有九層，第六層有五色玉樹，蔭翳五百里，②　夜至水上，其光如燭。第三層有禾穟，一株滿車，有瓜如桂，有奈冬生如碧色，以

---

① “四面風者”二句當爲子注。
② “五”，四庫本作“三”。

玉井水洗食之，骨輕柔能騰虛也。第五層有神龜，長一尺九寸，有四翼，萬歲則升木而居，亦能言。第九層山形漸小狹，下有芝田蕙圃，皆數百頃，群仙種耨焉。傍有瑤臺十二，各廣千步，皆五色玉爲臺基。最下層有流精霄間，直上四十丈，東有風雲雨師聞。[①] 南有丹密雲，望之如丹色，丹雲四垂周密。西有螭潭，多龍螭，皆白色，千歲一蛻其五臟。此潭左側有五色石，皆云是白螭腸化成此石。有琅玕璆琳之玉，煎可以爲脂。北有珍林別出，折枝相扣，音聲和韻。九河分流，南有赤陂紅波，千刼一竭。千刼，水乃更生也。[②]

蓬萊山

蓬萊山亦名防丘，亦名雲來，高二萬里，廣七萬里。水淺，有細石如金玉，得之不加陶冶，自然光淨，仙者服之。東有鬱夷國，時有金霧，諸仙説此上常浮轉低昂，有如山上架樓，室常向明以開戶牖。及霧滅歇，戶皆向北。其西有含

---

　　① “聞”，齊校曰：據毛校及《太平御覽》卷一七九引文，當改作“闕”。又，此節脱、錯較多。《太平御覽》卷八引《王子年拾遺記》曰：“崑崙山有九層，從上來一層有雲氣五色，從下望之，皆有城闕之象。”又曰：“崑崙者，西方曰須彌山，九層，其第七層有景雲出以映朝日。”《北堂書鈔》卷一六〇引《王子年拾遺記》曰：“崑崙者，西方曰須彌山，有九層。最下層有引流霞闕，南有丹密房，東西千步，望之如丹書，四垂周密。西有螭潭，左側有五色石，云是白螭之腸化成此石也。”皆此節佚文。又，“流精霄間”之“間”亦當作“闕”。
　　② “千刼水乃更生也”七字宜爲子注。

明之國，綴鳥毛以爲衣，承露而飲，終天登高取水，亦以金、銀、倉環、水精、火藻爲階。① 有冰水、沸水，飲者千歲。有大螺名裸步，負其殼露行，冷則復入其殼；生卵著石則軟，取之則堅；明王出世，則浮於海際焉。有葭紅色，可編爲席，溫柔如罽毛焉。有鳥名鴻鵝，色似鴻，形如禿鶖，腹內無腸，羽翮附骨而生，無皮肉也。雌雄相眄則生產。南有鳥名鴛鴦，形似雁，徘徊雲間，棲息高岫，足不踐地，生於石穴中。萬歲一交則生雛，千歲銜毛學飛。以千萬爲群，推其毛長者，高翥萬里，聖人之世，來入國郊。有浮筠之簳，葉青莖紫，子大如珠。有青鸞集其上，下有沙礫，細如粉。柔風至，葉條翻起，拂細沙如雲霧。仙者來觀而戲焉。吹風竹葉，聲如鐘磬之音。

方丈山

方丈之山一名巒雉。東有龍場，地方千里。玉瑤爲林，雲色皆紫。有龍皮骨如山阜散百頃，遇其蛻骨之時，如生龍。或云龍常鬥此處，膏血如水流。膏色黑者，著草木及諸物如淳漆也；膏色紫光，② 著地凝堅，③ 可爲寶器。燕昭王二年，

---

① “倉”，四庫本、漢魏叢書本、百子全書本作“蒼”。

② “光”，原本作“先”，今據稗海本、四庫本改。

③ “凝堅”二字，稗海本、四庫本互乙。

海人乘霞舟，以雕壺盛數斗膏以獻昭王。王坐通雲之臺，亦曰通霞臺，以龍膏爲燈，光耀百里，烟色丹紫。國人望之，咸言瑞光，世人遥拜之。燈以火浣布爲纏。山西有照石，去石十里，視人物之影如鏡焉。碎石片片皆能照人，而質方一丈則重一兩。昭王舂此石爲泥，泥通霞之臺，與西王母常游居此臺上。常有衆鸞鳳鼓舞如琴瑟和鳴，神光照耀如日月之出。臺左右種恒春之樹，葉如蓮花，芬芳如桂花，隨四時之色。昭王之末，仙人貢焉，列國咸賀。王曰：“寡人得恒春矣，何憂太清不至！”恒春一名沉生，如今之沉香也。有草名濡奸，①葉色如紺，莖色如漆，細軟可縈，海人織以爲席薦。卷之不盈一手，舒之則列坐方國之賓。莎蘿爲經。莎蘿草細大如髮，一莖百尋，柔軟香滑，群仙以爲龍鵠之轡。有池方百里，水淺可涉，泥色若金而味辛。以泥爲器，可作舟矣。百煉可爲金，色青，照鬼魅猶如石鏡，魑魅不能藏形矣。

瀛　洲

　　瀛洲一名魂洲，亦曰環洲。東有淵洞，有魚長千丈，色斑，鼻端有角，時鼓舞群戲。遠望水間有五色雲；就視，乃

---

　　①　“奸”，齊校曰：“毛校‘奸’作‘薪’。按‘薪’即‘蕵’字，香草也。”《太平御覽》卷七〇九引作“薪”。

此魚噴水爲雲，如慶雲之麗，無以加也。有樹名影木，日中視之如列星，萬歲一實，實如瓜，青皮黑瓤，食之骨輕。上如華蓋，群仙以避風雨。有金巒之觀，飾以衆環，直上干雲，中有青瑤瓦覆以雲紈之素，刻碧玉爲倒龍之狀，懸火精爲日，刻黑玉爲烏，[①] 以水精爲月，青瑤爲蟾兔，於地下爲機榞，以測昏明，不虧弦望。時時有香風泠然而至，張袖受之，則歷年不歇。[②] 有獸名嗅石，其狀如麒麟，不食生卉，不飲濁水；嗅石則知有金玉，吹石則開，金沙寶璞，粲然而可用。有草名芸苗，狀如菖蒲；食葉則醉，餌根則醒。有鳥如鳳，身紺翼丹，名曰藏珠。每鳴翔而吐珠累斛，仙人常以其珠飾仙裳，蓋輕而耀於日月也。

負嶠山

負嶠山一名環丘，上有方湖，周迴千里。多大鵲，高一丈，銜不周之粟；粟穗高三丈，粒皎如玉。鵲銜粟飛於中國，故世俗間往往有之。其粟食之，歷月不飢，故《呂氏春秋》云："粟之美者，有不周之粟焉。"東有雲石，廣五

---

① "烏"，原作"鳥"，今據四庫本改。

② 《事類賦》卷二引《王子年拾遺記》曰："瀛洲時有香風，泠然而起，張袖受之，則歷紀不歇，着肌膚必軟滑。"（《北京圖書館古籍珍本叢刊》影宋紹興十六年刻本）"着肌膚必軟滑"當爲佚文。

百里，駁駱如錦，^①扣之片片則翕然雲出。有木名猗桑，煎椹以爲蜜。有冰蠶長七寸，黑色，有角有鱗，以霜雪覆之，然後作繭，長一尺，其色五彩。織爲文錦，入水不濡；以之投火，經宿不燎。唐堯之世，海人獻之，堯以爲黼黻。西有星池千里，池中有神龜，八足六眼，背負七星、日月、八方之圖，腹有五岳四瀆之象，時出石上，望之煌煌如列星矣。^②有草名芸蓬，色如白雪，一枝二丈，夜視有白光，可以爲杖。南有移池國，人長三尺，壽萬歲，以茅爲衣服，皆長裾大袖，因風以升烟霞，若鳥用羽毛也。人皆雙瞳，修眉長耳，餐九天之正氣，死而復生。於億劫之內，見五岳再成塵；扶桑萬歲一枯，其人視之如旦暮也。北有浣腸之國，甜水繞之，味甜如蜜而水強流迅急，千鈞投之，久久乃没。其國人常行於水上，逍遥於絶岳之嶺，度天下廣狹；繞八柱爲一息，經四軸而暫寢，拾塵吐霧，以筭歷劫之數，而成丘

---

① “駱”，四庫本作“犖”。
② 《北堂書鈔》卷一六〇引《王子年拾遺記》曰：“員嶠之山東有雲石，廣五百步，或四十、五十或十數步，駁駱如錦，扣之則片片翕然雲出，俄而遍潤天下。西有星池，周千里，水色隨四時變化，有神蟲、神龜出爛石之上。此石常浮於水邊，方數百里，其色多紅；質虛，以晞燒之，有煙香聞數百里。煙氣升天則成香雲，潤則香雨。”《太平御覽》卷八七一引作“員嶠之山四百里有池，周一千里，色隨四時變，中有神龜，八足六眼，背負七星、日月、八方之圖，復有四燭，時出爛石上，石上望之，煌煌如列星矣。於冥昧當雨之時而光色彌明。此石常浮於水邊，方數百里，其色多紅。燒之有煙數百里，升天則成香雲，香雲遍潤，則成香雨”。同書卷八引《王子年拾遺記》曰：“爛石色紅似肺，燒之有香，烟聞數百里，烟氣昇天則成香雲香，雲遍潤則成香雨。”皆係佚文。“此石常浮於水邊”云云，宜爲子注。

阜，亦不盡也。

岱輿山

岱輿山有員淵千里，常沸騰，以金石投之，則爛如土矣。孟冬水涸，中有黃烟從地出，起數丈，烟色萬變。山人掘之，入數尺，得燋石如炭，滅有碎火，以蒸燭投之，則然而青色，深掘則火轉盛。有草名莽煌，葉圓如荷，去之十步，炙人衣則燋。刈之爲席，方冬彌溫，以枝相摩，則火出矣。南有平沙千里，色如金，若粉屑，靡靡常流，鳥獸行則沒足。風吹沙起若霧，亦名金霧，亦曰金塵。沙著樹粲然如黃金塗矣；和之以泥，塗仙宮則晃昱明粲也。西有■玉山，[①] 其石五色而輕，或似履舄之狀，[②] 光澤可愛，有類人工。其黑色者爲勝，衆仙所用焉。北有玉梁千丈，駕玄流之上，紫苔覆漫，味甘而柔滑，食者千歲不飢。玉梁之側有斑斕，自然雲霞龍鳳之狀。梁去玄流千餘丈，雲氣生其下。傍有丹桂、紫桂、白桂，皆直上百尋，可爲舟航，謂之文桂之舟。亦有沙棠豫

---

① ■，原本墨釘，古今逸史本、百子全書本空，稗海本、四庫本、祕書本及《說郛》卷六十六《拾遺名山記》所引作“白”，漢魏叢書本作“光”，齊校本據毛校作“烏”。今付闕如以待考。

② “似”，原本作“以”，今從漢魏叢書本、百子全書本改；“之狀”，稗海本、四庫本作“收之”。

章之木，長千尋，細枝爲舟，猶長十丈。有七色芝生梁下，其色青光輝耀，謂之蒼芝。熒火大如蜂，[①] 聲如雀，八翅六足。梁有五色蝙蝠：黃者無腸倒飛，腹向天；白者腦重，頭垂自挂；黑者如烏，至千歲形變爲小燕；[②] 青者毫毛長二寸，色如翠；赤者止於石穴，穴上入天，視日出入，恒在其上。有獸名嗽月，形似豹，飲金泉之液，食銀石之髓。此獸夜噴白氣，其光如月，可照數十畝，軒轅之世獲焉。有遥香草，其花如丹，光耀入月，[③] 葉細長而白，如忘憂之草。其花葉俱香，扇馥數里，故名遥香草。其子如薏中實，甘香，食之累月不飢渴。體如草之香，久食延齡萬歲。仙人常采食之。[④]

昆吾山

昆吾山，其下多赤金，色如火。昔黃帝伐蚩尤，陳兵於此地，掘深百丈，猶未及泉，惟見火光如星。地中多丹，煉

---

① “熒”，稗海本、四庫本、漢魏叢書本、百子全書本字作“螢”。

② “歲”，稗海本、四庫本作“載”。

③ “入月”，毛校作“入目”。范崇高謂：當作“光耀入目”；此爲古代習語，如《賢愚經》卷三“貧女難陀品”：“王大夫人生一太子，身紫金色，三十二相，八十種好，當其頂上有自然寶，衆相晃朗，光耀人目。”《法苑珠林》卷十四：“南有華園二頃許，異花間發，光耀人目，四邊樹圍。”（説詳《〈拾遺記〉校釋》，《中古小説校釋集稿》，第106頁。）

④ “常”，稗海本、四庫本作“嘗”。

石爲銅，銅色青而利。泉色赤，山草木皆劍利，[①] 土亦鋼而精。至越王句踐，使工人以白馬白牛祠昆吾之神，采金鑄之，以成八劍。一名掩日，以之指日，則光晝暗，金，陰也，陰盛則陽滅；[②] 二名斷水，以之劃水，開即不合；三名轉魄，以之指月，蟾兔爲之倒轉；四名懸翦，飛鳥游過觸其刃，[③] 如斬截焉；[④] 五名驚鯢，以之泛海，鯨鯢爲之深入；六名滅魂，挾之夜行，不逢魑魅；七名卻耶，[⑤] 有妖魅者，見之則伏；八名真剛，以之切玉斷金，如削土木矣：以應八方之氣鑄之也。[⑥] 其山有獸，大如兔，毛色如金，食土下之丹石，深穴地以爲窟，亦食銅鐵，膽腎皆如鐵，其雌者色白如銀。昔吳國武庫之中兵刃鐵器俱被食盡，而封署依然。王令檢其庫穴，獵得雙兔，一白一黃。殺之，開其腹而有鐵膽腎，方知兵刃之鐵而爲兔所食。王乃召其劍工，令鑄其膽腎以爲劍，一雌一雄，號“干將”者雄，號“鏌鋣”者雌。其劍可以切玉斷犀，王深寶之，遂霸其國，後以石匣埋藏。及晉之中興，夜有紫色衝斗牛，張華使雷煥爲豐城縣令，掘而得之。華與煥各寶其一。拭以華陰之土，光耀射人，後華遇害，失劍所

---

① “劍”，稗海本、四庫本作“勁”。

② “金陰也陰盛則陽滅”八字當爲子注。

③ “游”下，稗海本、四庫本有“蟲”字。

④ “截”下，稗海本有“絕”字。

⑤ “耶”，稗海本、四庫本、漢魏叢書本、百子全書本作“邪”。

⑥ “鑄之也”三字，稗海本、四庫本無。

在。煥子佩其一劍，過延平津，劍鳴飛入水。及入水尋之，但見雙龍纏屈於潭下，目光如電，遂不敢前取矣。

洞庭山

洞庭山浮於水上，其下有金堂數百間，玉女居之，四時聞金石絲竹之聲徹於山頂。楚懷王之時，與群才賦詩於水湄，故云瀟湘洞庭之樂，聽者令人難老；① 雖《咸池》《九韶》，不得比焉。每四仲之節，王常繞山以游宴，② 舉四仲之氣以爲樂章。③ 仲春律中夾鐘，乃作輕風流水之詩，宴於山南；時中蕤賓；④ 乃作皓露秋霜之曲。後懷王好進姦雄，群賢逃越。屈原以忠見斥，隱於沅湘，披蓁茹草，混同禽獸，不交世務，采柏實以和桂膏，用養心神。被王逼逐，乃赴清泠之水。⑤ 楚人思慕，謂之水仙。其神游於天河，精靈時降湘浦；楚人爲之立祠，漢末猶在。其山又有靈洞，⑥ 入中常如有燭於前，中有異香芬馥，泉石明朗。采藥石之人入中，如行十里，迴然天清霞耀，花芳柳暗，丹樓瓊宇，宮觀異常。乃見

---

① "難"，漢魏叢書本、百子全書本作"忘"。
② "常"，稗海本、四庫本作"嘗"。
③ "舉"上，稗海本、四庫本有"各"字。
④ "時"，稗海本、四庫本作"律"。
⑤ "水"，稗海本、四庫本作"淵"。
⑥ "山"，稗海本、四庫本作"上"。

袤女，霓裳冰顔，艷質與世人殊別。來邀采藥之人，飲以瓊漿金液，延入璇室，奏以簫管絲桐，餞令還家，贈之丹醴之訣。雖懷慕戀，且思其子息，卻還洞穴，還若燈燭導前，便絶飢渴而達舊鄉。已見邑里人戶，各非故鄉鄰。唯尋得九代孫，問之，云：“遠祖入洞庭山采藥不還，今經三百年也。”其人説於鄰里，亦失所之。

　　録曰：按《禹貢》《山海》、正史説名山大澤，或不列書圖，著於編雜之部；或有乍无，或同乍異，故使覽者迴惑而疑焉。至如《列子》所説，員嶠、岱輿，瑰奇是聚，先墳莫記。蓬萊、瀛洲、方丈，各有別名。昆吾神異，張騫亦云焉，睹華戎不同寒暑律人獨禽，[①] 至其異氣，雲水草木，怪麗殊形，考之載籍，同其生類。非夫貴遠體大，則笑其虛誕。俟諸宏博，驗斯靈異焉。

---

　　①　此句難讀解。“華戎”，《説郛》卷六十六《拾遺名山記》引作“中外”（四庫本）。

後　序

　　《晋書·藝術傳》曰：王嘉字子年，隴西安陽人也。輕
舉止，醜形貌，外若不足，內聰慧明敏，便滑稽好語笑。不
食五穀，不衣美麗，清虛服氣，不與世人交游。隱于東陽谷，
鑿崖穴居，而弟子受業者百人，亦皆穴處。石季龍之末，棄
其徒眾至長安，潛隱於終南山，結庵廬而止。門人間而候之，
乃遷於倒獸山。堅累徵不赴，公侯已下咸躬往參詣，好尚之
士無不師宗之。問其當世事，皆隨問而對。好爲譬喻，狀如
戲調；言未然之理，辭如讖記，當時鮮能曉悟之，過了皆驗。
堅將南征，遣使者問之。嘉曰："金剛火強。"乃乘使者馬，
正衣冠，徐徐東行百步而策馬馳返。脫衣服，棄冠履而歸，
下馬踞牀，一無所言。使者還告堅，不悟，復遣問之，曰：
"吾世祚云何？"曰："未央。"咸以爲吉。明年癸未，敗于淮
南，所謂"未年而有殃"也。人候之者，至心則見之；不至
心則隱形不見，衣服在架，履杖猶在地。或取其衣者，終不
及；企而取之，衣架逾高，而屋亦不大，履杖之物亦如之。
姚萇之入長安，禮嘉如苻堅故事，適以自隨，每事咨之。萇

147

既與苻登相持，① 問嘉曰：“吾得殺苻登定天下否？”嘉曰：“略得之。”萇怒曰：“得當云得，何略之有？”遂斬之。先，釋道安疾殛，使謂嘉曰：“世故方殷，可以同行矣。”嘉曰：“師先行，吾負債於人，未果去得。”俄然道安亡而嘉戮，可謂負債乎？苻登聞嘉死，設壇哭之，贈太師謚文定公。及姚萇死，其子興字子略方殺堅以定天下，略得之謂也。嘉死之日，人有壟上見之，其所造三章歌讖，事過皆驗，累世又傳之。又著《拾遺記》十卷，其事多詭怪，今行於世。

　　《王子年拾遺記》十卷，上溯羲農，下沿典午，旁及海外瑰奇詭異之説，無不具載。蕭綺復節爲之録，搜抉典墳，符證秘隱，詞藻燦然。予因刻置家塾，或有訝其怪誕無稽者。噫！邵伯温有云：四海九州之外，何物不有？特人耳目未及，輒謂之妄。矧邃古之事，何可必其爲無耶？博洽者固將有取矣。嘉靖甲午春三月東滄居士吳郡顧春識。

---

① “苻登”，原作“苻堅”，據《晉書》本傳改，下句“苻登”同。又，此《後序》與今本《晉書》文字稍異，不悉校。

金華子雜編

整理説明

《金華子雜編》，又名《金華子》《金華子新編》，或稱《劉氏新編》《劉氏雜編》，五代南唐劉崇遠撰。劉崇遠自號金華子，因以名書。該書內容來源於作者的耳聞目睹，因此，保存了晚唐五代時期的很多珍貴資料，有着重要的研究價值。現謹將該書作者、價值、版本以及本次整理工作予以介紹。

关于作者劉崇遠

劉崇遠生平事迹史無明載，只能根據書中零星自述，綜合後人研究成果，考其大略。劉崇遠，河南（今河南洛陽）人。《太平廣記》卷八五引《稽神録》云："河南劉崇遠，崇龜從弟也。"《舊唐書》卷一七九《劉崇望傳》："藻生符，進士登第，咸通中位終蔡州刺史。生八子，崇龜、崇望、崇魯、崇謨最知名。""崇龜，咸通六年進士擢第，累遷起居舍人，禮部、兵部二員外。丁母憂免。……出爲廣州刺史、清海軍節度、嶺南東道觀察處置等使，卒。""崇望，咸通十五年登進士科。……昭宗即位，拜中書侍郎、同平章事，累兼兵部、吏部尚書。""崇魯，廣明元年登進士第。……景福初，以水部員外郎知制誥。""崇謨，中和三年進士及第。乾寧末，爲太常少卿、弘文館直學士。"《新唐書》卷七十一上《宰相世系表》"河南劉氏"條載"符，字端期，蔡州刺史"，其子"崇龜，字子長，清海節度使"，"崇彝，字子憲，都官郎中"，"崇望，字希徒，相昭宗"，"崇魯，字郊文，水部員外郎、知制誥"，"崇謨，字成禹，太常少卿、弘文館直學士"。《金華子雜編》卷下云："蔡州伯父院諸兄皆少孤，洎南海子長擢第之日，伯母安定胡氏已年尊矣。"劉崇遠所稱"蔡州伯父"顯然是指位終蔡州刺史的劉符。"南海子長"則指曾爲廣州（舊爲南海郡）刺史的劉崇龜。因此，劉崇遠係出河南劉氏，崇龜、崇彝、崇望、崇魯、崇謨等爲劉崇遠從兄確定無疑。

但劉崇遠的一生卻是在江南度過的。關於其家遷居江南的原因，《金華子雜編》卷下有記述：

> 黃巢本王仙芝賊中判官，仙芝既死，賊衆戴之爲首，遂日盛。橫行中原，竟陷京洛，數年方滅。……愚家自京洛淪陷，遂河海播遷，此流寓江南之所自也。

黃巢陷京洛是在唐僖宗廣明（880—881）、中和（881—885）

年間，劉崇遠一家應該就是在這一時期避亂江南。遷居江南
數年之後，大約在唐昭宗景福二年（893）前後，① 劉崇遠在
江南出生。他在《金華子雜編·自序》中曾回顧自己的
生平：

　　生自童蒙歲，便解愛人博學，暨乎鬢髮焦禿，而無
所成名。凡爲文章，略知宗旨。最嗜吟咏，而所得亦不
出流輩。年逾壯室，方菠官于畿甸。繼宰二邑，共換二
十餘寒暑，唯知趑趄畏慎，不能磊落經濟。罷秩歸京，
得留綴班。家貧窶，在闕三四年，甚窘困。稍暇，猶綴
吟不倦。縱情任興，一聯一句，亦時有合于清奇。

可見劉崇遠童年即受到良好的教育，“自童蒙歲便解愛人博
學”。但其仕途卻並不如意。大約在吳睿帝順義四年（924）
或稍後，已經三十多歲的劉崇遠才步入仕途，“菠官於畿
甸”，“承乏丹陽”②。後仕南唐，爲上饒、晋陵二縣令，③ 在
外二十餘年。南唐中主保大（943—957）年間，罷秩歸京，

---

① 此據陶敏先生考證，詳見陶敏《劉崇遠及其著作考略》，《雲夢學刊》2006
年第 6 期。
② 劉崇遠《金華子雜編》卷下：“崇遠猶憶往歲赴恩門請，承乏丹陽。”
③ 劉崇遠《金華子雜編》卷下有“予宰上饒日”“予往歲宰於晋陵”之語。

任大理司直。^① 並在此期間完成《金華子雜編》三卷。其後行迹無考。

關於《金華子雜編》的價值

《金華子雜編》是劉崇遠晚年追録生平見聞所作，所記多爲晚唐五代時事。四庫館臣認爲"其中於將相之賢否，藩鎮之强弱，以及文章吟咏、神奇鬼怪之事，靡所不載，多足與正史相參證"^②。從現存内容來看，其價值主要表現在以下幾個方面：

一是記載了晚唐五代時期的一些政治情況，可補正史之不足。

如李昇爲南唐先主，正史視其爲"僭僞"，對其功績往往一筆帶過。而本書卷上第一則爲我們生動描述了李昇重視文教，"懸金爲購墳典，職吏而寫史籍"，以及南唐文化復興的盛況。

晚唐時期的不少重大歷史事件，書中也有所反映。如卷下十二記黄巢之亂，且云："民猶水也，水能載舟，亦能覆舟。民於君也，善則歸服，惡則離貳。始盜賊聚於曹、濮，

---

① 劉崇遠《金華子雜編自序》署名作"文林郎大理司直劉崇遠撰"。
② ［清］紀昀等:《欽定四庫全書總目》卷一百四十，中華書局1997年版。

皆承平之蒸民也。官吏刻剥於賦斂，水旱不恤其病餒，父母妻子，求養無計。初則窺奪穀粟，以救死命。黨與既成，則連衡同惡，跨山壓海，東愈梁宋，南窮高廣。蟒喙噓天，翠華狼狽而西幸；豺牙爍日，齊民肝腦以塗地。鄷鎬陵夷，往而不返矣。世之清平也，搢紳之士，率多矜恃儒雅。高心世禄，靡念文武之本，群尚輕薄之風。蒞官行法，何嘗及治？由是大綱不維，小漏忘補，失民有素，上下相蒙。百六之運既遭，翻飛之變是作。”比較客觀地揭示出黃巢之亂發生的社會原因。

晚唐時期，藩鎮林立，但相關文獻不多。本書則對高駢、周寶、王師範、劉鄩等藩鎮事迹均有所記載，展現了正史之外藩鎮形象的另一面，可供研究者參考。

二是記載了晚唐文人軼事及文學活動，有助於研究作家生平和文學創作情況。

如《新唐書》《舊唐書》對温庭筠的生平記載有分歧，對於其何時赴徐商幕府語焉不詳。學界對此也爭執頗多。《金華子雜編》卷上第四則對此有較爲明確的記載：

　　時温博士庭筠方謫尉隨縣，廉帥徐太師商留爲從事，與成式甚相善，以其古學相遇。常送墨一鋌與飛卿。往復致謝，遞搜故事者九函，在《禁集》中。

不但明言溫庭筠赴徐商幕府在謫尉隨縣之後，而且記載了溫庭筠與段成式的交往唱和情況。對研究溫庭筠生平以及他與段成式等人的襄陽唱和及業已失傳的《漢上題襟集》都很有價值。

又如卷下第三記李郢娶妻事，不但有助於了解作者生平，而且記錄了其《寄內》《宿虛白堂》二詩的創作由來及背景。

三是保留了一些晚唐五代作家作品，可供輯佚或考訂。

如卷上第三載陸翺事，錄其《閒居即事》《宴趙氏北樓》二詩，這兩首詩正是賴本書記載才得以流傳至今。卷下第二十一條引顧況集中文字，爲今傳顧況集中所無，可供輯佚。

又如卷上第九載宣宗李忱賜崔鉉詩落句云："今遣股肱親養治，一方獄市獲來蘇。"與《全唐詩》所錄殘句"七載秉鈞調四序，一方獄市獲來蘓"不同。"七載秉鈞調四序"亦見於《舊唐書·崔鉉傳》和《唐詩紀事》，但並無下句。"今遣股肱親養治"句則僅見於本書。因此可供輯校。

四是保留了一些仙話傳説。

劉崇遠信奉道教，書中多記一些神仙鬼怪之事，也許正因如此，明代胡應麟斥其"猥淺不足言"①。這部分内容如果

---

① ［明］胡應麟：《少室山房筆叢》卷二八《九流緒論》中，上海書店出版社2001年版。

從史學角度來説，當然是荒誕不經。但從文學角度來説，書中保留的這些仙話和民間傳説卻具有較高的價值。如卷下之二的龜寶故事、卷下之二十八的海眼傳説，還有卷下之二十三以死濟人的神僧等，既啓發了後世的文學創作，也爲我們深入研究仙話傳説提供了可貴的文獻資料。

五是記載了當時的一些典章制度和風俗習慣，是研究當時社會的珍貴資料。

如卷上第十四條記"崔鄭世界"、第二十條記"點頭崔家"等是研究唐代科舉制度的重要資料。卷下第一條記琅邪及太原王氏、博陵及清河崔氏等世家大族，對研究唐代門閥制度及士族風尚有重要參考價值。卷上第十二條及二十條關於"辱臺"、卷下第十八條關於"恩府"等記載，則有關唐代官場習俗。

還有關於軍中擊球（卷上二十七）、長安坊巷中夜樂神（卷下二十五）、伶人表演（卷上二十四、卷下第七）、端午節競渡等記載（卷上第五），則涉及唐時文化娱樂，對我們全面了解唐代社會都有裨益。

此外書中還有一些其他方面的記載亦有現實意義，如卷下第二十二條記新安仙源及信州靈山令居人長壽，有益於今天自然資源的開發利用。又如卷下三十一條記生附子之藥性，可供中醫借鑑。

關於《金華子雜編》的整理

　　《金華子雜編》原書已佚。《崇文總目》卷二傳記類下著
錄《金華子雜編》三卷，《宋史·藝文志五》小說家類、鄭
樵《通志·藝文略三》雜史類均有相同著錄，《宋史·藝文
志》標明作者爲劉崇遠，《通志》則云：“僞唐劉榮（崇）遠
記大中、咸通後事。”衢本《郡齋讀書志》小說類著錄《金
華子》三卷，提要云：“右唐劉崇遠撰。金華子，崇遠自號
也。錄唐大中後事，一本題曰《劉氏雜編》。”《直齋書錄解
題》著錄《金華子新編》三卷，云：“大理司直劉崇遠撰。
五代時人，記大中以後雜事。”明《文淵閣書目》《秘閣書
目》子雜類有劉崇遠《金華新編》三册。以上各書著錄雖書
名不同，實爲一書則無疑。但此書明代以後即不見於各家書
目著錄或相關文獻記載。清乾隆年間四庫館臣自《永樂大
典》中輯其佚文六十餘則編成二卷，收入《四庫全書》。《函
海》本、《反約編叢書》本、《榕園叢書》本等，均源於《四
庫全書》本。《讀畫齋叢書》本也源於四庫本，但刻入了周
廣業校注。周廣業（1730—1798），字勤補，一作勤圃，別字
耕厓，號菫園，浙江海寧人。乾隆四十八年（1783）舉人。
博通經史，精於校勘。他在參與《四庫全書》編纂的過程
中，抄錄了大量書籍，其中就包括《金華子雜編》。經過核

對，他發現《說郛》《紺珠集》中還有《四庫全書》本所闕的佚文，因此後來又在《四庫全書》本的基礎上做了一些校勘工作，校訂了《四庫全書》本一些脫誤的文字，並據《說郛》《紺珠集》等書補綴了部分佚文。顧修將周廣業校訂本刻入《讀畫齋叢書》。因此《讀畫齋叢書》本較《四庫》本爲優。

《金華子雜編》的整理本有陶敏先生主編的《全唐五代筆記》本，以《四庫全書》本爲底本，校以周廣業本及唐宋諸書，補充了部分佚文。但僅有標點，未加注釋。校勘也微有瑕疵。如卷下第十七"願以白金十笏贖之"，"十"字《四庫》本作"千"，唐五代時期一笏爲五十兩，聯繫下文"五百兩金不時齊足"，顯然以周本"十"字爲是，但陶敏先生並未據改。

本次整理，筆者以《讀畫齋叢書》本爲底本，以《四庫全書》本及相關諸書相參進行校勘，並加以標點和注釋。分卷、次序均依底本，但爲閱讀引用之便，在每則之前添加了序號。周廣業的校注文字，以單行小注的形式保留在原文之中。筆者的校注則以腳注形式列於頁下。因《讀畫齋叢書》本直接源於《四庫全書》本，二者對勘，文字差異並不太大。因此，筆者更多地運用他校之法，從其他相關著作中，尋找有價值的校勘資料。除周廣業已采用的《說郛》《紺珠集》外，《唐語林》《類說》中都有較多的《金華子雜編》佚文，另外，《唐詩紀事》《資治通鑑考異》《白孔六帖》《新編分門古今類事》《古今合璧事類備要》等書中，也有《金華子雜編》的少量佚文，這些佚文有些爲《讀畫齋叢書》本所無，有較高的校勘和輯佚價值。筆者根據這些材料對《金華子雜編》進行了補校。筆者補充的佚文與原文相接的，直接補入正文並在脚注中注明。單獨成篇的則以"續補"爲名列於書末。本書注釋與校勘記統一編碼，注釋内容除对一些詞語、俗語、典故含義及出處进行説明外，還根據相關文獻對所涉職官、地名、人名、史實等進行了考證。注釋條目在書中屢次出現的，爲免重復，只在第一次出現時加注。附録列出了歷代目録學著作對《金華子雜編》的著録情況。

　　由於本人學養所限，本書整理還存在很多不足之處，切盼讀者不吝指正。

自　序

　　金華子者，河南劉生，少慕赤松子兄弟能釋羈靮於放牧間，讀其書，想其人，恍若游於金華之境，因自號焉。生自童蒙歲，便解愛人博學，暨乎鬂髮焦禿，而無所成名。凡爲文章，略知宗旨。最嗜吟咏，而所得亦不出流輩。年逾壯室，方涖官於畿甸。繼宰二邑，其換二十餘寒暑，[①] 唯知趨趄畏慎，不能磊落經濟。罷秩歸京，得留綴班。家貧窶，在闕三四年，甚窘困。稍暇，猶綴吟不倦。縱情任興，一聯一句，亦時有合於清奇。顧於食玉燃桂，不無撓懷。纔緩紓斯須，則嘯傲自若。或遇盛友良會，聞人語話及興亡理亂，猶耳聰意悦，未嘗不周旋觀察。冀或湊會警戒，庶幾助於理道者，必慷慨反覆，至於逾暑不息。時皇上憂勤大寶，宵衣旰食，致治之切，無愧前代。命有司張皇公道，掄擇材雋，科第取士，鬱然反古。時有以春闈策問舉子對義見示者，睹強國富民之論，古今得失之理，則愧惕雀息，往往汗流。何者？以

---

① “其”，《四庫》本作“共”。

坐遇明盛時而抱名稱不聞於世，何疾復甚於斯矣！因念爲童時，侍立長者左右，或於冬宵漏永，秋階月瑩，尊年省睡，率皆話舊時經由，多至深夜不寐。始則承平事實，爰及亂離，於故基迹，或嘆或泣，悽咽僕隸。自念髫齔之後，甚能記聽。今雖稚齒變老，耄忘失憶，十可一二，猶存乎心耳。併成人游宦之後，其間耳目諳詳，公私變易，知聞傳載，可繫鉛槧者，漸恐年代浸遠，知者已疏，更積新沈故，① 遺絶堪惜，宜編序者，即隨而釋之云爾。文林郎、大理司直臣劉崇遠撰。

---

① “更”下，《四庫》本有“慮”字。

卷　上

南唐劉崇遠　撰

海寧周廣業　校注

一

　　我唐烈祖高皇帝，①　睿哲神明，順天膺運。相羿禍浹，有仍之慶始隆；哀莽毒飫，銅馬之尊是顯。堯儲復正，文廟重新。漉沈海之斷綸，卻成萬目；撥伏灰之餘簡，在序九流。宗周而一仁風，依漢而雜霸道。澆漓頓革，習尚無虛。遂使武必韜鈐，不空弓馬；文先政理，乃播風騷。由是勳伐子孫，知弓裘之可重；閭閻童稚，識詩書之有望。不有所廢，其何以興？是知楊氏飭弊於前，乃自弊也。烈祖聿興於後，固天

----

　　①　烈祖高皇帝：指南唐先主李昇（888—943），字正倫，徐州人。昇少孤，曾爲南吳重臣徐溫養子，名徐知誥。後篡奪南吳楊氏政權，建立南唐，改名李昇，假托唐宗室後裔，以利統治。《舊五代史》卷一百三十四、《新五代史》卷六十二有傳。

興乎？始天祐間，^① 江表多故。^② 洎及寧帖，^③ 人尚苟安。稽古之談，幾乎絕侶。橫經之席，蔑爾無聞。及高皇初收金陵，^④ 首興遺教。懸金爲購墳典，職吏而寫史籍。聞有藏書者，雖寒賤必優辭以假之；或有贊獻者，雖淺近必豐厚以答之。時有以學王右軍書一軸來獻，因償十餘萬，繒帛副焉。由是六經臻備，諸史條集。古書名畫，輻湊絳帷。俊傑通儒，不遠千里。而家至户到，咸慕置書。經籍道開，文武竝駕。暨昇元受命，王業赫然，稱明文武，莫我跂及。豈不以經營之大，基有素乎！^⑤

---

①　天祐：是唐昭宗李曄開始使用的年號，天祐元年（904）八月昭宗被殺，唐哀帝李柷即位，沿用了此年號。天祐四年（907）三月李柷即禪位於梁太祖朱温。次年被鴆殺。地處江淮地區的楊吳不承認朱梁的正統地位，仍然沿用天祐的年號，直到公元919年吳國改元。

②　江表多故：天祐二年（905），吳王楊行密去世，其子楊渥即位。隔年江西鍾傳去世，諸子內亂，楊渥趁機攻占江西，統一江淮。隨後，大臣張灝、徐温殺掉楊渥。公元908年，徐温擁立楊渥之弟楊隆演爲帝，殺掉張顥，掌握南吳實際大權。徐温長子徐知訓驕橫恣肆，曾因欺負吳王楊隆演引發兵變，後被部下所殺。徐知誥平定亂事，事徐温甚孝謹，最後成爲徐温政權的實際繼承者，江表地區逐漸安寧。事見《舊五代史》卷一百三十四《楊行密傳》《李昇傳》和《新五代史》卷六十一《吳世家》、卷六十二《南唐世家》。

③　洎及寧貼：應是指徐知誥（即李昇）實際掌握南吳政權後相對安定的時期。

④　高皇初收金陵：指吳天祚三年（937），李昇受禪改元，定都金陵。

⑤　"基"，《四庫》本作"其"。

二

　　王師範鎮青州，以其祖父版籍舊地，凡本縣令新到，必備儀注，躬往投刺。縣令畏懼出迎，不許之。師範令二三客將，挾縣令坐於廳上，命執事通曰：“百姓節度使王某。”參拜於庭中而出。縣令惶惑，步隨至府謝罪，加遜而遣之。從事多諫其非宜，請不行。師範曰：“以某之見則不然，將所以荷國恩而敬念先世，示子孫不忘於本故爾。”師範器宇英俊，短於寬恕，殺戮過差。人知其必敗，或曰：“能用禮以正身，仗大順而舉事，反結仇釁，① 禍不旋踵，其故何哉？”金華子曰：“昔劉越石非不欲立殊勳於世，而十萬之衆曾不假息。誠統之非才，然亦時運不可干也。時梁氏方熾，謂九鼎在己之掌握；天王窮迫，痛宰輔誅戮於道路。② 師範適當依附于勤王，③ 誠宜鼓扇恩信，完結民力，寬而有衆，才可合順。而專任威刑，輕視民命，以一州之地，敵干鼎案“干鼎”疑“千萬”之訛。之豪，縱殺戮之心，救崩潰之勢，抱薪撲燎，其可

---

　　① “反”，《四庫》本作“翻”。

　　② 據《舊唐書》卷二十《昭宗本紀》，唐昭宗景福二年（893），鳳翔節度使李茂貞進逼京師，宰相杜讓能被逼自盡。乾寧二年（895），宰相崔昭緯被迫自盡。天復三年（903），朱全忠指使朱友諒殺掉宰相崔胤。

　　③ 天復元年（901）朱全忠圍鳳翔時，王師範曾出兵勤王，攻擊朱全忠後方，後投降朱全忠。梁太祖開平元年（907），被梁太祖朱全忠滅族。

得乎?"案，師範，青州人，父敬武，平盧節度使。敬武卒，師範自稱留後，殺棣州刺史張蟾，據其城。後降朱全忠。全忠殺之。

三

　　陸翱，① 字楚臣，進士擢第。詩不甚高，而才調宛麗，有子弟之標格。未成名時甚貧素。其《閒居即事》云："衰柳欹閒苑，② 白門啼暮鴉。③ 茅厨烟不動，書牖日空斜。老憶東山石，④ 貧看南阮家。⑤ 沈憂損神慮，萱草自開花。"《宴趙氏北樓》云："殷勤趙公子，良夜竟相留。明月生東海，⑥ 仙娥在北樓。酒闌珠露滴，歌迴石城秋。本爲愁人設，愁人到曉愁。"題品物類亦綺美，《鸚鵡》《早鶯》《柳絮》《燕子》當時甚播於人口。及第累年，無聞入召。一游東諸侯，獲鐵僅百萬而已。竟無所成，卒於江南。長子希聲，⑦ 好學多藝，勤於讀史，非寢食未嘗釋卷。中朝諸侯子弟好讀史者，無及希

---

　　①　陸翱，字楚臣，吳縣(今蘇州)人。昭宗朝宰相陸希聲之父。少貧素，進士及第後，往游幕府，然終未受辟，無所成而卒。

　　②　"欹閒"，《唐語林》卷二作"迷隋"。

　　③　"白"，《唐語林》作"衡"。

　　④　"老憶"，《唐語林》作"悔下"。

　　⑤　"看"，《唐語林》作"於"。

　　⑥　"明"，《唐語林》作"朗"。

　　⑦　長子希聲:陸翱長子陸希聲，字鴻磬，自號君陽遁叟(一稱君陽道人)。昭宗(888—904)時召爲給事中，歷同中書門下平章事，後以太子太師辭官。李茂貞等兵犯京師，陸希聲以疾避難，隱居義興。《新唐書》卷一百十六有傳。

聲。昭宗朝登庸，① 辭疾不就，② 出游江外，獲全危難。③

四

　　段郎中成式，④ 博學精敏，⑤ 文章冠於一時。著書甚衆，
《酉陽雜俎》最傳於世。⑥ 牧廬陵日，⑦ 常游山寺，讀一碑文，
不識其間兩字，謂賓客曰："此碑無用於世矣，成式讀之不
過，案，杜少陵詩有云："讀書難字過。"與此"過"字義正同。更何用
乎！"客有以此兩字遍諮字學之衆，實無有識者，方驗郎中之

―――――――

　　① 登庸：據《新唐書》卷十《昭宗本紀》，唐昭宗乾寧元年二月陸希聲爲户部
侍郎同中書門下平章事，四月即罷。
　　② 《新唐書》卷一百十六《陸希聲傳》："昭宗聞其名，召爲給事中，拜户部侍
郎、同中書門下平章事。在位無所輕重，以太子少師罷。"
　　③ 據《新唐書·陸希聲傳》："李茂貞等兵犯京師，(陸希聲)興疾避難。卒，
贈尚書左僕射。"
　　④ 段郎中成式：段成式(約803—863)，字柯古，臨淄鄒平(今山東省鄒平
縣)人，穆宗宰相段文昌之子。以陰入官，爲秘書省校書郎。累遷尚書郎。先後任
吉州、處州、江州刺史，終太常少卿。《舊唐書》卷一百六十七、《新唐書》卷八十九
有傳。
　　⑤ 《舊唐書·段成式傳》："研精苦學，秘閣書籍披閱皆遍。"《新唐書·段成
式傳》："博學強記，多奇篇秘籍。"
　　⑥ 段成式《酉陽雜俎》三十卷，今存。《四庫全書總目》云："其書多詭怪不
經之談，荒渺無稽之物，而遺文秘籍，亦往往錯出其中。故論者雖病其浮誇，而不
能不相徵引。自唐以來，推爲小說之翹楚，莫或廢也。其曰《酉陽雜俎》者，蓋取
梁元帝《賦》'訪酉陽之逸典'語。"
　　⑦ 廬陵：治所在今江西省吉安市。唐天寶元年(742)改吉州爲廬陵郡，乾元
元年(758)復爲吉州。大中元年(847)，段成式出爲吉州刺史，大中七年(853)歸京。

167

奧古絕倫焉。連牧江南數郡,① 皆有名山,② 九江匡廬③ 縉
雲爛柯、廬陵麻姑, 皆有吟咏。前進士許棠寄詩云:④ 棠事詳
後。"十年三領郡,⑤ 郡郡管仙山。"爲廬陵頑民妄訴, 逾年方
明其清白, 乃退隱於峴山。⑥ 時温博士庭筠方謫尉隨縣, 廉
帥徐太師商留爲從事,⑦ 與成式甚相善, 以其古學相遇。常
送墨一鋌與飛卿, 案飛卿, 庭筠字。往復致謝, 遞搜故事者九
函,⑧ 在《禁集》中。⑨ 爲其子安節娶飛卿女,⑩ 安節仕至吏
部郎中、沂王傅, 善音律, 著《樂府新録》行於世。⑪ 今名
《樂府雜録》。

---

① "數郡",原脱,據《唐語林》卷二補。段成式大中、咸通年間先後爲吉州(今
江西吉安)、處州(今浙江麗水)、江州(今江西九江)刺史。此三州唐時均屬江南道。

② "皆有",原脱,據《唐語林》卷二補。

③ "名山九江",原誤倒爲"九江名山",據《四庫》本乙正。

④ 許棠(822—?),字文化,宣州涇縣(今屬安徽)人。工詩文。咸通十二年
(871)進士及第,調涇縣尉。又曾爲江寧丞。本書卷下十九載其軼事。

⑤ "十年三領郡"原作"十三年領郡",據《唐語林》改正。

⑥ "隱於峴山",《唐語林》作"居於襄陽"。峴山,一名峴首山,在今湖北省
襄陽市南。大中十三年(859),段成式聞居襄陽。《舊唐書·段成式傳》:"解印,
寓居襄陽,以閒放自適。"

⑦ 徐太師商:徐商,字義聲,或字秋卿,客新鄭(今河南新鄭)再世,因爲新
鄭人。幼隱中條山,擢進士第。大中時擢累尚書左丞。宣宗詔爲巡邊使,使有指,
拜河中節度使,徙節山南東道。咸通初,以刑部尚書爲諸道鹽鐵轉運使,封東莞縣
子。四年(863),進同中書門下平章事,出爲荊南節度使,累進太子太保,卒。《新
唐書》卷一百一十三有傳。

⑧ "九",《唐語林》作"凡幾"。

⑨ 《禁集》,應即《漢上題襟集》。《新唐書·藝文志四》:"《漢上題襟集》十
卷。段成式、温庭筠、余知古。"

⑩ 《新唐書·段成式傳》:"子安節,乾寧中爲國子司業,善樂律,能自度曲。"

⑪ "新録",原脱,《四庫》本脱"録"字,此據《唐語林》補。段安節《樂府新
録》,又名《樂府雜録》,一卷,今存。

五

崔涓在杭州，^① 其俗端午習競渡於錢塘湖。案，即西湖也。每先數日，即於湖汻排列舟舸，結絡彩艦，^② 東西延袤，皆高數丈，爲湖亭之軒飾。忽於其夕，北風暴作，彩船洶涌，勢莫可制。既明，皆逐風飄泊湖之南岸。^③ 執事者相顧，莫之爲計。須臾，涓與官吏到湖亭，見其陳設，皆遙指於層波之外。大將愧懼，以彩艦聯從，非人力堪制，無計取回。涓微笑曰：“競渡船共有多少？”令每一彩舫，^④ 繫以三五隻船，齊力一時鼓棹，倏忽而至，殊不爲難。觀者嘆駭，服其權智。涓之機捷，率多如此。

六

崔涓，大夫璵之子小宗伯澹之兄。^⑤ 涓性俊逸，健於記

---

① 崔涓，字道源，武宗相崔珙之子，大中四年（850）進士擢第，曾爲杭州刺史。見《舊唐書》卷一百七十七、《新唐書》卷一百八十二《崔涓傳》。

② “結絡彩艦”，《唐語林》卷三作“結彩爲亭檻”。

③ “湖”上，《四庫》本有“處”字。

④ “令”下，《唐語林》有“齊往南岸”四字。

⑤ “小宗伯”，《唐語林》卷三作“禮部侍郎”。據《舊唐書》卷一百七十七《崔珙傳》及《新唐書》卷七十二下《宰相世系二下》，崔涓爲崔珙之子，珙弟崔璵之侄，璵子崔澹之堂兄。

識。初典杭州，上事數日，喚都押衙，謂曰："乍到郡中，未能憶諸走吏姓名，[①] 卒要呼喚，皆滯人頤指。居常當直將卒都有幾人？"對曰："在衙當直都有三百人。"乃各令以紙一幅，大書姓名，貼在胸襟前，逐人點過。自此一閱，逮及三考，未嘗誤喚一人者。[②] 案，《新書》作："以紙各書姓名傅襟上，過前一閱。後數百人呼指無誤。"

七

《柳氏舊聞》，今存，名《次柳氏舊聞》。唐宰相李德裕所著也。[③] 德裕，字文饒，元和宰相吉甫字宏憲之子。德裕以上元中史臣柳芳得罪竄黔中，[④] 時高力士亦徙巫州，[⑤] 因相與周旋。力士

---

① "姓名"，《四庫》本作"名姓"。

② 《新唐書》卷一百八十二《崔琪傳》："(琪)子涓，性開敏。爲杭州刺史，受署，未盡識卒史，乃以紙各署姓名傅襟上，過前一閱，後數百人呼指無誤。終御史大夫。"

③ 李德裕(787—850)，字文饒，唐代趙郡贊皇(今河北贊皇縣)人，與其父李吉甫均爲晚唐名相。文宗時，受李宗閔、牛僧儒等牛黨勢力傾軋，由翰林學士出爲浙西觀察使。大和七年(833)入相，復遭鄭注、李訓等人排斥，左遷。武宗即位，再入相。會昌四年(844)，進封太尉、趙國公。宣宗即位，五貶爲崖州司户。《舊唐書》卷一百七十四、《新唐書》卷一百八十有傳。

④ 柳芳，字仲敷，河東(今山西省永濟市)人。生卒年不詳。開元末擢進士第，由永寧尉直史館。上元中坐事徙黔中，後歷左金吾衛騎曹參軍、史館修撰，改右司郎中集賢殿學士。《新唐書》卷一百三十二有傳。

⑤ 高力士(684—762)，本姓馮，少閹，由高延福收爲養子，遂改名高力士。深得玄宗寵信，累官至驃騎大將軍、進開府儀同三司。上元元年(760)爲李輔國所構，配流黔中。《舊唐書》卷一百八十四、《新唐書》卷二百七有傳。

以芳嘗司史，爲芳言先時禁中事，皆所不能知。而芳亦以質疑者默識之，次其事，號曰《問高力士》。德裕自序《次柳氏舊聞》云“太和八年，上問宰臣王涯等以故内臣力士事迹，涯奏上元中”云云。《問高力士》，蓋柳氏書名也。案《新唐書》，柳芳字仲敷，由永寧尉直史館。肅宗時，續成吳兢所次《國史》百三十篇，叙天寶後事，棄取不倫，史官病之。上元中徙黔中，時高力士亦貶巫州，因從力士質開元天寶及禁中事，且識本末。時《國史》已送官，不可追改，乃仿編年法爲《唐歷》四十篇，頗有異同。上令采訪，故史氏取其書。今按其書，已失不獲。案，德裕自序云：“涯等奉詔召芳孫璟詢事，璟對某祖考前從力士問覼縷，未竟，後著《唐歷》，取義類相近者傳之。餘或秘不敢宣，或奇怪非編録所宜及者，不以傳。今按求其書，已亡不獲。”德裕之父與芳子吏部郎中冕案柳宗元《先友記》：“柳登、柳冕，自其父芳與冕竝居集賢書府。”冕字敬叔，德宗時吏部郎中。貞元初俱爲尚書郎，後謫官，俱東出，道相與語，遂及高力士之説，乃編此爲《次柳氏舊聞》，[1]案德裕自序云凡一十七章。以備史官之説也。案《新書·藝文志》，李德裕《次柳氏舊聞》一卷。後鄭處晦以《舊聞》未詳，更撰《明皇雜録》，爲時盛傳。處晦，字廷美。

---

[1]　李德裕《次柳氏舊聞》一卷，今存。

八

宣宗以後，近代宰相堂判俊瞻，無及路公巖者。^① 巖，字魯瞻，懿宗咸通時入相。杜尚書慆，^② 邠公之弟，^③ 慆，咸通中泗州刺史，事詳《新唐書》。牧泗州，爲龐勛所圍，以孤城保全於巨賊之中。高錫望牧滁州，^④ 嬰城固守而死。巖判崔雍狀，^⑤ 詳後。引二子以證其事云：“錫望守城而死，已有追榮。^⑥ 杜慆孤壘獲全，^⑦ 尋加殊獎。”

---

　　① 路公巖：路巖（829—874），字魯瞻，陽平冠氏（今山東省冠縣）人。唐大中年間進士登第，數年之間，出入禁署，累遷中書舍人、戶部侍郎。咸通三年（862），以本官同平章事，年始三十六，在相位八年，累兼左僕射。後遭罷廢，賜死。《舊唐書》卷一七七、《新唐書》卷一八四有傳。

　　② 杜尚書慆：杜慆，杜佑之孫，杜悰之弟。咸通中爲泗州刺史，龐勛之亂，保全孤城。亂平，遷義成軍節度使、檢校兵部尚書，卒。《新唐書》卷一六六有傳。

　　③ 邠公：杜悰（794—873），字永裕，杜佑之孫，以蔭遷太子司儀郎，娶唐憲宗第十一女岐陽公主爲妻，授殿中少監，加銀青光禄大夫。歷官京兆尹、淮南節度使、左僕射兼門下侍郎、同中書門下平章事，後以檢校司徒爲鳳翔、荆州節度使，加太傅，封邠國公。《舊唐書》卷一四七、《新唐書》卷一六六有傳。

　　④ 高錫望，字叶中，滁州刺史。咸通九年（868），龐勛陷滁州時被殺。滁州：治所在今安徽省滁州市。轄境相當今安徽滁州市和來安、全椒二縣地。

　　⑤ 據《新唐書》卷一百五十九《崔雍傳》：“雍，字順中，由起居郎出爲和州刺史。龐勛以兵劫烏江，雍不能抗，遣人持牛酒勞之，密表其狀。民不知，訴諸朝。宰相路巖素不平，因是傳其罪，賜死宣州。”

　　⑥ “榮”，《四庫》本作“崇”。

　　⑦ “壘”，原作“城”，據《四庫》本改。

九

　　杜邠公悰，暮年耽於燕會。案，《紺珠集》作"游宴"。悰字永裕，太保佑之孫，懿宗朝太傅，封邠國公。其再鎮淮南也，獄囚數千百人，而荒酒宴適不能理事，罷兼太子太傅。淮海之政有"獄市"之譽，①聞於上聽。《紺珠集》作"宣宗聞之"。因除崔魏公鉉替悰。② 上賦長韻詩送鉉，其落句云："今遣股肱親養治，一方獄市獲來蘇。"淮南左都押衙傅希案，《紺珠集》此下有"無才學"三字，錢塘龔承麟本"傅希"下無"才"字。聞御製，③ 因教習來蘇隊舞以迎候，④ 邠公銜之。⑤《紺珠集》作"以迎崔公，公頗銜之"。案，傅教舞以媚崔，則邠公不應悦。《紺珠集》作"銜"是也。否則，"邠"當作"崔"。公自廣陵致仕東洛，揚州軍將因入奏經洛中，以故吏參焉。公問曰："來蘇健否？"軍將不敢對。公曰："傅希也。"⑥對曰："健。"龔本《紺珠集》作"來蘇健否謂傅希也"。亦無"才"字，

---

　　① 淮海之政：此指杜悰大中年間第二次鎮淮南之政事。

　　② 崔鉉（？—869），字台碩，博陵人，會昌三年（843）拜相，後進封魏國公。大中九年（855）爲淮南節度史，宣宗於太液亭賦詩宴餞。《舊唐書》卷一六三、《新唐書》卷一六〇有傳。

　　③ "希"下，原衍"才"字，據《類説》卷二五、《紺珠集》卷十、《天中記》卷二十八删。淮南：唐方鎮名，治所在揚州（今江蘇省揚州市）。轄境相當於今江蘇、安徽兩省江北、淮南地區的大部分。

　　④ "教"，原無，據《類説》《紺珠集》《天中記》補。

　　⑤ "銜"，原作"悦"，據《類説》《紺珠集》《天中記》改。

　　⑥ "希"下，原衍"才"字，據《類説》《紺珠集》《天中記》删。

則此二"才"字皆當衍文。

十

　　故事，南曹郎既聞除目，如偶然忽變，改授他人，縱未領命，亦不復還省矣。南海端揆爲主客員外時，[①] 謂劉崇龜，詳後注。有除翰林學士之命，既還省，[②] 吏忽報除目下，員外徐彥若除翰林學士。[③] 端揆以己未承旨，乃駕，而將復治故廳。至省，省門子前曰："員外已受報出省，不可更入南曹。"例舉不敢避。遂退。彥若，公相之子，[④] 能馳譽清顯。中尉楊復恭善之，[⑤] 故能變致中授耳。《新書》彥若爲太子太保商之子，僖

---

　　① 南海端揆：指劉崇龜。崇龜字子長，咸通六年(865)進士擢第，累遷起居舍人，禮部、兵部二員外。丁母憂免。中和年間，爲兵部郎中，拜給事中，大順中遷左散騎常侍，集賢殿學士判院事，改户部侍郎，檢校户部尚書，出爲廣州刺史、清海軍節度、嶺南東道觀察處置等使。《舊唐書》卷一百七十九有傳。主客員外：唐主客爲禮部四司之一，置主客郎中一人，從五品上，員外郎一員，爲郎中之副貳。《舊唐書·職官志》："(主客)郎中、員外郎之職，掌二王后及諸蕃朝聘之事。二王之後，鄶公、介公。"

　　② "還"，疑作"出"。下文有"員外已受報出省"之句。

　　③ 徐彥若(？—901)，徐商之子，咸通十二年(871)進士擢第。乾符末以尚書郎知制誥，拜中書舍人。昭宗時遷御史中丞，轉吏部侍郎，檢校户部尚書。後加開府儀同三司，進封齊國公，加弘文館大學士。後以平章事爲清海軍節度，卒於鎮。《舊唐書》卷一百七十九、《新唐書》卷一百十三有傳。

　　④ 公相：據《舊唐書》及《新唐書》本傳，徐彥若之父徐商咸通四年(863)拜相。

　　⑤ 楊復恭(？—894)，字子烙，唐宦官。知書，有學術，每監諸鎮兵。唐僖宗時，因鎮壓龐勛起義有功，由河南監軍升爲宣徽使，旋爲樞密使。後因黃巢起義軍攻克長安，僖宗逃居興元，代田令孜爲左神策中尉。僖宗回長安，任觀軍容使，封魏國公。後定策立昭宗，專典禁兵，操縱朝政。昭宗大順二年(891)被迫致仕，後爲李茂貞擒殺。《舊唐書》卷一百八十四有傳。

宗時御史大夫，官至太保、齊國公。

十一

令狐公綯，① 文公之子也。② 文公名楚，封彭陽郡公。綯字子
直，襲彭陽男，宣宗朝由翰林承旨累官檢校司徒平章事，封涼國公。自翰
林入相，最承恩渥。③ 先是，上親握庶政之後，即詔諸郡刺
史，④ 秩滿不得徑赴別郡，⑤ 須歸闕朝對後方許之任。綯以
隨、房鄰州，除一故舊，⑥ 許其便即之任。⑦ 上覽謝表，因問

---

①　令狐公綯：令狐綯（795—872），字子直，京兆華原（今陝西省耀縣東南）
人。令狐楚之子。舉進士，擢累左補闕、右司郎中，出爲湖州刺史。宣宗時，召爲
考功郎中、知制誥，入翰林爲學士，同中書門下平章事。懿宗時，歷任河中、宣武、
淮南等節度使，後拜司空、檢校司徒，封涼國公。《舊唐書》卷一百七十二、《新唐
書》卷一百六十六有傳。

②　“文公”下，《唐語林》卷二有“楚”字。文公令狐楚（766—837），令狐綯之
父，字殼士。唐德宗貞元七年（791）登進士第。唐憲宗時，擢職方員外郎，知制誥。
後爲翰林學士，入爲中書侍郎，同平章事。敬宗朝爲户部尚書、天平軍節度使、吏
部尚書，累升至檢校尚書右僕射，封爲彭陽郡公，開成元年（836）以山南西道節度
使致仕，卒贈司空，謚文。《舊唐書》卷一百七十二、《新唐書》卷一百六十六有傳。

③　“渥”，《唐語林》作“澤”。

④　“郡”，《唐語林》作“州”。

⑤　“徑”，原無，據《唐語林》卷二補。

⑥　“除一故舊”，原無，據《唐語林》卷二補。

⑦　“許其便即之任”，《唐語林》作“徑令赴州”。《資治通鑑》卷二四九《唐紀》
六五宣宗大中十二年（858）敘此，曰：“令狐綯嘗徙其故人爲鄰州刺史，便道之官。”

絢曰：“此人緣何得便之任？”對曰：“緣地近授守，^① 庶其便於迎送。”上曰：“朕以比來二千石多因循官業，莫念治民，故令其到京，親問所施設理道優劣。國家將在明行升黜，以蘇我赤子耳。德音即行，豈又逾越？宰相可謂有權！”絢嘗以過承恩顧，故擅移授。及聞上言，時方嚴凝，而流汗浹洽，重裘皆透。上留意郡守，凡選尤難其人。^②

十二

令狐補闕滈與弟中書舍人澄，^③ 案《新唐書·令狐絢傳》：“絢三子，滈、渢、涣，涣終中書舍人。”又《藝文志》：“令狐澄《貞陵遺事》一卷。”注：“絢子也，乾符中書舍人。”蓋涣一名澄。皆有才藻。令狐之文彩世有稱焉，自楚及澄，三代皆擅美於紫薇，^④ 有稱科

---

① “緣地近授守”，《唐語林》作“比近換守”。
② “上留意郡守凡選尤難其人”共十一字，原無，據《唐語林》補。
③ “弟”，原脱，據《四庫》本補。此句周注有誤。據《舊唐書》卷一百七十二《令狐楚傳》：“楚弟定，字履常。”“定子緘，緘子澄、湘。澄亦以進士登第，累辟使府。”則令狐澄爲令狐緘之子，令狐定之孫，令狐滈之再從弟。與令狐滈之弟令狐涣并非一人。
④ “三代皆擅美于紫薇”，《唐語林》卷三作“三世掌誥命”。據《舊唐書·令狐楚傳》，令狐楚、楚子絢、絢子涣都曾爲中書舍人。

場中。令狐滈以父爲丞相，未得進。① 滈出訪鄭侍郎，② 道遇大尹，投國學避之。遇廣文生吳畦，③ 從容久之。畦袖卷呈滈，由是出入滈家。滈薦畦於鄭公，遂先滈一年及第，④ 後至郡守。⑤

十三

崔涓弟澹，⑥ 容止清秀，擢登第，⑦ 累登朝列，崔魏公辟爲從事。⑧ 清瘦明白，猶若鷺鷥，古之所謂玉而冠者，不妄

---

① 以父爲丞相未得進：從現存唐律來看，雖未明確宰相親屬不得赴禮部試，但從相關史料來看，至遲到晚唐，此做法已成慣例。令狐滈雖在會昌二年(842)即已就舉，但此後因其父令狐綯爲相而一度罷試。直至大中十四年(860)其父罷相後才再度赴試，但仍因在其父未罷相時即已取得禮部文解而受到諫官彈劾。事見《舊唐書》卷一百七十二《令狐滈傳》。

② 鄭侍郎：鄭顥(？—860)，字奉正，唐憲宗宰相鄭絪之孫。祖籍河南滎陽(今屬河南鄭州)人，後遷居河清(今河南孟津)。唐武宗會昌二年(842)以進士第一及第，宣宗大中三年(849)充翰林學士。尚萬壽公主，拜駙馬都尉，爲中書舍人、禮部侍郎，歷官刑部侍郎，吏部侍郎。十三年(859)，爲檢校禮部尚書、河南尹。《舊唐書》卷一百五十九、《新唐書》卷一百六十五有傳。

③ 吳畦：據四庫本《浙江通志》卷一百九十五：“《瑞安縣志》：字禎祥，登進士第。歷官諫議大夫，以諫舉兵討河東，忤上意，左遷潤州刺史。”

④ 徐松《登科記考》卷二二：“按：滈於大中十三年(859)及第，則畦及第在此年(大中十二年)，惟此知舉爲李藩，言鄭侍郎誤。”《登科記考補正》卷二二以令狐滈爲大中十四年(860)進士，鄭顥以兵部侍郎知大中十三年(859)貢舉。

⑤ “有稱科場中……後至郡守”，原無，據《唐語林》補。

⑥ 崔澹，大中十三年(859)登進士第，累遷禮部員外郎，位終吏部侍郎。《舊唐書》卷一百七十七、《新唐書》卷一百八十二有傳。

⑦ “登”，《四庫》本無此字，疑爲衍字。

⑧ “崔魏公辟爲從事”，《唐語林》卷四作“崔鉉辟入幕”。崔魏公，即崔鉉。

也。《宣和書譜》：“澹，嶼之子，官至吏部侍郎。有才名，舉止秀峙。時謂玉而冠者。”先是，中朝流品相率爲朋甲，① 以名德清重之最者爲其首。咸通之際，推李公都爲“大龍甲頭”，② 《新唐書》無“頭”字。沙汰名士，以經緯其伍。涓、澹，親昆仲也，③ 《新書》：涓，少師琪之子。澹，河中節度使璵之子。則涓、澹從兄弟也。澹即預於品目，以涓之俊逸，目爲粗率，不許齒焉。④ 多方敬接，冀時昵附，而甲中之士恭默，莫肯應對，避之如薑螫焉。

十四

崔起居雍，甲族之子。雍，字順中，禮部尚書戎之子。少高令聞，舉進士。擢第之後，藹然清名喧於時，與鄭顥同爲流品所重。顥，太傅綱之子，宣宗時尚萬壽公主，恩寵無比，終禮部尚書、河南尹。舉子公車得游歷其門館者，⑤ 則登第必然矣。時人相語爲“崔鄭世界”，雖古之龍門，莫之加也。

----

① “中朝流品相率爲朋甲”，《唐語林》作“朝中以流品爲朋甲”。
② 李都，曾爲河中節度使。《北夢瑣言》卷十一：“唐自大中後，進士尤盛。……先是，李都、崔雍、孫瑝、鄭嵎四君子，蒙其盼睞者，皆因進升。故曰：‘欲得命通，問瑝、嵎、都、雍。’”
③ “涓澹親昆仲也”，《唐語林》作“涓澹兄弟也”。
④ “以涓之俊逸目爲粗率不許齒焉”，《唐語林》作“以涓强侵爲粗卒不取焉”。
⑤ “公車”，《四庫》本作“入事”。

十五

　　故池州李常侍寬，守江南數郡，皆請盧符寶爲判官。及守陵陽，信子弟之譖，疏不召。盧忿，謂人曰：“李公面部所無者三：無子，無宅，無冢。”時有龍公滿禪師，李氏所敬也，於坐難之曰：“今李氏子弟皆長成，何言無子？”盧曰：“非承家令器。”又曰：“今土牆甲第，花竹猶不知其數，何言無宅？”盧曰：“是王行立宅，李氏安得歌笑於其間！”時桂林大父即常侍之兄，① 同營別墅於金陵，② 甲第之盛，冠於邑下，人皆號爲“土牆李家宅”。江南宮城西街内石井欄在通衢中者，即宅内廳前井也。自創宅，即令家人王行立看守，僅數十年矣，故盧君有此言。座客聞之，莫不笑。及池陽寇起，寬死，將歸葬新林，③ 爲賊所邀，舟人盡見殺，棺柩不知所在。④ 諸子悉無成立。世亂，王行立獨守其宅，竟死其中。⑤

---

　　① “守江南數郡……歌笑於其間時”共一百十五字，原脫，據《唐語林》卷七補。《紺珠集》卷十、《類說》卷二五、《錦繡萬花谷》後集卷三四、《白孔六帖》卷三一、《新編分門古今類事》卷十亦有相關引文，但文字較簡略。

　　② “墅”，《唐語林》作“業”。

　　③ 新林：地名，在今江蘇省南京市西南。

　　④ “舟人盡見殺棺柩不知所在”，《類說》《紺珠集》作“舟覆沉其骨”。

　　⑤ “江南宮城西街内……竟死其中”九十八字，原脫，據《唐語林》補。

十六

宣宗嘗親試神童李毅於便殿。毅年數歲，聰慧詳敏，對問機悟。上甚悦之，因賜解褐，官絹二匹，香一合子，以彰異渥。上之儉德，皆此類也。

十七

宣宗臨御逾於一紀，① 而憂勤之道始終一致。② 但天下雖寧，③ 水旱間有。大中之間，越、④ 洪、⑤ 潭、⑥ 青、廣等道

---

① 逾於一紀：唐宣宗於武宗會昌六年（846）三月即皇帝位至大中十三年（859）八月駕崩，在位十三年。

② “憂勤之道始終一致”，《唐語林》卷二作“憂勤無怠”。

③ “寧”，《唐語林》作“小康”。

④ “越”，《唐語林》作“宣”。據《資治通鑑》卷二百四十九，大中九年（855）七月，浙東軍亂，逐觀察使李訥。大中十二年（858）宣州都將康全泰，逐觀察使鄭薰。

⑤ 洪：洪州，今江西省南昌市。唐時爲江南西道治所，轄境東起今江西永修、南昌、進賢諸縣，西有銅鼓、修水等縣，南至上高、萬載縣，北至武寧縣。據《資治通鑑》卷二百四十九，大中十二年（858）六月，江西軍亂，都將毛鶴逐其觀察使鄭憲。

⑥ 潭：潭州，治所在今湖南長沙市，轄境相當於今湖南長沙、株州、湘潭、益陽、瀏陽、湘鄉、醴陵等地。據《資治通鑑》卷二百四十九，大中十二年（858）五月，湖南軍亂，都將石載順等逐觀察使韓悰。

數梗，①　以上之恭儉明德，始無異心。②　方隅諸將，雖失統
馭，③　而恩詔慰撫，不日安輯。輿論謂上爲“小太宗”。

十八

王尚書式，④　僕射起之子，⑤　起，字舉之，式其次子。朝廷儒
宗，最見重於武宗。常自譽於上曰：⑥　“讀書則五行皆下，爲
文則七步成章。”而式頗有武幹，善用兵，累總戎，平裘甫
《新書》作“仇甫”。等。⑦　溫璋失律於徐州，⑧　朝廷以彭門頻年

---

① “數梗”，《四庫》本作“翻城”，《唐語林》作“軍亂”。據《資治通鑑》卷二
百四十九，大中十二年（858）四月，嶺南都將王令寰作亂，囚節度使楊發。

② “始”，《四庫》本作“時”。

③ “馭”，《四庫》本作“御”。

④ 王尚書式：王式，以門蔭遷監察御史，轉殿中。大中中，出爲江陵少尹。
大中後，踐更省署。咸通初，爲浙東觀察使。有威略。後爲徐州節度使，累歷方
任。《舊唐書》卷一百六十四、《新唐書》卷一百六十七有傳。

⑤ 據《舊唐書·王式傳》，式爲王播之子，起爲王播之弟。《新唐書·王式
傳》則以式爲王起次子。僕射：唐以左右僕射爲尚書令副貳。及廢尚書令，左右僕
射實領宰相之職，爲尚書省最高長官。王播、王起都曾爲左僕射。

⑥ “譽”，《四庫》本作“舉”。

⑦ “裘”，《舊唐書》《新唐書》均作“仇”。據《新唐書》卷九，咸通元年（860）
正月王式以浙江東道觀察使討伐仇甫，八月己卯仇甫伏誅。

⑧ “律”，原作“利”，據《資治通鑑考異》卷二三改。徐州，治所在今江蘇省
徐州市。溫璋，溫造子，以父蔭入仕，累佐使府，歷三郡刺史。咸通初任徐泗節度
使，遭逐。入爲京兆府尹，加檢校吏部尚書。因直言極諫貶振州司馬，自盡死。
《舊唐書》卷一百六十五、《新唐書》卷九十一有傳。

逐帥，① 乃自河陽移式往鎮之，② 式領河陽全軍赴任焉。③ 駐軍境外，優游緩進。徐州將士自王智興後，④ 矯矯難制，⑤ 其銀刀教都子父軍相承，⑥ 每日三百人守衙，⑦ 皆露刃立於兩廊夾幕之下。⑧ 稍不如意，相顧笑議於飲食之間。一夫號呼，衆卒率和。節使多儒素懦怯，聞亂則後門逃遁而獲免焉。如是殆有年矣。暨聞式到近境，先遣衙隊三百人遠接。式裋衣坐胡牀，受參既畢，乃問其逐帥之罪，⑨ 命皆斬於帳前，不留一人。案《新書》，事在咸通三年。既而相次繼來，莫知前死者音耗。至則又斬之，亦無脫者。如是數日，銀刀都數千人垂盡。虎狼之衆，居常咸謂能吞噬於人，及于斯際，式衣襖子半臂，曳屐危坐，逐人皆拱手就戮，無一敢旅拒者。其後親

----

　　① 　彭門：彭城郡別稱，治所在今江蘇省徐州市。唐天寶元年（742）改徐州爲彭城郡，乾元元年（758）復爲徐州。

　　② 　"往鎮之"，原無，據《資治通鑑考異》補。

　　③ 　"式"，原無，據《資治通鑑考異》補。

　　④ 　"自""後"二字原無，據《唐語林》補。

　　⑤ 　"矯矯"，《唐語林》作"驕橫"。

　　⑥ 　"其銀刀教都子父軍相承"，《唐語林》作"銀刀都父子相承"，"教"字疑爲衍字。都：唐、五代、宋初軍隊編制單位，以百人或千人爲都。《舊唐書》卷一百六十三："自智興之後，軍士驕惰，有銀刀都，尤勞姑息，前後屢逐主帥。"

　　⑦ 　"衙"，《唐語林》作"衞"。

　　⑧ 　"立"，《四庫》本作"坐"。

　　⑨ 　"逐帥"，《唐語林》作"悖慢"。

戚相訝，不能自會焉。① 式既視事，餘黨並遠配，郡中少安矣。②

十九

崔魏公鎮淮海九載，法令一設，無復更改。出入嚴整，未嘗輕易儀注。常列引馬軍將，少亦不下二百蹄。民康物阜，③ 軍府晏然。天祐末，故老猶存，喜論其餘愛，或戲之爲"九年老"。

二十

崔雍爲起居郎，出守和州。④ 遇龐勛悖亂，⑤ 賊兵攻

---

① "既而相次繼來……不能自會焉"，原書無此八十五字，據《資治通鑑考異》補。《資治通鑑考異》按："若頓殺數千人，豈有人不知者？又式自浙東除武寧，非河陽也。"

② "式既視事……郡中少安矣"共十四字，原書無，據《唐語林》補。

③ "物"，《四庫》本作"俗"。

④ 據《舊唐書》卷十九上，唐懿宗咸通年間，崔雍爲和州刺史。和州，治所在今安徽省和縣。

⑤ 唐懿宗咸通初年，曾從徐、泗二州招募戍卒赴桂林討伐南詔。咸通九年（868）七月，這批戍卒因歸鄉無望，推糧料判官龐勛爲主，嘩變北還。攻城掠地，應者雲集，江淮大亂，史稱"龐勛之亂"。

和。①雍棄城奔浙右，爲路巖所構，竟坐此見害。②《新書》：
"勛以兵劫烏江，雍不能抗。遣人勞以牛酒，密表其狀。民不知，訴諸朝。
宰相路巖，素不平，因傅其罪，賜死宣州。雍與兄朗、序、福昆仲八
人，皆升籍進士，列甲乙科，嘗號爲"點頭崔家"。始，雍
之擢第也，其伯父昆仲率賀，會飲中堂。既醉而寢，忽夢游
歷於公署間。③有綠衣者，命坐於廳事中，設酒饌甚備。既
而醉飽，不堪承命。其人堅請不已，雍乃請曰："願以此肉，
召從人盡之。"綠衣曰："不可，須先輩自盡。"既寤，甚惡
之。及和州失律，投於連帥，裴公璩奏之，④鎖縻於思過院。
雍憂恚且悶，乃召獄直軍將，話其事。不日敕至，果如夢焉。

二十一

初，周侍中寶之在軍，⑤困於芻粟之備。有僕，忘其姓
名，恒力負至，不令有乏。如是綿歷星紀，未嘗辭倦。及其
達也，舉之隸諸衛，使主厩庾，以謹厚尤見委任。既卒數年

---

① 據《舊唐書》卷十九上，咸通九年(868)十一月，龐勛攻和州。

② 《資治通鑑》卷二百五十一咸通十年(869)十月："賜和州刺史崔雍自盡。"

③ "署"，原作"暑"，據《四庫》本改。

④ 裴公璩：裴璩，絳州聞喜(今山西省聞喜縣)人，曾任浙西節度使、太子太師等職。

⑤ 周侍中寶：周寶(814—887)，字上珪，平州盧龍(今河北盧龍縣)人。以善擊球獲武宗賞識，擢金吾將軍。僖宗中和二年(882)，進同中書門下平章事兼天下租庸副使，封汝南郡王。曾爲鎮海節度使。《新唐書》卷一百八十六有傳。

矣，或一夕夢來報馬料盡。公甲午生，甚惡之，遂病痁而薨。

二十二

李景讓字後己。尚書少孤，[①] 母夫人某氏，[②] 性嚴重明斷，孫愁《唐紀》："母鄭，早寡，治家嚴，諸子皆自教之。" 近代貴族母氏之賢無及之也。[③] 孀居東洛，諸子尚幼，家本清素，日用尤乏。嘗值霖雨且久，[④] 其宅院内古牆夜坍隤。[⑤] 童僕修築次，忽見一槽船，[⑥] 實以散錢。婢僕等當困寠之際，喜其有獲，相率奔告於堂上。太夫人聞之，誡童僕曰："切未得輒取，候吾來視之而後發。" 既到，命取酒酹之，曰："吾聞不勤而獲祿，猶爲身災。士君子所慎者，非義之得也，吾何堪焉。若天實以先君餘慶，憫及未亡人，當令此諸孤學問成立，他日

---

① 李景讓，字後己，并州文水（今山西省文水縣）人。元和中登進士第。歷中書舍人，禮部侍郎，商、華、虢刺史。入爲尚書左丞，拜天平節度使，徙山南東道，封酒泉縣男。大中中，進御史大夫，拜西川節度使。後以太子少保分司東都。卒贈太子太保，謚曰孝。《舊唐書》卷一百八十七、《新唐書》卷一百七十七有傳。

② "母"，原作"貧"，據《唐語林》卷四改。據《新唐書》卷一百七十七《李景讓傳》及《資治通鑑》卷二百四十八唐武宗會昌六年（846）九月條，李景讓母親爲鄭氏。

③ "族"，《四庫》本作"侯"。

④ "嘗值"，《四庫》本作"適值"，《唐語林》卷四作"時"。

⑤ "内"，《四庫》本無此字。

⑥ "槽船"，《四庫》本、《唐語林》均作"船槽"。《資治通鑑》卷二四八《唐紀》六四武宗會昌六年（846）叙此，作"得錢盈船"。

爲俸錢賚吾門，① 此未敢覷。"乃令函掩如故。其後諸子景
讓、景溫、字德己。景莊皆進士擢第，② 竝有重名，位至方岳。
景讓最剛正，奏彈無所避。爲御史大夫，宰相宅有看街樓子，
皆幬之，③《説郛》作"皆泥封之"。懼其糾劾也。以上見《説郛》，
從《説郛》校。案《紺珠集》作"看街樓閣皆泥之，畏其糾彈也。"其摘
目亦曰"泥樓"。然終以強毅，爲時所忌。舊俗，除亞相者，百
日内，若别有人登庸，《紺珠集》作"大拜"。謂之"辱臺"。④
《新書》作："世謂除大夫百日，有他官相者，謂之‘辱臺’。"而景讓未
十旬，蔣公伸入相，景讓除西川節度。赴任不逾年，⑤ 乃請
老，歸於洛下，終身不復再起。太夫人孀居之歲，才未中年，
貞幹嚴肅，姻族敬憚。訓厲諸子，言動以禮。雖及宦達之後，
稍怠於辭旨，則檟楚無捨。⑥ 先是，景讓除浙西節度使，《新
書》作"觀察使"。已而忽問曰："取何日進發？"偶然忘思
慮，⑦ 便云："擬取某日。"⑧ 太夫人曰："若此日吾或有事，
去未得，如何？"景讓惶懼，方悟失對。太夫人曰："官職貴

---

① "賚"，《唐語林》作"人"。
② 《舊唐書》卷一百八十七："景讓、景莊、景溫自元和後相繼以進士登第。"
③ "幬"，《類説》卷二五、《紺珠集》卷十作"泥"，《唐語林》卷二作"封泥"。
④ 《紺珠集》卷十"辱臺"條引《金華子》作"御史凡入臺已滿十旬而猶無章
疏上達者，謂之辱臺"。
⑤ "任"，《四庫》本作"鎮"。
⑥ "則檟楚無捨"，《唐語林》卷四作"猶杖之"。
⑦ "偶然忘思慮"，《唐語林》卷四作"景讓忘於審思"。
⑧ "便云擬取某日"，《唐語林》卷四作"對以近日"。

達，① 不用老母得也。”命童僕折去巾綬，② 撻於堂下。景讓
時已斑白，而高堂嚴厲，常若履冰。縉紳之流，健羨莫及。
其後在浙西日，左都押衙因應對乖禮，③ 怒撻而斃之。既而
三軍洶洶，將致翻城。④ 太夫人乃候其受衙之際，出坐廳中。
叱景讓立於階下，⑤ 曰：“天子以方岳命汝鎮撫，⑥ 安得輕弄
刑政？苟致一方非寧，⑦《新書》作“一夫不寧”，誤。不唯上負聖
君，而令垂暮老母銜羞而死，且使老婦何面目見汝先大夫於
地下？”言切語正，左右感咽。乃命坐於庭中，將撻其背。賓
僚將校畢至，拜泣乞之，移時不許。大將以下，嗚咽感謝之。
於是軍伍帖然，無復異議矣。景莊累舉不捷，⑧ 太夫人聞其
點額，即笞其兄，中表皆勸景讓囑於有司。⑨ 如是累歲，連
受庭責，終不薦托。親知切請之，則曰：“朝廷取士，自有公
論，豈敢效人求關節乎？主司知是李景讓弟，⑩ 非是冒取一
名者，自合放及第耳。”既而宰相果謂春官：“今年李景莊須
放及第，可憫那老兒，一年遭一頓杖。”是歲景莊登第矣。案

---

① “官職”，《唐語林》卷四作“汝今”。
② “折去巾綬”，《唐語林》作“斥去衣”。
③ “乖禮”，《唐語林》作“有失”。
④ “致翻城”，《唐語林》作“爲亂”。
⑤ “立於階下”，《唐語林》作“立廳下”。
⑥ “以方岳命汝鎮撫”，《唐語林》作“以方鎮命汝”。
⑦ “苟致一方非寧”，《唐語林》作“如衆心不寧”。
⑧ “莊”，原作“議”，據《四庫》本改。
⑨ “景讓囑於有司”，原無此六字，據《唐語林》補。
⑩ “取士自有公論……主司”，原無此十八字，據《唐語林》補。

《唐語林》："景莊老於場屋，每被黜，母輒撻景讓。然景讓終不肯屬主司，曰：'朝廷取士，自有公道，豈敢效人求關節乎？'久之，宰相謂主司曰：'李景莊今歲不可不收，可憐彼兄每歲受撻。'由是始及第。"

二十三

李趙公紳再鎮廣陵，[①] 紳，字公垂，武宗朝相，封趙國公。其再節度淮南，在武宗四年。寧儉《紺珠集》作"鄭儉"。猶幕江淮。[②] 儉，永貞二年相公權德輿門生，[③] 洎武宗朝逾四十載。趙國雖事威嚴，而亦以儉宿老敬之。儉列筵以迎府公，公不拒焉。既而出家樂侑之，而舞者年已長。[④] 伶人趙萬金前獻口號以譏之，[⑤] 曰：《紺珠集》作"舞者年老，伶人孫子多獻口號曰"。"相公

---

①　李趙公紳：李紳（772—846），字公垂，潤州無錫（今江蘇省無錫市）人。元和初登進士第。穆宗召爲右拾遺、翰林學士。累擢中書舍人。與李德裕、元稹並稱"三俊"。武宗即位，召拜中書侍郎、同中書門下平章事，進尚書右僕射、門下侍郎，封趙郡公。《舊唐書》卷一百七十三、《新唐書》卷一百八十一有傳。

②　"寧"，《四庫》本作"實"，《類説》卷二十五、《紺珠集》卷十作"鄭"。

③　權德輿（759—818），字載之。天水略陽（今甘肅秦安）人，家於潤州丹陽（今江蘇丹陽）。未冠即以文章稱。德宗聞其材，召爲太常博士，進中書舍人，歷禮部侍郎，三知貢舉。憲宗拜禮部尚書，同平章事。後以檢校吏部尚書留守東都，出爲山南西道節度使。元和十二（817）年，卒於道，贈左僕射，謚曰文。《舊唐書》卷一百四十八、《新唐書》卷一百六十五有傳。

④　"而舞者年已長"，原無，據《類説》卷二十五補。

⑤　"趙萬金"，《紺珠集》卷十、《説郛》卷三十四下、《海錄碎事》卷十六均作"孫子多"。

經文復經武，常侍好今兼好古。經武，"經"字元作"繼"，"兼"元作"又"，今從《紺珠集》。昔日曾聞阿舞婆，① 《紺珠集》作"昔人曾聞阿武婆"。如今親見阿婆舞。"趙公罻然久之。

二十四

杜審權以廟堂出鎮浙西，② 審權字殷衡，懿宗朝以門下侍郎出爲鎮海軍節度。清重恭寬，雖左右僮僕，希見其語。在翰苑最久，常侍從親密，性習慎厚故也。在任三載，③ 自上任坐於東廳，④ 洎於罷去，未嘗他處。雖重臣經歷，⑤ 亦不逾中門。視事之暇，日未夕，非有故，不還私室。端拱斂衽，常若對賓旅。夏日中欲寢息，則顧軍將令下簾。或四顧無人，則自起去簾鈎，以手捧軸，徐下簾至地，方拱退。⑥ 雍容之度，

---

①　"舞"，《類説》《紺珠集》《海録碎事》均作"武"。宋趙彥衛《雲麓漫抄》："唐人號武后爲阿舞婆。"

②　杜審權，字殷衡，京兆（今陝西西安）人。杜如晦六世孫。早年進士得第，後被聘爲浙西幕府。宣宗時任翰林學士，累遷兵部侍郎、學士承旨。懿宗時爲同平章事門下平章事。咸通九年（868），出京爲鎮海軍節度使拜尚書左僕射、太子太傅。《舊唐書》卷一百七十七、《新唐書》卷九十六有傳。

③　"任"，《四庫》本作"鎮"。

④　"自"下，《四庫》本有"初"字。

⑤　經歷：猶經過也。《漢書·哀帝紀》："經歷郡國，西入關至京師。"

⑥　"視事之暇"至"方拱退"共五十九字，原脱，據《唐語林》卷四補。

丹青莫及。① 時邠公先達，② 人謂之“老杜相公”。審權，人
謂之“小杜相公”也。《新書》作“小杜公”。

二十五

　　王尚書式初爲京兆少尹，案《新書》但言“以殿中侍御史出爲
江陵少尹”，不言“京兆”。好縱情酣飲，③ 京師號爲“王鄧子”。
性復放率，不拘小節。長安坊巷中有攔街鋪設，中夜樂神，④
遲明未已。式因過之，駐馬寓目，舞者喜賀主人，⑤ 持杯跪
于馬前曰：⑥“主人多福，感得達官來顧。酒味稍美，⑦ 敢拜
壽觴。”式笑取而飲，愧領而去。行百餘步，乃回轡，復謂之
曰：“向者酒甚不惡，可更一杯。”復據鞍引滿巨鍾而去。其
放率多如此。

---

① “雍容之度丹青莫及”，《唐語林》作“進止雍容如畫”。
② “邠公”，《唐語林》作“杜悰”。
③ “好縱情酣飲”，《唐語林》卷二作“多從前詞者令遠時或避之他處”。
④ “中夜樂神”，《唐語林》作“祠樂者”。
⑤ “舞”，《唐語林》作“巫”。
⑥ “跪”，《四庫》本作“獻”。
⑦ “酒”，原無，據《唐語林》補。

二十六

高燕公駢，^① 案駢字千里。雲南之功聞於四海。^② 晚節妖
亂，^③ 嗤笑婢子之口。嗚呼！怒鄰不義，幸災不仁，亡不旋
踵，已則甚之。雖自取也，然若有天道，豈不足以垂戒乎？

二十七

周侍中寶與高中令駢，起家神策打球軍將，《新書》：“寶，
字上珪，會昌時與高駢皆隸右神策軍，以善擊球俱備軍將。”而擊拂之
妙，天下知名。李相國都領鹽鐵，^④ 在江南，駐泊潤州萬花
樓觀春。時酒樂方作，乃使人傳語曰：“在京國久聞相公盛

---

①　高燕公駢：高駢（821—887），字千里，幽州（今北京）人，咸通中，拜安南
都護，進檢校刑部尚書，以都護府爲靜海軍節度，兼諸道行營招討使。僖宗加同中
書門下平章事，遷劍南西川節度，封燕國公，徙荆南節度，加諸道行營都統、鹽鐵轉
運等使，俄徙淮南節度副大使。廣明初，進檢校太尉，京西京北神策軍諸道兵馬等
使，封渤海郡王，後爲部將畢師鐸所害。《舊唐書》卷一百八十二、《新唐書》卷二
百二十四下有傳。
②　雲南之功：咸通年間，高駢曾屢破南詔（包括今雲南以及貴州、四川、越
南、緬甸部分地區）軍。
③　高駢晚年癡迷神仙之術，信用方士呂用之等，以致敗亡。
④　“都”，原作“公”，下文有“都憑城樓下瞰”，據改。崔致遠《桂苑筆耕集》
卷七有高駢作《鹽鐵李都相公別紙二首》。《唐僕尚丞郎表》卷一一：“李都：中和
元年，由太子少傅遷檢校僕射，復兼户尚，充鹽鐵轉運等使。”

名，① 如何得一見？”寶乃輙輟樂命馬，不換公服，馳驟於彩場中。都憑城樓下瞰，見其懷挾星彈，揮擊應手，稱嘆者久之，曰：“若今日之所睹，即從來之聞，猶未盡此之善也。”

二十八

周侍中寶初在軍中，性強毅。閹官之門，莫肯折節。逮將中年，猶處下位，或自憤悱。獨以領球子供奉者，前後凡三十六度，遂挂聖意，遷金吾第二番將軍。尋遷對御仗第一籌。喪其一目，《新書》：“武宗時擢金吾將軍，以球喪一目。”授涇原節度，移鎮浙東，與燕公對境。高駢在軍中時，以兄呼寶。及揔元戎，意遂輕少。兼以對境微釁，憎愛日尋，漸積爲仇讎矣。

二十九

韓藩端公，大中二年封僕射敖門生也，② 與崔瑄大夫同

---

① “相公”下，《四庫》本有“打球”二字。

② 封敖，字碩夫。渤海蓨（河北景縣）人。元和十年（815）舉進士。宣宗朝官至尚書右僕射。大中二年（848）曾以禮部侍郎典貢舉。《舊唐書》卷一百六十八、《新唐書》卷一百七十七有傳。

年而相善。① 瑄廉問宛陵，② 請藩爲副使。時幕府諸從事率多後進子弟，以藩年齒高暮，凡游從觀會，莫肯從狎，藩不平之。一日，諸郎府移厨看花，而藩爲之幕長，方盛服廳中，俟其來報。移時莫之召，藩乃入謁。瑄見藩至，甚訝其不赴會。藩便言不知，③ 瑄乃與藩携手往焉。既至彼，瑄則讓其失禮於首廳。賓從初端揖竦聽，俄而判官孔振攘袂厲聲曰：④ "韓三十五老大漢，向同年覓得一副使，而更學鬥唇合舌。"瑄掀髯而起，饌席遂散。

三十

李瞻、⑤ 王祝繼牧常州，⑥ 皆以名重朝廷，於本道不修支

---

① 崔瑄，宣宗大中二年(848)登進士第，後爲諫議大夫。

② 宛陵，今安徽宣州。唐時爲宣州治。據《唐方鎮年表》卷五，咸通四年(863)至五年(864)，崔瑄任宣歙節度使。

③ "便"，《四庫》本作"但"。

④ "振"下，原衍"裘"字，據《四庫》本删。據雍正《山東通志》卷十五和乾隆《曲阜縣志》卷四十二載，孔振，山東曲阜人，咸通四年(863)進士第一人及第。

⑤ 李瞻，史無明載。《唐語林》卷四《栖逸》："李瞻，漢之子，有文學，氣貌淳古。非其人，雖富貴不交也。累遷司封郎中。歸茅山，徵拜給事中，不就。後兩京亂，竟不罹其禍。"

⑥ "祝"，應作"柷"。據《新唐書》卷一百八十七："(王)柷者，故爲常州刺史，避難江湖，帝聞剛鯁，以給事中召。……(王)珙遣吏就道殺之，族其家，投諸河，以溺死聞。"

郡禮。① 初，李給事多不順從廉使，猶剛正於可否。其王給事則強愎爲己任，周侍中寶皆隱忍之。瞻罷秩，退隱茅山，② 則免黃巢之難。祝剛訏北土，遂罹王珙之害。③《新書》：王珙，重榮子。李祝，故常州刺史。避亂江湖，帝聞其剛鯁，以給事中召，道出陝。珙厚禮之，祝不爲意，乃遣吏就道殺之。金華子曰："禍福無門，惟人所召，誠不謬乎！"

三十一

生附子之毒能殺人，④ 人固知之矣。而醫工或勸人服者，惟生黑豆和合可以紓患。句曲茅山出烏頭，⑤ 道流水煮爲丸，餉遺知聞。愚頻見服者逾月而後毒作，則痰吐昏迷，亟療方止。愚外表老丈中與韓端公是舅甥者云，目見藩自宣州罷職，

---

① "道"上，原衍"郡"字，據《四庫》本刪。"支"，原作"志"，據《四庫》本改。支郡：唐末五代時，各地節度使割據一方，兼領數州，稱爲"支郡"。

② 茅山：道教名山，在江蘇省句容縣東南。原名句曲山。《南史·隱逸傳下·陶弘景》："止于句容之句曲山，恒曰……昔漢有三茅君得道來掌此山，故謂之茅山。"

③ 王珙（？—899），唐太原祁（今山西省祁縣）人，遷居河中（治在今山西省永濟市）。河中節度使王重盈子，於唐僖宗光啓三年（887）繼承其父王重盈原控制的保義鎮，爲陝虢（保義）節度使。《新唐書》卷一百八十七有傳。

④ 附子：植物名。多年生草本，株高三四尺，莖作四棱，葉掌狀，如艾。秋月開花，若僧鞋，俗稱僧鞋菊。葉莖有毒，根尤劇，含烏頭鹼，性大熱，味辛，可入藥。對虛脱、水腫、霍亂等有療效。

⑤ 烏頭：附子別名。明李時珍《本草綱目·草六·附子》："其母名曰烏頭。初種爲烏頭，像烏之頭也，附烏頭而生者爲附子，如子附母也。"

退居於鍾山愛敬寺。忽有道流勸服補益藥，以生附子數兩，以硫黃爲丸。藩服之數月，乃方似覺有力，常日數服。忽一日，鼻出鮮血，頃之耳目口鼻百毛穴中一齊流血，莫可制之。藩身貌瓌偉，既疲，委頓簟席，流液。須臾，侍疾骨肉，鞋襪皆如緋染。自辰及巳午，唯皮骨存焉，洗澤莫及，但以血肉舉骨就木而已。金華子曰：“吁！不知附子之毒，遽若此之甚也！豈韓公運數會於此也？禮曰：‘醫不三世，不服其藥。’以斯而言，可以明君子進藥之審也。夫肉、麵，養身之恒物也。冷暖苟差，猶能災人，而況金石靈草乎？蘊粹精之神明，倘非九轉之製，孰可輕脫駕馭乎？處天地間，飛動微物，盡能顧惜身命，況於達明之士也！何乃苟利縱欲，劫掠爲功，由彼兵火，自貽不戢之禍，冀無自焚也，不亦遠乎！”

三十二

王昭輔嘗話：故鍾陵平江西時，見一王處士善筮，自云授《易》於至人，纖巨如見。鍾陵幕中有楊推官，常因休暇會同人小飲。時賓客未齊間，且於小廳弈棋握槊，以佇俱至。俄而主人忽南面瞪目，①神色沮喪，遽歸堂前，使人傳語賓客，托以不安，且罷此會。於是賓客皆散。昭輔方舉進士，

---

①　“目”，《四庫》本作“視”。

亦在坐中，使人獨命入，謂曰："聞秀才與王處士有宗盟分，今欲奉浼，持一金往請卜一卦，可乎？"王遂函金往過之。既布卦，曰："卦甚異，可速報之，冤家亟來索，七日當至，宜決行計。"問："宜禱禳乎？"曰："至冤得請於天，[①] 詎可改乎？"昭輔復命，時楊方危坐，以俟其返。既聞所筮，乃曰："斯人信名卜矣。"問昭輔曰："向來覺辭色改常否？"曰："眾皆睹之。"楊乃自述："十五年前，高燕公在淮南日，任江揚宰。[②] 有弟收拾一風聲婦人爲歌姬在舍。<small>案裴廷裕《東觀奏記》："駙馬劉異上安平公主，主左右皆宮人。一日，以異姬人從入宮。上問爲誰，主曰：'劉郎，聲音人。'"自注云："俗呼如此。"然則風聲婦人，亦聲音人之類也。</small>一旦，方治晨妝，爲諸女姊驕族來惱，其嫂甚怒，逼逐之，出於中門。其旦，某入府，遇放衙歸早，忽見不衣裙獨在中門外，疑忌其素非廉人，時弟又不在，大怒之，責其點污家風，遽索杖背笞之二十。家人急以藥物躃灌之，沈悶不甦，經中夕而死，爾後絕無影響。適來忽見躡履自南廊縱步而前，刻期曰：'我上訴于天，已得伸雪。七日內當來取爾命矣。'此固無可奈何，然驗王生之卜，於前事不誣。"果七日而卒。

---

① "天"下，《四庫》本有"命"字。
② "揚"，疑作"陽"。據《新唐書·地理志五》，揚州屬縣有江陽，無江揚。

三十三

　　杜紫薇牧，① 位終中書舍人。牧，字牧之，爲湖州刺史。逾年以考功郎中知制誥，遷中書舍人。自作墓志云：“平生好讀書，② 爲文亦不出人。③ 曹公曰：‘吾讀兵書戰策，孫武深矣。’因注其書十三篇，可爲‘上窮天時，下極人事，無以加也。後當有知之者矣。’典吳興日，夢人告之曰：‘爾位當至郎中。’復問其次，曰：‘禮部。’再問，曰：‘中書舍人，終於典郡耳。’又夜寢不寐，有人即告曰：‘爾改名畢。’又夢書片紙：‘皎皎白駒，在彼空谷。’傍有人曰：‘非空谷也，④ 過隙也。’”《新書》：“俄而炊甑裂，牧曰：‘不祥也。’乃自爲墓志。案志文，詳《樊川文集》。”逾月而卒。《紺珠集》作“未幾卒”。臨終留詩，誨其二子曹師、原注“晦辭”。捉捉原注“德祥”。等云：“萬物有好醜，各以姿狀論。唯人則不爾，不學與學論。學非采其花，

---

　　① 杜紫薇牧：杜牧(803—約852)，字牧之，號樊川居士，京兆萬年(今陝西西安)人。唐代傑出的詩人、散文家，宰相杜佑之孫，杜從郁之子。唐文宗大和二年(828)中進士，授弘文館校書郎。後赴江西觀察使幕，轉淮南節度使幕，又入觀察使幕，歷國史館修撰，膳部、比部、司勛員外郎，黃州、池州、睦州、湖州刺史等職。後入拜考功郎、知制誥，遷中書舍人。有《樊川集》行於世。《舊唐書》卷一百四十七、《新唐書》卷一百六十六有傳。

　　② “平生”，原作“生平”，據《四庫》本及杜牧《樊川文集》卷十《自撰墓志銘》乙正。

　　③ “文”，原作“人”，據《樊川文集》改。

　　④ “谷”，原脱，據《四庫》本及《樊川文集》補。

要自抉其根。孝友與誠實，而不妄爾言。根本既深實，柯葉自滋繁。念爾無忽此，期以慶吾門。"晦辭終淮南節度判官。德祥昭宗朝爲禮部侍郎知貢舉，甚有聲望。

三十四

杜晦辭，牧之子，自南曹郎爲趙公隱從事於朱方。①元作"西方"，今從《説郛》校。王郢之叛，②趙相國以撫御失宜致仕，晦辭罷職。時北門李相國在淮南，③辟爲判官，晦辭以恩門休戚，辭不受命，退隱於陽羨別業，時論多之。永寧劉相國

① "自南曹郎爲趙公隱從事於朱方"，《唐語林》卷七作"自吏部員外郎入浙西趙隱幕"。浙西治所潤州（今江蘇省鎮江市）爲春秋吳邑朱方地，故稱。趙隱，字大隱，京兆奉天（今陝西乾縣）人。大中三年（849）進士登第，累遷郡守、尚書郎、給事中、河南尹，歷戶、兵二侍郎，領鹽鐵轉運等使。咸通末，以本官同平章事，加中書侍郎，兼禮部尚書，進階特進天水伯。乾符中罷相，檢校兵部尚書、潤州刺史、浙西觀察等使。入爲太常卿，轉吏部尚書，累加尚書左僕射，廣明中卒。《舊唐書》卷一百七十八、《新唐書》卷一百八十二有傳。

② 據《資治通鑑》卷二百五十二，乾符二年（875）三月，"浙西狼山鎮遏使王郢等六十九人有戰功，節度使趙隱賞以職名，而不給衣糧，郢等論訴不獲，遂劫庫兵作亂，行收黨衆近萬人，攻陷蘇常，乘舟往來，泛江入海，轉掠二浙，南及福建，大爲人患"。

③ "李相國"，《唐語林》作"李相蔚"。李蔚，字茂休，隴西（今甘肅）人。開成末進士擢第，釋褐襄陽從事。曾任監察御史、拜中書舍人。咸通五年（864）權知禮部貢舉，六年（865）拜禮部侍郎，轉尚書右丞。尋拜京兆尹、太常卿，以本官同平章事，加中書侍郎。罷相出爲襄州刺史，山南東道節度使。入爲吏部尚書，加檢校尚書右僕射、汴州刺史、宣武軍節度觀察等使。咸通十四年（873）爲淮南節度副大使知節度事。《舊唐書》卷一百七十八、《新唐書》卷一百八十一有傳。

鎮淮南，① 又辟爲節度判官，方始應召。狂於美色，有父遺風。赴淮南之召，路經常州，李瞻給事方爲郡守。晦辭於祖席，忽顧營妓朱娘言別，掩袂大哭。瞻曰："此風聲婦人，② 員外如要但言之，何用形迹？"乃以步輦元作"軍"。隨而遺之。晦辭自飲筵散，不及換衣便步歸舟中，以告其内。内子性仁和，聞之無難色。遂履元作"輦"。而迎之，其喜於適願也如是。

① "劉相國"，《唐語林》作"劉相鄴"。劉鄴（？—880），字漢藩，潤州句容（今江蘇省句容市）人。咸通初，擢左拾遺，召爲翰林學士，賜進士第。歷中書舍人，進户部侍郎諸道鹽鐵轉運使，以禮部尚書同中書門下平章事，判度支。僖宗時，遷尚書左僕射。乾符元年（874）爲淮南節度使。《舊唐書》卷一百十一、《新唐書》卷一百八十三有傳。

② "婦"，《唐語林》卷七作"賤"。

卷　下

南唐劉崇遠　撰

海寧周廣業　校注

一

琅邪王氏與太原同出於周。琅邪之族世貴，^① 嘗有“錐頭”之名。^② 今太原王氏子弟，多事爭炫，稱是己族，其實非也。太原貴盛之中，自有“鈒鏤”之號。案李肇《國史補》：“滎陽鄭、岡頭盧、澤底李、士門崔四姓，皆爲鼎甲。太原王氏，四姓得之爲美，故呼爲‘鈒鏤’王家，喻銀質而金飾也。”而崔氏博陵與清河亦上下，其望族，博陵三房。大房、第二房雖長，今其子孫即皆拜三房子弟爲伯叔者，蓋第三房婚嫁多達官也。^③ 姑臧李氏亦然，其第三房皆倨受大房二房之禮。清河崔氏亦小房

---

① “貴”，原脱，據《唐語林》卷四補。
② “嘗有錐頭之名”，《唐語林》作“號頭王氏”。
③ “婚嫁多達官也”，《唐語林》作“婚娶晚遲世數因而少故也”。

最專清美之稱。薛居正《五代史·李專美傳》云：姑臧大房與清河小房、崔氏北祖、第二房盧氏、昭國鄭氏爲四望族。崔程即清河小房。崔逞之後爲清河大房，宣宗相龜從是也。寅之後爲清河小房，憲宗相群是也。皆出清河太守之後。世居楚州寶應縣，號八寶崔家。寶應本安宜縣，崔氏曾取八寶以獻，① 敕改名焉。程之姊，② 北門李相國蔚字茂休。之夫人。蔚乃姑臧小房也。判鹽鐵，程爲揚州院官，舉吳堯卿，③ 巧于圖利一時之便，蔚以爲得人，竟亂箞摧之政。程累牧數郡，皆無政聲。小杜相公聞程諸女有容德，④ 致書爲其子讓能取焉。⑤ 程初辭之，⑥ 私謂人曰："崔氏之門著一杜郎，⑦ 其何堪矣？"而相國堅請不已，程不能免，乃於寶應諸院間取一弟姪，以應命而適之。其後讓能顯達，封國夫人，而程之女竟無聞焉。⑧ 案吳兢《貞觀政要》："太宗

---

① "曾取"，《唐語林》作"夢捧"。

② "姊"，《唐語林》作"姨"。

③ 《太平廣記》卷二百五十二《吳堯卿》引鄭廷誨《廣陵妖亂志》："唐吳堯卿家于廣陵，初爲傭保於逆旅，善書計，因之出入府庭，遂聞於縉紳間。始爲鹽鐵小吏，性敏辯，於事之利病，皆心記能調，悅人耳目。故丞相李蔚以其能，自首任之……堯卿托附權勢……僭竊朱紫，塵污官省。三數年間，盜用鹽鐵錢六十萬緡。"

④ "容"，原脱，據《四庫》本及《唐語林》補。小杜相公：即杜審權，見卷上二十四。

⑤ 讓能：杜讓能（841—893），咸通十四年（873）進士。歷官中書舍人、翰林學士。興元時爲宰相。昭宗立，任太尉。《舊唐書》卷一百七十七、《新唐書》卷九十六有傳。

⑥ "程"，原脱，據《唐語林》補。

⑦ "著"，《唐語林》作"若有"。

⑧ "竟無聞焉"，《唐語林》作"不顯"。

以山東崔、盧、李、鄭四姓，恃其舊地，稱爲士大夫，每嫁女他族，必廣索聘財，以多爲貴，甚損風俗，有紊禮經，乃詔高士廉等撰《氏族志》。士廉等初定崔幹爲第一等，太宗降爲第三等，今觀金華子所記，則四姓賣婚之風唐末猶然也。

二

蔡州伯父院諸兄皆少孤，[1] 劉符，字端期，蔡州刺史，八子皆登進士第。珪，洪洞縣令，環、玗皆同母弟。又異母弟崇龜、崇彝、崇望、崇魯、崇謩，而崇望相昭宗，尚書左僕射同平章、贈司空。其兄弟名皆連崇字，崇遠乃其同祖弟兄，故亦以崇爲名。此河南劉氏出自匈奴，薛史："劉崇龜，乾寧中廣南節度使。"洎南海子長擢第之日，[2] 伯母安定胡氏已年尊矣。詰早，[3] 僮僕捷至，穆氏長阿姨入賀北堂，伯母方起，未離寢榻。問安之後，慮驚尊情，不敢遽聞，但嬉笑於前。久之，忽問曰："小娘今日何喜色之甚耶?"對曰："亦只緣有事甚喜。"伯母怡然久之，曰："我知也，是郎將及第耶!"言訖，滿目泫然，左右因之，不覺皆流涕。吁! 長仁之念周，而永慕之情至，誠非淳摯也不能感物。

---

① 蔡州：在今河南省汝南縣，轄境相當今河南淮河以北、洪河上游以南，桐柏山以東地區。

② 南海子長：指劉崇龜。崇龜，字子長，咸通六年(865)進士擢第，曾出爲廣州刺史。《舊唐書》卷一七九有傳。廣州舊爲南海郡。

③ "早"，《四庫》本作"旦"。

三

李郢詩調美麗,① 亦有子弟標格,鄭尚書顥門生也。居
於杭州,疏於馳競,② 終於員外郎。初,將赴舉,聞鄰氏女
有容德,求娶之。遇同人爭娶之,女家無以爲辭,乃曰:"備
一千緡,先到即許之。"兩家具錢,同日皆往。復曰:"請各
賦一篇,以定勝負。"③ 負者乃甘退,女竟適郢。④ 初及第,
回江南,經蘇州,⑤ 遇親知方作牧,⑥ 邀同赴茶山。⑦ 郢辭以
決意春歸,爲妻作生日。親知不放,⑧ 與之胡琴、焦桐、方
物等,令且寄代歸意。⑨ 郢爲《寄内》曰:"謝家生日好風
烟,柳暖花香二月天。⑩ 金鳳對翹雙翡翠,蜀琴新上七絲絃。
鴛鴦交頸期千載,琴瑟和諧願百年。應恨客程歸未得,綠窗
紅淚冷涓涓。"兄子咸通初來牧餘杭,郢時入訪猶子,留

---

① 李郢,字楚望,大中十年(856)進士及第,歷藩鎮從事,後拜侍御史。
② 馳競:奔競;追逐名利。晉葛洪《抱樸子·交際》:"又欲勉之以學問,諫
之以馳競,止其摴蒲,節其沈湎,此又常人所不能悦也。"
③ "定勝負",《唐語林》卷二作"爲優劣"。
④ "女竟適郢",《唐語林》作"郢乃得之"。
⑤ "經",《唐語林》作"駐"。
⑥ "親知方作牧",《唐語林》作"故人守湖州"。
⑦ "赴茶山",《唐語林》作"行"。
⑧ "親知",《唐語林》作"故人"。
⑨ "代歸",《唐語林》作"歸代"。
⑩ "香",《唐語林》作"春"。

《宿虚白堂》云："闕月斜明虚白堂,① 寒蛩唧唧樹蒼蒼。江風徹曙不得睡,《紺珠集》作"不成寐"。二十五聲秋點長。"

四

張祜詩名聞於海外,② 居潤州之丹陽,嘗作《俠客傳》,蓋祜得隱俠術,所以托詞自叙也。崇遠猶憶往歲赴恩門請,承乏丹陽,因得追尋往迹。而祜之故居,塊垣廢址,依然東郭長河之隅。常訊于廬里,則亂前故老猶存,頗能記憶舊事。說祜之行止,亦不異從前所聞。問其隱俠,則云不睹他異,唯邑人往售物於府城,每抵晚歸,時猶見祜巾褐杖履,相玩酒市,已則勁步出郭。夜迴縣下,及過祜門,則又先歸矣。如此恒常,不以爲怪。從縣至府七十里,其迢遞而躡履速,人莫測焉。

---

① "闕",《全唐詩》作"秋"。
② 張祜(789—853 或 854),字承吉,行三。清河(今邢臺清河)人。初寓姑蘇(今江蘇蘇州),後至長安,長慶中令狐楚表薦之,不報。辟諸侯府,爲元稹排擠,遂至淮南,愛丹陽曲阿地,隱居以終。

五

韋楚老少有詩名，① 相國李公宗閔字損之。之門生也。②
自左拾遺辭官東歸，寄居金陵。常跨驢策杖，經闤中過，③
布袍貌古，群稚隨而笑之，即以杖指畫，厲聲曰："上不屬
天，下不屬地，中不累人，可畏韋楚老!"④ 引群兒令笑，因
吟咏而去。與杜牧同年生，情好相得。初以諫官赴徵，值牧
分司東都，以詩送。及卒，又以詩哭之。⑤

六

龜直中紋，名曰"千里"，其近首橫紋之第一級，左右
有斜理，皆接於千里者，龜王之紋也。今取常龜驗之，莫有

---

①　韋楚老：晚唐詩人，生平不詳，長慶四年（824）舉進士第，曾任左拾遺，開
成二年，與令狐綯、樊宗仁等連章論奏李德裕。終國子祭酒。現僅存詩二首，下文
所言送杜牧詩均已佚。

②　李公宗閔：李宗閔（787—843），字損之，唐高祖第十三子鄭王李元懿之
後，行七。貞元二十一年（805）登進士第，元和三年（808）又中賢良方正能直言極
諫科。後兩度入相。長慶四年，曾以禮部侍郎知貢舉。《舊唐書》卷一百七十六、
《新唐書》卷一百七十四有傳。

③　"闤"，《四庫》本作"市"。

④　"畏"，《唐語林》卷七作"謂大"。

⑤　"與杜牧同年生"至"以詩哭之"三十二字，原書無，據《唐語林》卷七補。

205

也。以上元缺，今從《說郛》補。徐太尉彥若之赴廣南，[①] 將渡小海，《新書》："乾寧初進位太保，崔渭忌之，乃以平章事爲清海軍節度使。" 元隨軍將息，[②] 忽於淺瀨中得一小琉璃瓶子，大如嬰兒之拳，其内有一小龜子，長可一寸，往來旋轉其間，略無暫已。瓶口極小，不知所入之由也，因取而藏之。其夕，《紺珠集》作"夜半"。忽覺船一舷壓重，及曉視之，《說郛》作"起而視之"。即有衆龜層叠乘船而上。[③] 其人大懼，以將涉海，慮蹈不虞，因取所藏之瓶子，祝而投於海中，衆龜遂散。案《紺珠集》作"群龜層叠繞其瓶子，懼而棄之。" 既而話於海船之胡人，**胡人曰**："此所謂龜寶也。希世之靈物，惜其遇而不能得，蓋薄福之人不勝也。苟或得而藏於家，何慮寶藏之不豐哉！" 胡人嘆惋不已。

<h1 style="text-align:center">七</h1>

淮南巨鎮之最，人物富庶，凡所製作，率皆精巧。樂部俳優，尤有機捷者。雖魏公德重縉紳，[④] 觀其諧謔，亦頗爲

---

　① "廣"，原作"東"，據《類説》卷二十五"龜寶"條、《紺珠集》卷十"龜寶"條、《白孔六帖》卷九十八改。

　② "元"，《四庫》本作"親"。

　③ "乘船而上"，《類説》作"登舟繞其瓶"。

　④ 魏公：崔鉉，封魏國公，咸通中爲淮南節度使，《舊唐書》卷一百六十三、《新唐書》卷一百六十有傳。

之開頤。嘗行宴之暇，與國夫人盧氏偶坐於堂，公忽微笑不
已。夫人訝而訊之，曰："此中有樂人孫子多，出言吐氣，甚
令人笑。"夫人承命，軸簾召之。孫子既至，撫掌大笑而言
曰："大人兩個更不著別人。"① 風貌閒雅，舉止可笑。參拜
引辟，獻辭敏悟。夫人稱善，因厚賜之。

<h2 style="text-align:center">八</h2>

王師範性甚孝友，而執法不渝。其舅柴某，酒醉歐殺美
人張氏，爲其父詣州訴冤。師範以舅氏之故，不以部民目之，
呼之爲父，冀其可厚賂和解，勉諭重疊。其父確然曰："骨肉
至冤，唯在相公裁斷爾。"曰："若必如是，即國法，予安敢
亂之！"柴竟伏法。其母恚之，然亦不敢少責。《新書》云："師
範立堂下日，三四至不得見者，三年拜省戶外，不敢少懈。至今青州猶
印賣王公判事。"②

<h2 style="text-align:center">九</h2>

中朝盛時，名重之賢，指顧即能置人羽翼。朱慶餘之赴

---

① "大人"，《四庫》本作"夫妻"。
② "事"，《四庫》本作"焉"。

舉也，① 張水部一爲其發卷於司文，② 遂登第也。光德相國崇望舉進士，③ 因朔望起居鄭太師從讜，④ 字正求，《新書》："昭宗朝太傅，以太子太保還第。" 閽者已呈刺，適遇裴侍郎瓚後至，⑤ 先入從容，公乃命屈劉秀才以入。相國以主司在前，不敢升進坐，隅拜於副階之上。鄭公乃降而揖焉。亟乃趨出，鄭公佇立於階所目之，候其掩映門屏，方回步言曰："大好及第舉人！" 裴公亦贊嘆，⑥ 明年列於門生矣。

---

① 朱慶餘，生卒年不詳，名可久，以字行。越州（今浙江紹興）人，寶曆二年（826）進士，官至秘書省校書郎。

② 張水部：張籍（約767年—約830年），字文昌，蘇州吳（今江蘇省蘇州市）人。先世移居和州，遂爲和州烏江（今安徽和縣烏江鎮）人。貞元十五年（799）進士及第。元和十一年（816），轉國子監助教。後遷秘書郎。長慶元年（821年）爲國子博士，遷水部員外郎，又遷主客郎中。大和二年（828），遷國子司業。世稱"張水部""張司業"。《舊唐書》卷一百六十、《新唐書》卷一百七十六有傳。朱慶餘得水部郎中張籍賞識事，見《雲溪友議》卷下。

③ 光德相國崇望：劉崇望（838—899），字希徒，河南（今河南洛陽）人，居長安光德坊。咸通十五年（874）登進士第。僖宗時爲諫議大夫、翰林學士、户部侍郎、兵部侍郎。昭宗朝拜中書侍郎、同平章事，兼兵部、吏部尚書。加左僕射。卒贈司空。《舊唐書》卷一百七十九、《新唐書》卷九十有傳。

④ 鄭太師從讜：鄭從讜（？—887），字正求，河南滎陽人，唐鄭餘慶之孫，鄭瀚次子。會昌二年（842）登進士第，歷尚書郎、知制誥。遷中書舍人。咸通三年（862），知貢舉，拜禮部侍郎、吏部侍郎。又改檢校刑部尚書、太原尹、河東節度觀察等使。改檢校兵部尚書、宣武軍節度觀察等使、嶺南節度使。卒謚文忠。《舊唐書》卷一百五十八、《新唐書》卷一百六十五有傳。

⑤ "瓚"，原無，據《唐語林》卷三補。

⑥ "裴公亦贊嘆"，《唐語林》作"瓚唯唯"。

十

　　李節，得道之士，通《三禮》學，甚精。少工歐陽率更書，[①]自稱"東山道士"。杖策孤邁，居止無定。每歷諸子之家，才止廳事，少時遂去。兒妻泣留，蔑之顧也。率多游於市井之間，縱飲酒肆，稍稍於肋脅後取碎黄白物，鬻換酒價。資鏹時竭，即不知所在。人皆竊伺蹤迹，莫之得也。或浹旬又見。鄜里中少年之徒多從而學書，必愜意者方許之教。嘗於衢路間忽見士人，節謂之曰："速將二千錢來，二十日内教你歐書取成。"人敬從之，果無謬矣。得錢，隨手與人。又善射法。兗州節度使王庶人聞之，王庶人蓋即師範。迎而就試焉。節曰："當於隙所置一物，但略言，節可中也。"王公乃以常所使小僕於球場内，以箬籠覆之，謂節曰："西望射之，可中矣！"節曰："不識此奴可射乎？"王公笑而許之，未深信。既一發箭，使往覘之，奴已貫心而斃矣。王公大驚惋無及，欲從之學。節曰："不可。公今日得，明日即反矣。"王内惡之而不敢言。既而命同出獵，節遂亡歸山東。忽一旦，遍詣

---

　　①　歐陽詢（557—641），唐代書法家，字信本，曾官太子率更令，世稱歐陽率更。其書法人稱"歐體"，爲一時之絶。《舊唐書》卷一百八十九、《新唐書》卷一百九十八有傳。

知聞告別，[①] 翼日而卒。葬於城南平地，壘石爲椁。累年，有獵者，兔鷹隨走，入於墓穴中。獵者窺之，見其衣冠儼然而寢，即戲之曰："三禮健否？"以草杖掀之，乃空衣焉。方驗其尸解矣。

十一

朱沖和五經及第，[②] 恃其強敏，好干忤人。所在伺察瑕隙，生情爭訟。自江南采巨木，送於台省，卒不能運。繫縶既久，則又鹵莽舍之。如此數四，人號爲"宦途惡少"。

十二

黃巢本王仙芝濮川賊。賊中判官。仙芝既死，賊衆戴之爲首，遂日盛。橫行中原，竟陷京洛，數年方滅。金華子曰："民猶水也，水能載舟，亦能覆舟。民於君也，善則歸服，惡則離貳。始盜賊聚於曹、濮，皆承平之蒸民也。官吏刻剝於賦斂，水旱不恤其病餒。父母妻子，求養無計。初則窺奪穀粟，以救死命。黨與既成，則連衡同惡，跨山壓海，東逾梁、

---

① "詣"，原作"請"，據《四庫》本改。
② 朱沖和，生平不詳。據唐范攄《雲溪友議》卷下《雜嘲戲》載，朱沖和爲錢塘人，嗜酒，曾作詩嘲張祐。

宋，南窮高、廣。列岳無城壁之險，重關無百二之固。① 蟒
喙噓天，翠華狼狽而西幸；② 豺牙爍日，齊民肝腦以塗地。
鄘鎬淩夷，往而不返矣。世之清平也，搢紳之士，率多矜恃
儒雅。③ 高心世祿，靡念文武之本，群尚輕薄之風。莅官行
法，何嘗及治？由是大綱不維，小漏忘補，失民有素，上下
相蒙。百六之運既遭，翻飛之變是作。愚家自京洛淪陷，遂
河海播遷，此流寓江南之所自也。”

十三

　　劉鄩，④ 本事販鬻。王氏既承昭皇密詔，⑤ 會諸道將伐朱
氏，薛史：“劉鄩，密州安邱人。”王氏謂師範，朱氏謂全忠。乃遣鄩偷
取兗州。鄩乃詐爲回圖軍將，於兗州置邸院，日雇傭夫數百

---

　　① “無”，《四庫》本作“疏”。百二：以二敵百。一説百的一倍。後以喻山河
險固之地。《史記·高祖本紀》：“秦，形勝之國，帶河山之險，縣隔千里，持戟百
萬，秦得百二焉。”
　　② 翠華狼狽而西幸：唐僖宗中和元年（881）黃巢攻陷長安，僖宗狼狽西行，
逃往成都。事見《舊唐書》卷十九《僖宗本紀》及卷二百《黃巢傳》。
　　③ “恃”，《四庫》本作“持”。
　　④ 劉鄩（861—923），密州安丘（今山東省安丘縣）人，五代時後梁名將。有
韜略，多機變。後爲人所構，被酖殺。時年六十四歲，卒贈中書令。《舊五代史》
卷二十三、《新五代史》卷二十二有傳。
　　⑤ 王氏指王師範。《舊五代史》卷二十三《劉鄩傳》：“天復元年（901），昭宗
幸鳳翔。太祖（朱全忠）率四鎮之師奉迎於岐下。李茂貞與內官韓全誨矯詔，徵
天下兵入援。師範覽詔，慷慨泣下，遣腹心乘虛襲取太祖管內州郡。”

詣青州。潛遣健卒，偽白衣，逐晨就役，夜即留寓於密室。①
如是數月間，得敢死之士千餘人。又於大竹內藏兵仗入，監
門皆不留意。既而迎曉突入州，據其甲仗庫。時兗州節度使
姓張，② 當是張訓。統師伐河北。薛史作“葛從周”。鄩既入據子
城，甲兵精銳，城內人皆束手，莫敢旅拒。薛史：“鄩遣細人詐
爲鬻油者，覘兗城內虛實及出入之所。視羅城下一水竇可引衆而入，遂志
之。鄩告師範，請步兵五百，宵自水竇銜枚而入，一夕而定。”與此異。亦
見《册府元龜》。加以州將素無恩信於衆，鄩諭以將爲順舉，戢
御嚴明，雞犬無撓，軍庶悅伏。③ 青州益師又至，兼招誘武
勇。不日，衆逾數萬。張氏家族在州，④ 供備逾於其舊。張
帥有母，鄩端簡候問，⑤ 備晨昏之敬。加以容止重厚，見者
畏而敬之。俄而張帥聞變，回師圍城。張母登陴，呼其子而
語之曰：“我今雖在城內，與汝隔絕，而劉司空晨夕端笏，問
我起居，其餘燕雀，莫敢喧雜。汝切不可無禮於他。”由是張
頓兵緩攻青州，聽命於梁。圍解，鄩乃歸降梁。梁太祖得鄩
大喜，累用征伐，皆獲殊勛。平魏府後，遂爲梁氏元帥，威
名顯於北朝矣。

---

① “寓”，《四庫》本作“匿”。
② 《舊五代史》卷二三謂爲葛從周，案云：“《金華子》作兗帥張姓，疑傳聞
之誤。”
③ “鄩既入據子城”至“軍庶悅伏”，《舊五代史考異》引《金華子》作：“鄩入
據子城，甲兵精銳，城內人皆束手，莫敢旅拒。加以州將悍，人情不附，鄩因而撫
治，民皆安堵。”
④ “族”，《四庫》本作“屬”。
⑤ “鄩”下，《四庫》本有“每”字。

十四

　　咸通中，有司天歷生姓胡，^① 在監三十年，請老還江南。後敘優勞，授官江南郡之掾曹，^② 辭不赴任，歸隱建業舊里。有寓居盧荷寶者，亦名士也，嘗問之曰：“近年以來，相坐多不滿四人，非三台星有災乎？”曰：“非三台也，乃紫微星受災耳。^③ 自此十餘年內未可備，^④ 苟或有之，即其家不免大禍。”後路公巖、于公琮、王公鐸、韋公保衡、楊公收、劉公鄴、盧公攜相次登於台座，其後皆不免。惟于公琮賴長公主保護，獲全於譴中耳。

十五

　　盧公攜入相三日，^⑤ 攜，字子升，乾符五年入相。堂判福建觀

———————

　　① “胡”，原作“吳”，據《四庫》本、《唐語林》卷七改。
　　② “掾”，原作“椽”，據《四庫》本改。掾曹，即掾史，指屬官，古代分曹治事，故稱。杜甫《劉九法曹鄭瑕邱石門宴集》詩：“掾曹乘逸興，鞍馬到荒林。”
　　③ “乃”，原無，據《唐語林》補。“耳”，原作“乎”，據《唐語林》改。
　　④ “自”，原作“曰”，據《唐語林》改。“未”，原作“數或”，據《唐語林》改。
　　⑤ 盧攜，字子升，范陽人。寶曆初登進士第。《舊唐書》卷一百七十八、《新唐書》卷一百八十四有傳。其入相時間，據《舊唐書·僖宗紀》和《新唐書·宰相表》均爲乾符元年。

察使播等九人上官之時，^① 衆詞疑惑。王回、崔理、^② 郎幼復等三人到任之後，政事乖張，竝勒停見任，天下爲之岌嶪。黃巢勢盛，遣使乞鄆州節度使，《新書》作"表求天平節度使。"敕下許之。攜謂"妖亂之徒，若許則僥倖得志。及潼關不守，鑾駕將西幸"，爲小黃門數十人詣宅擁門詬責之，遂置菫而斃。《新書》作"仰藥死"。黃巢既入京，斫其棺焉。

十六

鄭傪爲江淮留後，金帛山叠而性鄙嗇。每朝炊報熟，即納於庫，逐時量給，緘鐍嚴密。忽一日早辰，其妻少弟至妝閣，問其姊起居。姊方治妝未畢，家人備夫人晨饌於側。姊顧謂其弟曰："我未及餐，爾可且點心。"止于水飯數匙。復備夫人點心，傪訴曰："適已給了，何得又請？"告以某舅餐卻。傪不得已付之，曰："怎麽人家夫人娘子，喫得如許多飯食！"

---

① 據《舊唐書》卷十九《僖宗紀》，九人分別爲：福建觀察使李播、荊州刺史楊權古、蔚州刺史王龜範、璧州刺史張贄、濮州刺史韋浦、施州刺史婁傳會、邢州刺史王回、撫州刺史崔理、黃州刺史計信卿等。

② "理"，原作"程"，據《新唐書·僖宗紀》改。

十七

　　朱沖和常游杭州，臨安監吏有姓朱者，兄呼沖和，頗邀迎止宿，情甚厚。沖和深感之，來監中訪同姓，因出入。鄰司稍熟，亦不防備。一日，鄰房吏偶以私歷一道置在案間，沖和窺之，皆盜分官錢，約數千百萬。候其他適，遂取之，懷袖而去。吏人既失此歷，知爲沖和所制，一監之人，無不罹重辟矣。衆情危懼，共請主人，願以白金十笏贖之。沖和既聞，念苟不許之，則宗人亦當不免。乃曰："若他人故難，以久受弟之殊分，則無不可也。"衆人常謂其稟性剛執，倘一問不允，則無復搖動。① 初令往探，若卜大敵。及聞其許成，咸私制賀。五百兩銀，不時齊足。沖和既見，乃取銀并歷同封以還之。并續絕句："三千里內布干戈，② 累得鯨鯢入網羅。③ 今日寶刀無殺氣，只緣君處受恩多。"④ 然終以惡名爲人所構，竟不免焉。

---

　　① "復"下，《四庫》本有"可以"。
　　② "內"，宋洪邁《萬首唐人絕句》卷六十九收此詩作"外"。《元和郡縣圖志》卷二五杭州："西北至上都三千四百里。"
　　③ "累"，宋洪邁編《萬首唐人絕句》卷六十九收此詩作"果"。
　　④ 宋洪邁編《萬首唐人絕句》卷六十九收此詩題作"遺臨平監吏"。

十八

以恩地爲恩府，始於唐馬戴。戴大中初爲掌書記於太原李司空幕。[①] 以正言被斥，貶朗州龍陽尉。戴著書，自痛不得盡忠於恩府，而動天下之浮議。行道興咏，寄情哀楚，凡數十篇。其《方城懷古》云："申胥枉向秦庭哭，[②] 靳尚終貽楚國羞。"《新春聞赦》云："道在猜讒息，仁深疾苦除。堯聰能下聽，湯網本來疏。"[③]

十九

許棠《紺珠》作"許黨"，晚年登第。常言於人曰："往者未成事，[④] 年漸衰暮，行卷達官門下，[⑤] 身疲且重，上馬極難。自喜一第以來，筋骨輕健，攬轡升降，猶愈於少年時。則知一名能療身心之疾，真人世孤進之還丹也。"案王定保《唐摭

---

① 太原李司空：岑仲勉《唐方鎮年表正補》："大中四年王宰、李拭，五年拭及李業，六年業及盧鈞。……按：拭、業均無檢校司空明文，唯《舊紀》《傳》鈞當日是檢校司空，或《金華子》誤耶？"
② "枉"，《唐詩紀事》卷五十四作"任"。
③ "行道興咏"至"湯網本來疏"，原無，據《唐語林》卷二補。
④ "未成事"，原脱，據《唐語林》卷七補。
⑤ "卷"，原作"倦"，據《唐語林》改。

言》：“許棠，寧州涇縣人。早修舉業，應二十餘年舉始及第。”又云：“棠久困名場，咸通末馬戴佐大同軍幕，棠往謁之。一見如舊，相識留連數月。一旦大會賓友，命使者以棠家書授之。啓緘，知戴潛遣一介恤其家矣。”計敏夫《唐詩紀事》：“棠，字文化，宣州涇縣人。咸通十二年進士，有《洞庭詩》爲工，時號‘許洞庭’。”

二十

苗紳坐事貶南中，① 由是湮厄，不復振揚，既於晚歲方罷江州牧，入參宰輔。② 崔相國彥昭，其故人也，見而憫焉，呼紳行第而慰勉曰：③ “苗十大是屈人。”再三言之。紳嘆久淹屈，既聞時宰之撫諭，莫勝其喜。及還家，其子迎於門，紳笑語其子曰：“今日見崔相國，憫我如此。”遂坐於廳，高誦其言曰：“苗十大是屈人。”喜笑一聲而卒。悲夫！

二十一

顧況著作集中云：④ “山中樵人，時見長松之上懸挂巨

---

① “坐事”，原脱，據《永樂大典》卷二九九九補。

② “由是湮厄”至“入參宰輔”共二十一字，原脱，據《永樂大典》補。

③ “行”，原作“至”，據《永樂大典》改。

④ 顧況（約727—約815），字逋翁，蘇州海鹽橫山（今在浙江海寧境内）人。肅宗至德二載（757）登進士第。德宗時以校書郎遷著作郎，後貶饒州司户參軍。晚年隱居茅山，自號華陽真逸。有文集二十卷。《舊唐書》卷一百三十有傳。

鐘，再尋其鐘，杳無蹊徑。"① 其所在即貴溪、弋陽封疆之
間。愚宰上饒日，有玉山縣民秀頻來説，本邑懷玉山內樵蘇
人往往見之。長松森羅，泉石幽麗。前望若有宮苑，林樹掩
映。松門之上，有巨藤橫亘，挂大鐘，可長丈餘。去地又若
十丈。有采樵人矚目望於下，② 徘徊竟日。將去，即密記道
路遠近。明日，與親識同往，則莫記所在。時樵采則忽遇之，
又非向時所在。鐘與松門，則無異狀云。旬月前，鄰舍之人
見之，不誑也。由是知逖公之記不謬哉。

二十二

常有新安人説，本邑深山中有一水，居人食此水者率皆
長壽，儘有二百歲者，鄉人謂仙源。③ 或疑有花木靈草常墮
水中，使之然也。亦不知是仙人浸灌芝术，泉流連綿不遠乎？
餘功及物，猶能鎮駐也。是知名山巨岳，無不間有靈異之境。
信州靈山，雖不齒於岳鎮盛名中，而古仙勝迹，亦甚可數。
其狀秀拔，諸峰矗列，亦有水源，居人多長壽。縣之人吏，
時有父母過百歲鬢髮不衰者。④

---

① 此段文字今傳顧況集無，當爲顧況佚文。
② "下"上，原衍"上"字，據《四庫》本刪。
③ "謂"，《四庫》本作"名爲"。
④ "過"上，《四庫》本有"年"字。

二十三

　　沂、密間有一僧，常行井廛間。舉止無定，如狂如風。邸店之家，或有愛惜寶貨，若來就覓，即與之。雖是貴物，亦不敢拒。且若舍之，暮必獲十倍之利。① 由是人多愛敬，②無不迎之。往往直入人家，云：「貧道愛喫脂葱雜麵飥飥，速即煮來。」人家見之，莫不延接。及方就食將半，忽捨，起而四顧，忽見糞土或乾驢糞，即手捧投於碗內，自摑其口，言曰：「更敢貪嗜美食否？」③ 則食盡而去。然所歷之處，必尋有異事。其後河水暴溢，州城沈者數版。州人恐懼，皆登陴危坐，立於城上。水益漲，頃刻，去女牆頭數寸。城人號哭，數十萬衆，命在須臾。此僧忽大呼而來，曰：「可惜了一城人命，須與救取！」於是自城上投身洪波中，軀質以沈，巨浪隨陷五尺。及日晚，城壁皆露。明旦，大水益涸。州人感僧之力，共追痛，相率出城，沿流涕泣而尋其尸。忽於城西河水中小洲之上，見其端然而坐，方袍儼然。大衆歡呼云：「和尚在。」就問，則已溺死矣。乃以轝輿昇起赴近岸，數百之衆，莫可舉動。又其洲上淤泥，不可起塔廟，相顧計議未決。經

---

　　① 「十」，《四庫》本作「百」。
　　② 「愛」，《四庫》本作「畏」。
　　③ 「嗜」，《四庫》本作「食」。

宿，其塗泥涌，高數尺，地變黃土，堅若山阜，就建巨塔，至今在焉。

二十四

曹拮休，莫詳其州里，有妻孥居扁舟中，往來宣、池、金陵。每於山中兩錢買柴，赴江下一錢價賣與人，自云喫利不盡。善符，鄉野牛瘴，即以片紙書云"曹拮休揀殘牛"與牛主，令歸貼于牛群之大者角上，無不立愈。性嗜鱠，持網者攜鱠以候。既見，即問其來意。漁人曰："業網于圖山，每歲夏，先得鱘一頭，獻於府主，例獲一千文。今冀早獲取賞，故來相投。"受而許之，乃以符一道付之。適去未久，復有一人，亦攜鱠來，告如前。沈吟久之，復授一符令去。既而先得符者果得鱘魚，遂奔赴府主。至廳門，忽遇賓客，遲回未將上。次其後得符亦齎一頭來到，乃同將上，皆獲一縑焉。此人靈異甚多，已見于沈汾侍御所著《續仙傳》，[①] 遺落數件，故復叙之也。

---

① 沈汾，生平不詳，唐末五代時人。曾任溧水縣令，著有《續仙傳》三卷，今存。

二十五

咸通中，金陵秦淮中有小民棹扁舟業以淘河者，偶獲一古鏡，可徑七八寸。方拂拭，則清明瑩澈，皎潔鑑人，心腑洞然。見者大驚悸，遂棹舟出江口，① 以鏡投於大江中。既投而後悔之，方訴于人，聞者皆知是軒轅所鑄之一矣。吾聞希世神物，咸寶藏於天府。川瀆之靈，密司其職。歸藏氏所傳，固陰祇之多護。何乃忽奮發於泥滓間，而又不得令識者一睹，豈上古之至寶，時亦示顯晦于人哉？而隱見有數，俾特出愚者之手，必其無能滯留於凡目耶？

二十六

楊琢常説，② 在淄青日，見一百姓家燕巢，累年添接，竟逾三尺。③ 其燕哺雛既飛，忽一旦，有諸野禽飛入庭除，俄而漸聚梁棟之上，栖息無空隙，不復畏人。厨人饋食於堂，手中盤饌皆被衆禽搏撮，莫可驅趄。④ 其家老人，罔測災祥，

---

① “棹舟”，《四庫》本作“連棹”。
② “説”，《説郛》卷四十六下引文作“話”。
③ “竟”，《説郛》作“僅”。
④ “趄”，《説郛》作“逐”。

顧之甚悶。忽以杖擊破燕巢，隨手有白鳳雛，[①] 長數尺，[②] 自
巢而墮，未及于地，即掀然出戶，望西南沖天而去。諸禽亦
應時散逝，須臾而盡。[③] 予往歲宰于晋陵，琢時爲縣丞，云
皆目之所睹。"掀然"下元有"飛去"二字，無"出戶"至此一段，今
從《説郛》補。又有人家，燕巢生一赤鳳子，騰躍飛去。[④]《紺
珠集》："又一燕窠，中有赤光。毀之，赤鳳子，長尺許，鱗甲皆具。少頃，
騰而飛去。"○案此當即下"赤龍子"節文，而誤以龍爲鳳也。《説郛》
無之。

二十七

《志怪篇》曰："凡藏諸寶，亡不知處者，以銅盤盛井華
水，赴所失處，掘地照之。見人影者，物在下也。"

二十八

楊琢云：北海縣中門前有一處，地形微高，若小堆阜隱
起。洪遵《泉志》引作："隱起，若小堆阜。"如是積有歲華，人莫

---

① "白"上，《説郛》有"一"字。
② "數尺"，《説郛》作"三寸許"。
③ "而盡"，原爲空格，據《説郛》卷四十六下補。
④ "又有人家燕巢生一赤鳳子騰躍而去"，此十五字當爲卷下二十九條節
文，四庫館臣誤録於此。

敢鑱鑿。有一縣宰，乃特令平之。既去數尺土，即得小鐵錢散實其下，《紺珠集》作“得五銖錢，取不盡”。如是漸廣。衆力運取，僅深尺餘，《泉志》作“深丈餘”。東西袤延，西面際乃得一記云：《紺珠集》作“一石記云”。“此是海眼，故鑄錢以鎮壓之。”量其數，不可勝計，又不明叙時代。其錢大小如五銖，闔縣懼悚，慮致災變，乃備祭酹，卻以所取錢皆填築如故，其後亦無他祥。

二十九

楊琢云：[①] 有一人家，[②] 燕巢中忽然赤焰光芒，[③] 而隱隱有聲，若鳴鼓地中，日夜不輟。[④] 夜後，厢巡呵喝於外，責其不戢燈燭。即入其舍視之，不見有火。繞出門外元脫“責其”以下二十字，從《説郛》補。望之，則又光焰亘天。居旬日間，元訛“聞”。人漸聲傳，日或聚衆其家。老父懼，[⑤] 偶以拄杖探燕巢中，即有一小赤龍子長尺餘元脫“赤”字“子”字。墜下，[⑥]

① “云”上，《説郛》卷四十六下有“又”字。疑此條應與卷下二十六條相接。
② “有一人家”，《説郛》作“一家亦是”。
③ “焰”，《説郛》作“色”。
④ “輟”，《説郛》作“絶”。
⑤ “老父”，《四庫》本作“父老”。下同。
⑥ “墜“，《説郛》作”墮”。

鱗甲炳煥。老父驚懼，^① 速以裯褓藉之，焚香禱謝，未畢，既而見一火龍，^② 長丈餘，自檐廡而入，光如列炬，元脱“光”“列”字。爍人瞻視。一家駭震，竄伏稽顙。徐擁其子入自寢室，穴其屋，騰天《說郛》作“騰空”。而去。亦不損物。句元脱。然其家不數年隳敗焉。此段《說郛》接前“白鳳雛”下。

三十

楊琢云：膠東屬郡有隱士，莫詳其姓氏鄉里。布袍單衣，行乞於酒市，日希一大醉而已。既醺酣，即以手握衫袖，霞舉掉臂而行，曰：“吉留馨，吉留馨。”《紺珠集》作“常舞於市，稱曰吉風留馨”。市中群兒，隨繞噪擁，一城之人咸謂之“吉留馨秀才”。^③ 城西有古傳舍，郡非沖要，使命稀到，常寄宿於驛廊土榻之上。葦簟一重，每醉而歸，先以冷水連洗，令濕透，然後就枕。寒暑有變，茲固無改也。雖風霜如割，^④ 單枲之衣服覆身。人往候之，熱氣傍蒸於人。驛之門者，皆識其非常人，每酤酒數升，置于牀前，及常爲汲水沃簟，^⑤ 以

---

① “懼”，《說郛》作“惶”。
② “火”，《四庫》本作“大”。
③ “一城之人”，原脱，據《四庫》本補。
④ “風霜”，《四庫》本作“霜風”。
⑤ “汲”，原脱，據《四庫》本補。

候其入。見酒即飲罄而後寢。如是經歷累年，忽一旦，往道齋大會中，白日上升矣。《紺珠集》作"後於市中，白日乘雲而去"。

三十一

僧守亮，受業上元古瓦官寺，學行無所聞，而好言《周易》中彖、象。① 贊皇李公之鎮浙右，② 以南朝衆寺方袍且多，③ 其中必有妙通《易》道者，④ 因帖下諸寺，令擇一人送至府中。瓦官綱首見亮，因戲謂之曰：⑤ "大夫取一解《易》僧，⑥ 吾師常時愛説《易》，可能去否？"亮聞之，遂請行。衆戒曰："大夫英俊嚴重，非造次可至，汝當慎之。"⑦ 既至，贊皇初見，儀容村野，未之加敬。及與論《易》道，亮乃分條析理，出没幽賾，凡欲質疑，亮乃敷衍，⑧ 出人意表。公大驚，不覺前席。命於甘露寺設館舍，自於府中設講席，命從事已下，皆横經聽之，逾年方畢。既而請再講，講將半，

---

① "學行"至"彖象"共十三字，《唐語林》卷二作"通周易性若狂易"。

② "贊皇李公"，《唐語林》作"李衛公"，即李德裕，初封贊皇伯，後進封衛國公。《舊唐書》卷一七四、《新唐書》卷一八〇有傳。

③ "衆寺方袍且多"，《唐語林》作"舊寺多名僧"。

④ "其中必有妙通《易》道者"，《唐語林》作"求知《易》者"。

⑤ "瓦官綱首"至"謂之曰"，《唐語林》作"瓦官寺衆白守亮曰"。

⑥ "取一"，《四庫》本作"欲得"。

⑦ "衆戒曰"至"汝當慎之"，原脱，據《唐語林》補。

⑧ "乃敷衍"，《唐語林》作"已演其意"。

巫請歸甘露。既至，命浴。浴畢，整巾履，遣白公云："大期今至，不及回辭。"言訖而終。公聞驚異，明日率賓客至寺致祭。適有南海使送西國異香，公於龕前焚之，其烟如弦，穿屋而上，觀者悲敬。公自草祭文，謂舉世之官爵俸祿皆加於亮，亮盡受之，可以無愧。①

三十二

長安閭里中小兒，常以纖草刺地穴間，共邀勝負，戲以手撫地曰："顛當出來。"既見草動，則釣出赤色小蟲子，形如蜘蛛。北人見之尋常，固不介意；南人偶見，因有異之者。蓋江南小兒亦謂之"釣駱駝"，其蟲子之背有若駝峰然也。縉紳會同時，有以此質疑，眾皆默然。② 客有前明經劉寡辭曰："此《爾雅》所謂王蛈蜴，景純之注可校焉。"③ 證之於書皆信，眾皆嘆服。

---

① "公大驚"至"可以無愧"共一百四十字，原脱，據《唐語林》補。
② "皆"，原脱，據《四庫》本補。
③ 《爾雅》郭璞注"王蛈蜴"："即螲蟷，似蜘蛛，在穴中，有蓋。今河北人呼蛈蜴。"

補

清周廣業　補

　　右《金華子雜編》二卷，甲辰冬從續寫《四庫全書》得
其本，乃館臣就《永樂大典》録出者，傳鈔不無訛漏。愛其
叙事簡明，措詞雅飭，寫其副，加校注補綴焉。案，崇遠仕
南唐，爲大理司直，馬、陸二書俱無傳，據《稽神録》知爲
廣南節度崇龜從弟也。自序"少慕赤松子兄弟，因以金華自
號"。赤松子，即丹溪皇初平，入婺州金華山得道，叱石成羊
者也。其兄初起，後改名赤魯班，事見《真誥》及《神仙
傳》。觀劉生所慕，其人志趣概可想見矣。是編載鄭樵《通
志·藝文略》雜史類，作三卷，注云："記大中咸通後事。"
今止二卷，而第一條詳序烈祖之興、升元之盛。自序"皇上
憂勤大寶"云云，正謂李氏。疑所逸一卷南唐事爲多。然
《紺珠集》《唐詩紀事》所引而今無文者，仍皆東京舊聞，簡
册斷殘，無可證明矣。然實足以補唐史之闕遺。以視鄭文寶
《江表志》、龍袞《江南野史》正未易以軒輊言也。
　　　　丙午夏日海寧周廣業識於北平聽雨樓之北書塾。

一

　　高祖、① 太宗之興也,② 革隋之失，民心乃定。③ 民之賦租,④ 務從優減。稅納逾數，皆係枉法。兵興之後，因亂政經，天下騷擾，盜賊荐起。六合岌業，世無完城。非以失民心之所致哉。乾符中，所在猶皆平寧，故老童孺，多未識兵器。州郡間或忽有遺火，沿燒不數舍，而士庶驚撓，奔迫狂駭，逾時不息，愰嘆之音，謂極於罹毒也。不數年後，大浸滔天，九有無復息肩。遺賊反覆，偷安兵革，則向來之荼苦猶甘薺焉。

　　周案：《説郛》所載六條皆小有異同，而此其首條也。本書無之，今補録於此。

二

　　李寬爲常侍，有門下者姓盧，善相。或問李公如何，曰：“據其面部，所無者：無子、無宅、無冢。”公有數子，皆先

---

①　“高祖”，原作“高宗”，據涵芬樓本《説郛》卷十一改。
②　“太宗”，原作“太祖”，據涵芬樓本《説郛》卷十一改。
③　“民心”，原脱，據涵芬樓本《説郛》卷十一補。
④　“民之賦租”，涵芬樓本《説郛》卷十一作“天下之賦租税”。

公卒。有宅，未嘗還鄉居，死於池州。乘舟歸，舟破沈其骨。

周案：《紺珠集》載《金華子》十三條，亦小有異同，而是條則本書所闕。《紺珠集》每條各有標目，是條在"二十五聲秋點長"後，"孤進還丹"前，目曰"面部三無"，今補。

三

馬戴，大中初掌書記於太原李司空幕，以正言被斥，貶龍陽尉。戴著書，自痛不得盡忠於故府，而動天下之議。[1]行道輿，咏以自傷。其《方城懷古》云："申胥任向秦庭哭，靳尚終貽楚國羞。"《新春聞赦》云："道在猜讒息，仁深疾苦除。堯聰能下渴，湯綱本來疏。[2]九衢林馬樞，千門識車轍。秦臺破心膽，黥陣驚毛髮。子固屈一鳴，余固宜三刖。"又曰："丹散束飛來，喃喃送君札。呼兒旋去聲供衫，走馬空踏襪。手把一枝物，桂花香帶雪。喜極至無言，笑餘翻不悅。"又《送遲似即孟遲》詩云："手捻金僕姑，腰懸玉轆轤。爬頭峰北正好去，繫取可汗鉗作奴。六宮雖念相如賦，其那防邊重武夫。"[3]原注："聰能下渴"必有脫字。廣業案，"道在"上應脫一句。

---

① "戴著書"至"而動天下之議"，原書無，據《唐語林》引文補。
② "湯綱本來疏"，原書無，據《唐詩紀事》卷五十四引文補。
③ "九衢林馬樞"至"防邊重武夫"字，非《金華子》佚文。《唐詩紀事》馬戴後即爲孟遲，此段文字實係杜牧送孟遲詩，與馬戴無涉。疑周氏所見《唐詩紀事》版本有脫文，致兩段文字相連，遂誤以爲《金華子》之文。

四

孟遲，案：字遲之，會昌五年進士。陳商門生，[①] 爲浙西掌書記，以讒罷。至淮南崔相公奏掌書記後，以詩寄浙右幕中曰："由來惡舌馹難追，自古無媒謗所歸。句踐豈能容范蠡，李斯何暇救韓非。巨拳豈爲雞揮肋，強弩那因鼠發機。慚愧故人同鮑叔，此心江柳尚依依。"

周案：計敏夫《唐詩紀事》載《金華子》二條，戴貶龍陽尉已見前"恩府"條，餘竝本書所闕。

附

徐鉉《稽神録拾遺》云："金鄉徐明府有道術。河南劉崇遠，崇龜從弟也，有妹爲尼，居楚州。常有一客尼寓宿，忽病勞，瘦甚且死。其姊省之，眾共見病者身中有氣如飛蟲，入其姊衣中，遂不見。病者死，姊亦病。俄著劉氏舉院皆病，病者輒死。崇遠求於明府，徐曰：'爾有別業在金陵，可致金陵絹一匹，吾爲爾療之。'如言送絹訖。翼日，劉氏夢一道士

---

① 陳商，字述聖，元和九年（814）進士，會昌五年（845）以諫議大夫權知禮部貢舉。

執簡而至，以簡遍撫其身，身中白氣騰上如炊。既寤，遂輕爽能食，異於常日。頃之，徐封絹而至，曰：'置絹席下，寢其上即差矣。'如其言，遂愈。已而神其絹，乃畫持簡道士如所夢者。"①

周案：是條疑鼎臣從《金華子》摘録者，姑附於末。

---

① 此條記劉崇遠事乃以第三人口氣，顯非《金華子雜編》佚文。但有助於我們了解劉崇遠生平家世。

續　補

一

祜死，子虔望亦有詩名。嘗求濟于嘉興裴弘慶，署之冬瓜堰官，虔望不服，宏慶曰："祜子守冬瓜，已過分矣。"[1]
（宋何薳撰《春渚紀聞》卷七《冬瓜堰誤》引《金華子雜説》）

二

高駢在淮海，周寶在浙西爲節度使，相與有隙。駢忽遣使悔叙離絶，願複和好，請境會於金山。寶謂其使者曰："我非李康，更要作家門功勛，欺誑朝廷邪！"元和中，李康鎮東川，

---

[1]　北宋錢易《南部新書》丁卷載此事："張祜字承吉，有三男一女，桂子、椿兒、椅兒。桂子、春兒皆物故，唯女與椅在。椅兒名虎（虔）望，亦有詩名。後求濟於嘉興監裴弘慶，署之冬瓜堰官。望不甘。慶曰：'祜子之守冬瓜，所謂過分。'"但未注出處。

傳有異志。駢祖崇文鎮西川，乃僞設鄰好，康不防備，來會於
境，爲崇文所斬。① （《資治通鑑考異》卷一九引《金華子雜編》）

三

鄭顥既判户部，② 馳逐台司甚切。時家君猶鎮山東，③ 聞
之，遺書謂顥曰：“聞汝已判户部，是吾必死之年；又聞欲求宰
相，是吾必死之日也！”④ （《資治通鑑考異》卷二三引《金華子雜編》）

四

懿宗嘗私行經延資庫，⑤ 見廣厦連綿，錢帛山積，問左
右曰：“誰爲此庫？”侍臣對曰：“宰相李德裕執政日，以天

---

　　① 《舊唐書》卷一百五十一《高崇文傳》：“劉闢攻陷東川，擒節度使李康。
及崇文克梓州，乃歸康，求雪己罪。崇文以康敗軍失守，遂斬之。”《資治通鑑考
異》卷一九按：“《金華子》言，固不知李康爲劉闢所圍事而云之……此皆得於傳
聞，不可爲據，今從《舊傳》。”
　　② “鄭”，原無，據《資治通鑑》正文補。
　　③ 山東：《資治通鑑考異》曰：“按《實録》，九年十二月，顥父祗德以賓客分
司。《金華子》云鎮山東，誤也。”
　　④ “曰聞汝已判户部”至“必死之日也”共二十六字，原無，據《資治通鑑》正
文補。
　　⑤ “懿”，原作“宣”，據《唐語林》卷三改。《資治通鑑考異》卷二十三：“按
宣宗素惡德裕，故始即位即逐之，豈有不知其在崖州而云‘豈合深譴’！又劉鄴追
雪在懿宗時，此説殊爲淺陋，今不取。”

233

下每歲度支備用之餘，① 盡實於此，自是已來，邊庭有急，
支備無乏者，茲實有賴。”上曰：“今何在？”曰：“頃以坐吳
湘獄貶於崖州。”上曰：“如有此功于國，微罪豈合深譴！”②
由是劉公鄴得以進表乞追雪之。上一覽表，遂許其加贈歸葬
焉。（《資治通鑑考異》卷二三引《金華子雜編》）

五

　　有舉子能爲詩，每通名刺，云：“鄉貢進士黃居難，字樂
地。”欲比白居易樂天也。（《韻府群玉》卷四引《金華子》）

六

　　杜牧之嘗於宰執求小儀，不遂。請小秋，又不遂。忽夢
人謂曰：“辭春不及秋，昆脚與皆頭。”後果得比部員外。③
又嘗夢人謂之曰：“爾當改名爲畢。”及覺，牧之曰：“吾其
死矣。”未幾果卒。④（《分門古今類事》卷六引《金華子》）

---

　　① “度支”，原無，據《唐語林》卷三補。
　　② “深”，《唐語林》作“誅”。
　　③ “杜牧之”至“比部員外”，此段見於《尚書故實》，“牧之嘗”作“紫微嘗”。
《太平廣記》卷二七八亦引作《尚書故實》。
　　④ 《類說》卷二十五引《金華子》“杜牧改名”條作：“杜牧夢人曰：‘爾改名
畢。’未幾而卒。”

七

大曆中，荆州有馮希樂者善佞，見人家鼠穴亦佞。① 常到長林謁縣令，留宴，語令云：“仁風所感，猛獸出境。昨初入縣界，虎狼相尾西去。”有頃，村吏來報：“昨夜有虎食人。”令戲詰之，馮遽曰：“是必掠食便過。”（明陳耀文《天中記》卷二八引《金華子》）

八

艾子避于海，夜聞哭聲曰：“昨日龍王有令，應水族有尾者斬。吾龜也，故懼誅而哭。”又聞哭聲曰：“汝蝦蟆無尾，何哭？”曰：“吾今幸無尾，但恐便理會蝌蚪時事也。”② （宋曾慥《類説》卷二十五《龍王誅水族》引《金華子》）

九

艾子見老姥衣衰粗之服哭甚哀，艾子曰：“嫗夫誰也？”

---

① “家”，《天中記》作“見”，據宋趙德麟《侯鯖録》改。
② 本條亦見於舊題蘇軾《艾子雜説》，《説郛》卷三四《艾子雜説》引之。《古今事文類聚》别集卷二十亦自《艾子》引此條。辭氣亦與《金華子雜編》不類，恐非《金華子雜編》佚文，姑附於此。

曰："彭祖。"艾子曰："彭祖壽八百而死，固不為短，可以
無恨。"嫗曰："吾夫壽八百，誠無恨。然又有壽九百而不死
者，豈不恨耶?"① （宋曾慥《類説》卷二十五《彭祖死》引《金華子》）

十

崔涓守杭州②，湖上飲饌。③ 客有獻木瓜，所未嘗有也，
傳以示客。有中使即袖歸，曰："禁中未曾有，宜進於上。"
頃之，解舟而去。郡守懼得罪，不樂，欲撤飲。官妓作酒監
者立白守曰："請郎中盡飲。某度木瓜經宿必委中流也。"守
從之。會送中使者還，云："果潰爛，棄之矣。"郡守異其言，
召問之，曰："使者既請進，必函貯以行。初因遞觀，則以手
掐之。此物芳脆易損，必不能入獻。"守命有司加給，取香錦
面賚之。④ （《唐語林》卷三）

---

① 本條亦見於舊題蘇軾《艾子雜説》，《記纂淵海》卷六十自《艾子》引此條。
恐亦非《金華子雜編》佚文。姑附於此。

② "崔涓守杭州"，《唐語林》無，據《白孔六帖》卷一百《木瓜》條、《古今合
璧事類備要》別集卷五三《果門瓜實》條引文補。

③ "上"，《唐語林》作"州"，據《白孔六帖》引文改。

④ 此條見於《唐語林》卷三，與《金華子雜編》卷上第五條"崔涓在杭州"相
連，當同出一書。則亦《金華子雜編》佚文。

附　録

崇文總目

宋　王堯臣等

《金華子雜編》三卷。（《文淵閣四庫全書》影印本《崇文總目》卷四傳記類）

通　志

宋　鄭樵

《金華子雜編》三卷。僞唐劉榮遠記大中、咸通後事。（《文淵閣四庫全書》影印本《通志》卷六五《藝文略》三雜史類）

郡齋讀書志

宋　晁公武

《金華子》三卷。

右唐劉崇遠撰。金華子，崇遠自號也。録唐大中後事，一本題曰《劉氏雜編》。（上海古籍出版社1990年版《郡齋讀書志》卷十三小説類）

直齋書録解題

宋　陳振孫

《金華子新編》三卷。大理司直劉崇遠撰。五代時人，記大中以後雜事。（上海古籍出版社 1987 年版《直齋書録解題》卷十一小説家類）

宋史·藝文志

劉崇遠《金華子雜編》三卷（中華書局 1985 年版《宋史》卷二〇六《藝文志》五小説類）

文獻通考

元　馬端臨

《金華子》三卷。晁氏曰："唐劉崇遠撰，金華子其自號，蓋慕皇初平爲人也。録唐大中後事。一本題曰《劉氏雜編》。"陳氏曰："崇遠，五代時人，仕至大理司直。"（《文淵閣四庫全書》影印本《文獻通考》卷二一六《經籍考》四十三子部小説家類）

諸子辨

明　宋濂

《金華子》三卷。劉崇遠撰，或云崇遠唐人，或云五代人，仕至大理司直，其爲人莫可考。其爲書録唐大中後事，蓋駁乎不足議也。昔劉向采傳記百家之言，撮其正詞美義可爲勸戒者，以類相從，爲《説苑》《新序》二書，最爲近古，識者猶病其徇物者多，自爲者少，況崇遠乎哉？金華子，崇

遠所自號，蓋有慕皇初平云。（《文淵閣四庫全書》影印本《文憲集》卷二十七）

文淵閣書目

明　楊士奇等

劉崇遠《金華新編》。一部三册。（《文淵閣四庫全書》影印本《文淵閣書目》卷八荒字號第一廚書目子雜類）

少室山房筆叢

明　胡應麟

唐又有劉崇遠著書，號《金華子》，猥淺不足言，然非嫠人也。（上海書店2001年版《少室山房筆叢》卷二八《九流緒論》中）

千頃堂書目

清　黄虞稷

《金華子雜編》。（《文淵閣四庫全書》影印本《千頃堂書目》卷十五，又《廣説郛》卷二十八）

欽定四庫全書總目

清　紀昀等

《金華子》二卷永樂大典本

南唐劉崇遠撰。崇遠家本河南，唐末避黄巢之亂，渡江南徙，仕李氏爲文林郎大理司直。嘗慕皇初平之爲人，自號金華子，因以爲所著書名。崇遠有《自序》一篇，頗具梗概。序末題名具官稱臣，不著年月，而書中所稱烈祖高皇帝者，乃南唐先主李昇，廟號又有升元受命之語，亦南唐中主李景紀年。晁公武《讀書志》乃以爲唐人，陳振孫《書錄解題》則泛指爲五代人。宋濂《諸子辨》，則並謂其人不可考。諸説紛紜，皆未核其《自序》而誤也。其書宋《藝文志》作三卷，世無傳本，惟散見《永樂大典》者，搜采尚得六十餘條。核其所記，皆唐末朝野之故事，與晁氏所云“錄唐大中後事”者相合。其中於將相之賢否，藩鎮之強弱，以及文章吟咏、神奇鬼怪之事，靡所不載，多足與正史相參證。觀《資治通鑑》所載宣宗對令狐綯、李景讓稟母訓、王師範拜縣令、王式馭亂卒諸事，皆本是書，則司馬光亦極取之。惟其紀劉鄩襲兗州一條，以兗帥爲張姓，而考之五代歐、薛二史，則當時兗帥實葛從周，不免傳聞異詞，然要其大致可信者，多與《大唐傳載》諸書摭拾委巷之談者相去固懸絶矣。胡應麟《九流緒論》乃以鄙淺譏之，考應麟仍以崇遠爲唐人，不糾晁氏之誤，知未見其自序。又取與劉基《郁離子》、蘇伯衡《空同子》相較，是並不知爲記事之書誤，儕諸立言之列，明人詭薄，好爲大言以售欺，不足信也。謹衰綴編次，分爲二卷，而以崇遠原序冠之簡端，以存其略焉。（中華書局 1997 年版《欽定四庫全書總目》卷一百四十子部五十小説家類一）

四部寓眼録

清　周廣業

《金華子雜編》二卷從《大典》抄出

南唐劉崇遠撰。崇遠字□□，河南人，仕至大理司直。少慕赤松子兄弟，讀其書，思其人，恍游金華之境，因自號焉。編述唐季事實，自承平迄於離亂，凡一百餘條。案：《通志・藝文略》三卷，注云“記大中咸通後事”。《紺珠集》所引凡七條，此僅有其六。蓋就《大典》所有録之，卷既不符，所闕亦不少矣。（《叢書集成》續編本《四部寓眼録》子部）

鄭堂讀書志

清　周中孚

《金華子雜編》二卷讀畫齋叢書本

南唐劉崇遠撰。崇遠，河南人，唐末避黄巢之亂渡江南徙，仕李氏爲文林郎、大理司直。《四庫全書》著録作“《金華子》”，《崇文目》傳記類作“《金華子雜編》三卷”，《書録解題》《通志》雜史、《宋志》同，唯陳氏“雜”作“新”，《讀書志》作“《金華子》三卷”，又云“一本題目《劉雜編》”。《通考》同。明《文淵閣書目》作“《金華新編》”，其書久佚。今館臣從《永樂大典》録出，僅存六十餘條，厘爲二卷，而冠以劉氏原序。序稱“金華子者，河南劉生，少慕赤松子兄弟能釋羈靮於放牧間。讀其書，想其人，恍若游於金華之境，因自號焉"云云，蓋併以名其所著書也。其書記唐大中咸通以後朝野雜事，於將相之賢奸忠佞，藩鎮之強弱盛衰最爲詳悉，而談藝志怪亦錯出其中，實足以補新舊《唐書》之闕。考宋《潛溪集》有《諸子辨》，謂其"駁乎不足議"，殆未深考其書歟？是本爲海昌周琴厓廣業從《大典》本傳鈔者，不無訛漏，因加較注補綴，而係以跋。顧菉厓取以付梓。《函海》所收本無校注，《説郛》僅節録一卷。(中華書局1993年影印版《鄭堂讀書志》卷六十三子部十二之一小説家類一雜事上)

藏園群書經眼録

傅增湘

《金華子》二卷南唐劉崇遠撰。日本人抄本。有清末王韜校跋。繆氏藝風堂遺書。壬戌。(中華書局1983年版《藏園群書經眼録》卷九子部三雜記類)